黄披星 著

飞天的脚印

中国文史出版社

图书在版编目（CIP）数据

飞天的脚印 / 黄披星著 . —北京：中国文史出版
社，2021.1
ISBN 978-7-5205-2792-7

Ⅰ.①飞… Ⅱ.①黄… Ⅲ.①中篇小说—小说集—中
国—当代②短篇小说—小说集—中国—当代 Ⅳ.
①I247.7

中国版本图书馆 CIP 数据核字（2020）第 250949 号

责任编辑：张春霞

出版发行：中国文史出版社
社　　址：北京市海淀区西八里庄路 69 号院　邮编：100142
电　　话：010-81136606　81136602　81136603（发行部）
传　　真：010-81136655
印　　装：北京温林源印刷有限公司
经　　销：全国新华书店
开　　本：710mm×1010mm　1/32
印　　张：9
字　　数：202 千字
版　　次：2021 年 9 月第 1 版
印　　次：2021 年 9 月第 1 次印刷
定　　价：56.00 元

献给碧仙

他的故事表现了甚至连他自己的话剧也不能做的事情：
阐释了平凡的生活，既没有歌颂，也没有歪曲。

——[美] 哈德罗·布鲁姆《安东·契诃夫》

目　录

盗路者

七点多的时候，路上就基本上没人了。村里很多人家都已经闭门，有的还关灯睡觉了。这里就是这样。村里人睡得很早，月亮刚刚升起来，村里就基本上没有什么声音了。他还有些不习惯，远处晶晶以前的家似乎还有光亮。松林没走过去，去也没用，她早就不在那里了。松林不相信会那么巧，她就回娘家了——还是老家。这当然不可能，其实也没用。

　　月亮刚刚升起来的时候，恰巧照着这条路有树的那一边，树影就映在这条路上。这场景有些熟悉，松林看了一会儿。木麻黄是笔直地向上，这种树长得有点不管不顾的样子，一直都是"蹭蹭"往上长。木麻黄旁枝不多，叶子细长，是点火的好材料。小时候他也跟小伙伴一个个都带着竹笊篱，在这里耙过一阵。这种树没有味道，以前有次他说有股清香味，晶晶说那是夹杂在树中间的几棵夹竹桃的味道。在靠近山坡的那里还有些野生的茉莉和栀子花，味道都是从那里来的。现在松林一点也闻不到了，似乎还有些杂花，可松林再怎么想安静地去闻，也闻不到了，好像是他的嗅觉也退化了。点了一根烟，发了会儿呆，有一阵松林隐隐中，似乎看到晶晶突然从那些树影里走出来——但是没有，这是幻觉。松林一下子就醒悟了。

松林去挖路的这一天是距离孟晶晶跟他分手的第三十三天。其实那都不能叫分手的时间，是他最后跟她联系的时间。之后就再没联系了。三十三天，松林来到她家这里共有十三次——其中有一次这条路他没走完就回去了。因为那天下雨了，而且雨下得很大。松林不是疯子，他知道去也只是一个心愿，晶晶已经不在那里了。她年前就嫁人了。你说松林怨不怨恨，当然开始是怨恨的，包括来的前十次，他都是怨恨的。但是后三次，松林感到怨恨的力气少了。也不知道为什么——应该说松林最不缺的就是力气，可还是觉得怨恨不起来。松林后来明白了，怨恨这东西跟力气还真的没多大关系。它跟人心有关系——跟病似的，再强壮的人也会得病的；当然，也会渐渐好起来的。

　　那天说到这些的时候，警察打断了松林，我没空听你胡扯，说那条路。哦对对。说那条路，那条路是我修的。警察说开玩笑，你修的，人家村里都说是集资修的路，你修的，你一个人能修一条路？松林说，我知道你们不相信，但就是我自己修的。我原本就是修路的，一直都是，直到修了这条路，才改行了。其实……也不是改行，是被开除了。我还害得钱哥也差点丢了工作，最后只能我自己全扛下了。钱哥去了别的公司。

　　钱哥是干什么的？这条路跟他有什么关系？警察问。

　　他是开搅拌机的。我们一个公司，原来我从西北回来就是他介绍到这个公司的，我们是好哥们。原本我也不应该叫他，可是没办法，除了他能帮我，再没有别人了。我原来以为这样没事，一次一点点，不会被发现的。我们都绕远路去晶晶这个村子，他把车上余下的那些水泥砂浆卸下来，我再简单抹平一下，晚上再去把它们压平整。那一段晶晶有时候也在，我很开心，干活很有劲。

是那个晶晶叫你铺的那条路？铺路干吗？难道你要说这是为了爱情？这么神奇的情节，为了爱情给她铺路。别胡扯。你之前是不是跟邻居吵架了？

松林想这警察还真仔细，这都知道。但这不是关键。邻居是有点可恨，说现在不养那叫什么獭狸鼠的东西了，这野老鼠现在降价了，没什么人要了。要改养尖嘴鳄，就在隔壁的那条沟里，说这个皮很贵。原本那种獭狸鼠味道就很臭，现在又要折腾，还说要把这条沟给拓宽些，要一直拓到松林他们家边上。松林当然是不肯，跟着就吵了起来，差点动手。对方说，你一个人，随便就能弄死你！松林也不客气，说来来来，怕你个毛啊！我一个人可以换你们一家。谁怕！对方其实很有势头，松林家里基本没什么人，兄弟姐妹也少，一个姐姐嫁到外乡，老爸走了，只剩下一个奶奶，也是半痴呆。松林嘴上是不服，其实也不知道该怎么办。原本他还没回来的时候，他奶还是村里在帮忙照应的。

警察说家里情况这么困难，你还脾气这么大。你说到底是谁指使你干的？还是真的要与全村为敌。这话你知道吗？不是我说的。

我知道，村里人都知道，觉得我是多余的人，一个女人也保不住。长源说了，你以为只有城市里讲那什么门当户对，连我们这一个小小的村子，也是讲这个的。你还是别回来算了。那时朱松林还在西北，为了给父亲治病，那三年多他赚的钱基本上都填进去了。治病这事没得说，松林也没什么遗憾。但是现在这个事，真的跟别人都没关系。都是我干的。

松林重复说，跟别人都没关系。就是我，是我自己要这么干的。你知道，除了会铺路，我其他的事情也干不了。那时候，我还没去西部，就在这个路桥公司。晶晶她那里这条路确实很糟，一下雨就走不了人，全是泥泞。晶晶又爱穿裙子，配凉鞋，每次出来鞋都把后边的裙子吧嗒得都是泥巴。春季啊，经常下雨的，晶晶就不爱出来了。我是看不惯，也没什么可干的。熬到夏天来了，那会儿我已经报名了去西部——想着苦一点，赚得也多一些。那会儿她爸说，不是……是我们后来商量就能够给她这里铺一段路，这样我们要相见也比较容易，还特有纪念意义。

那个警察说，为了恋爱给修一条路，这不可能——这应该是你自己想象出来的一个对象。你到底是干什么的——这要是真的，也称得上豪华了。你说，不修那条路影响到你们谈恋爱吗？没道理啊。连松林也觉得，这不可能。我没碰到过这样的事情，不敢妄下结论。年轻的警察看起来像个实习生，那你说，即便这是真的，钱呢？村里人呢？都没有发现，还是发现了也不说？

没有钱，我那时候哪里有钱，一直都没有。只有几千块工资，还要交给我家里一些。松林接着说，所以我就找了钱哥，让他每次开出去的搅拌机故意留下几方，再绕到这里来倒一下。我呢弄了些杂板把原本的路平整了一段，他就直接把那些水泥砂浆倒在那里，我再去慢慢弄。一次一点点，就这么弄起来的。村里人知道，就是经常说这条路为什么修得这么慢。那我也没办法。

你们感情到底怎么样？要这么说，应该是很好才对。怎么也没结果，那挖路是怎么回事？这个事情又怎么绕到这里来。因为晶晶嫁人了，就要把路挖走？这么狠！松林自己都觉得这也太违背常理。警察说，人家有些离婚的人，可以自愿选择净身出户。你这算什么——把人家门口的路给挖了。还说是因为爱情！谁信？那会儿那个警察旁边有个女速记员有点恨恨地说，净身出户不奇怪，那也要看是谁错在前！松林吓了一跳。还真有净身这事，听起来像被阉了似的。

他们不相信是正常的，我自己都不相信。松林说，但是我觉得应该把这个事情说清楚，这样的话，我才能知道以后该怎么办。这事每个人听了都觉得好笑。很多人笑过之后，总是很自然地说，你说你这人，为了这几千块钱，真是费了大量的心思，也花了大把的力气，你还愿意这么干——你要是能把这股"执着"劲用到正道上，肯定也能发家致富，而不是这样的下场。这话有道理，我也相信——但它对我没用，起码目前没用。

松林写了一份供词，是为了给这样一个令人好笑的故事提供一些细节。当然，细节也不重要，哪怕是对警察或者对晶晶。但是这样的细节对松林来说却很重要，就好像这样的细节可以让松林对以前所有发生的事，有了一种终结式的验证。我相信这是真的，希望你们也相信你们认为是真的那部分。他还这样争辩说。

松林还这么说，简直也有点饶舌了。

松林的案子不复杂也没多严重，它甚至开始变得有点吸引人。警察说松林肯定是电影看多了，还《失恋三十三天》，搞得跟真的一样。他们每个人都怀疑这就是松林编的一个故事，可也觉得似乎没必要，这样的编也不会改变多少这个案子的结果。我这么说吧，松林说自己不希望改变什么——只要回到原来就行了，原来的我们。你说这话是不是还有回忆的味道。松林以为没什么能把我们分开。他说我们是小学同学。但我现在真不想说以前，跟每个人想象出来的那种，也差不多，我自己都很想知道为什么我们走不下去了？为什么——你能告诉我吗？

他们两个是松林的同学，开拖拉机的长源和开撞机的路航。松林为了叫他们，也费了很大劲。其实松林挺不愿意搭上他们两个，不是也没办法吗——总比跟他们借钱好吧。况且他们也没什么钱。头几车松林很亢奋，你知道这样的场面，跟失去的青春现场一样的——血肉模糊。长源看着撞机在巨响地撞地，恶狠狠地挖开原本平整的路面。到那会儿，他还一直不愿意，老在说，这里真的没人来。为什么啊？他那天还戴了墨镜，你说大晚上的戴什么墨镜，你以为你是王家卫啊！松林跟他说，真没人，这里基本上只通向后山的路。长源往远处瞧了瞧，那样子跟猴子似的。说这不是以前你说的，通向晶晶她们家的那条路。松林说是的，是这条，可现在已经不是了。

路航说，只要你们肯干，要干，我就没什么不愿意的。路航是无所谓的，他这人就是这样，怎么都行。只有能够开他的撞机，还有点钱赚，就行。他听松林的。那天看他的样子，好像还喝了点酒。

修路都那么不容易，你还搞这个。破坏不是更麻烦吗？你真的吃饱了撑的。还惹这个东西，浪费资源。长源觉得松林确实是一根筋，松林走不出来了。除非这次真的把路全部破坏了，才甘心。这个别人不懂。晶晶也不懂。松林不知道谁懂。所以，变成一个笑话，这或许不能成为一个理想。但是，这个笑话可以笑很久。你们笑多久，我松林就可以走多远。松林就是这么认为的。

长源说有必要这么干吗？好好的路面。跟个笑话似的！

你们也可以笑！我不在乎，笑够了，再帮我干。还有，你们放心，不管出什么问题，都由我来承担。你们只管干活。

路航说，要干也可以，但我不要钱。他嘴里咬着一根狗尾巴草，是路边扯下来的。这算是他的习惯。

松林说，你们要是真不要钱，我就把这钱捐了，捐给咱村的小学。

长源说，那还是把钱给我吧。小学，那些人看不上我们这

　　　　　　　　　　　　飞天的脚印

些的，钱也到不了学生手上。长源跺了跺脚，说还好村里的学生们基本上也不走这条路。

这是条断头路。路航说，我们不会也在这里断头吧。哈哈!

断你的头。长源"啪"地打了一下路航的背，说其实不是因为这个，主要是这样弄还是不能解决问题。不值得。你看这样她孟晶晶也回不了啊。再说了，现在就是回来也没意思——没用了。

松林知道他说的没用是什么意思。松林说就当是我们以前三个去打架的那次，或者是去偷摘葡萄的那次。那天他们趁着下雨，去隔壁村的一户看起来比较有钱的人家院子里偷葡萄，他家楼上两个看护的女儿大喊着，抓贼，抓小偷之类的话——松林他们知道那俩女的不会下来，即使她们把石头都搬上楼，也拦不住他们。开始他们三个要一起冲过去摘，松林说长源你留下。长源犹豫了一下，看着楼上阳台上那女孩子身边还真堆着几块石头在阳台上，看样子是正对着葡萄架，他就没过去。那天松林跟路航冲过去，松林托着路航的大屁股在架子下偷的。还真的，不但有雨，还有石头落在松林他们俩旁边。长源吓得脸都绿了。自己跑了一段，又返回来了。

你们不用管，只管干你们的。开始之前之后松林都是这么说。一个晚上，都没有人出来看一下。这种情况连警察都不信，就那么让你们全挖了?

起码，这次松林这么做是有目的的。不像以前，好像都没有目的——只除了赚钱。也是很少的钱。其他都没有。你知道，那时候，西北——那叫什么，他们说叫苦寒之地啊!松林不知道为什么要去做这个，是——刚开始是想能够赚到钱就不管，多苦都受得了。但是，苦寒啊——那是松林最有力气的时候，都耗在了那苦寒之地上了。当然，也没必要夸大那种经历，松林不是这样的人。

松林只记得，晶晶说从他眼睛里能看到一种力量。松林当时就是为了这句话，不仅要保护她，还去赚钱，想着以后要让她过上好日子。其实，她家里比松林家境要好很多，她爸还是村里的头头。但是松林当然是相信他们是有真感情的。松林相信，晶晶原本也是相信的。后来，不知道什么原因，她就变了，那也没办法。松林是很难受，尤其是刚开始那一段，松林没地方发泄啊，这股力气。松林去西北三年是关键，那时她肯定是受到别的什么影响了，就变了，嫁了。说实话，松林也能理解。但是这一条路，你知道，松林没办法再看到它。松林每次走到这里，都是绕着路走的。

松林在西北的时候，晶晶说要来看松林。松林本来说也没什么好看的，当然他心里是窃喜的，甚至连那些往返不低的费用，松林都觉得自己也不在乎了。松林甚至说可以坐飞机来，尽管松林心里是希望她能够坐火车来——那成本还是差了不少，而且坐火车更有体验感是吧。

但是，激动归激动，等她来等得松林心都嚼烂了。也没有，还是没有。没人来，渐渐地也没了消息。回复都是"再等等"。

没人。真没人，这路现在也没几个人走了。后来村里开了新的路了，这条原本靠近山坡边上的，就没人管。晶晶她家也搬到镇里去了。听说还有老人在替他们看家，反正也是那种老亲戚。松林估计也是半聋半哑的那种，像她爸那样的只会装傻——还是真傻的那种更好。这样的灯光已经不能让松林觉得有什么期待了，更别说是激动。

月亮升起来的时候，已经搞了一会儿的路航说，这路其实不用撞机也可以，这路面比较松，他用了一个比喻说这路修得

　　　　　　　　飞天的脚印

跟豆腐似的。松林很生气。豆腐——去你妈的豆腐！松林往他嘴里塞了一颗古田烟，你下来撬吧，那么有力气——坐车上发牢骚，那算个屁！

豆腐就豆腐，那也是我自己的汗水浇筑的。那也是人工的，算卤水点豆腐吧——也算是老字号了。那时候没有压路机，松林只能是用那个振动棒来整。路面平整是基本上平整，那当然比不上压路机的效果。即便这样，那也不至于像路航说的那样，豆腐渣。

长源第二趟回来的时候，说杂石场都没人了，只剩一个老头，都下班去了。说他们喝酒去了。松林说能进去就可以，我跟他们老板说过了，只管往里面卸车。多少钱我明天跟他老板结。不会亏你们的。放心。

到半夜的时候，干活的气氛很沉闷。松林自己都觉得这三个人也确实都像疯子。我把他们带坏了。他想调节一下气氛，却不知道说什么好。应该买点什么吃的，配啤酒之类的，还有酒。他们俩看起来也有点恶狠狠地做事情。这比起以前偷桃子什么的，那是要狠得多。

运了五车后，长源就在边上抽烟。他看着路航还在很费劲地举起撞机的头，又快速地往地面戳，长源再看看松林，就说我们的感情是在，但这次以后那就不再关孟晶晶什么事了。我是说，以前是以前，以后是以后。

松林是觉得，长源愿意这么替自己干，已经不容易了。以后？松林不知道以后是什么，人家说永远是多远。没人看得到！

也许过了这个，我也要离开这里了。长源说，这些年我也是东一棒西一锤的，开个车太辛苦，感觉没个奔头。

松林说，我知道你也不容易，但是从我的经验来看，如果能够在老家这里赚到差不多的钱，就不要想着去别的地方。代价太大!

路航过来的时候,手上拎着一瓶水,另一只手上抓着两瓶。说代价!做什么没代价。我都无所谓。能活就行。他一边把水递给他们俩,一边说。

你不觉得这还是年轻的时候才会干的事情吗?长源拧开瓶盖说。

我不知道,就算是这样,也就当是最后再年轻一回。

这话我爱听。路航说,就应该这样。

长源不接话。过了一会儿,缓缓说,只要我们负担得起,是做什么都可以。关键是,我们年龄在啊!

没有人会理解我们的事,也没有人原谅这些。我是知道的。但是这样以后,我倒是不会再离开这里了。松林倒是坚定了。

你快结婚了,是会顾虑重重,我们理解。我们是光脚的不怕穿鞋的。路航说。

长源是有个女朋友,是工厂妹,隔壁村的。据说很实在。

松林说,你好好过日子,我以后不会再去打扰了。真的。好好过日子。

不是,这谁都有些未了的心愿,做了就做了,怕什么!路航是这样的。

长源看了看路航,把手上的烟弹了出去,说,没有路,就更没有人了。

松林听这话,觉得心里抽了一下。

我一直在想,我们这样干,就好像在与这个地球为敌!总觉得不舒服!这话是长源第二天发给松林的。松林那会儿看到这个,也忽然很难过;甚至比孟晶晶不见他,还要让人难过。

你是不让人家开车？警察问。不让人过去。

你不知道，十八万，是我当时修这条路的钱。这十八万跟姑娘十八岁一样珍贵。

什么意思？钱？哪来的钱？

我修这条路不用钱，用的都是我的人情。可晶晶她爸却收了十八万。我是不愿意说，他是村长，说是为了修路，让村里的每一户都出了。十八万多啊！——你说，这路我还能让它好好地存在吗！

真的啊！这样的生财有道。警察叹息。

我原本也天真地认为晶晶是无价的，现在她值两个十八万，那么我就要让这个十八万的路变成一堆碎石。

碎了，就碎了。年轻的警察好像在背诵某首歌的歌词似的，还喃喃说，那你不是也拿去卖了吗？

我就是要拿去卖，看看这个十八万打碎了，还能值多少钱？哈哈哈，八千多！有意思吧。

你知道当初为了修这条路，我花了整整半年的时间，一点点浇灌起来的。松林后来对警察说，那当然是我们爱情的见证了。没有比这个更牢固的吧。我也这么认为，那当然是一种幸福。那时候，像我这样的人，有个人愿意跟着你，多不容易。我怎么样啊？都很好，就是脚有点跛！先天的那种，小时候发烧，留下的后遗症。但都不影响其他，走路啊什么的，都很正常，除了不太能跑——不够快。尤其是你知道，我们这种天生有点残疾的，反而身体都特别好，尤其是四肢，特别是上半身，真的很强壮，我也没有特别去锻炼，但手臂很粗，比我们那路桥公司每个人都要强壮一点点，呵呵。

什么时候下定决心要挖这路？松林还真不想说，来了十次松林都没这么想。难受是难受，也不会想着去挖这条路。后来啊，听说村里有钱人要盖房子，就是要从这一条路边上过，说买了包括人家祖坟的地方，只要公示期没人认领，就用挖土机全部挖了。这也够缺德的。当然，真正让松林动气的还不是这个。那天松林经过村里的小卖部，晶晶的一个表姨开的，松林听到她跟人家吹说，你知道晶晶的聘金是多少？三十六万啊！她当时还伸出五个手指，也不知道是什么意思？又不是五十万。说他们家全部都回礼成东西了，一部车十八万，还有十八万据说都买了金银首饰了。

那婆娘的口气，似乎是说这是村里的一种莫名的荣耀。对面的那人问说，村里不是说镇里面还是县里有规定，现在不能超过十八万吗？

那婆娘嘿嘿地说，规定是死的，人是活的啊！十八万是十八万，可那也能做出连续的十八万。你知道吧，那车我都看见了，全新的，还开到我们这里来，绕路走了。那车啊，在坡上停了很久。真漂亮，有钱人。

松林那天是听到这个车的事情，才决定要挖了这条路。

最后警察说，好吧，我相信了。你是一个有预谋的疯子。

你不应该觉得奇怪啊。我自己就是从这里开始的，那么从这里结束，就显得理所当然。还有啊，我要跟你说的是现场除了他们俩，还有东西在。

谁？晶晶吗？

不是。我已经不想念她了。我要说的是在现场，除了我们三个，还有一个。不对，是两个。

是谁？

起先是一只猫。一直瞪着它的蓝眼睛，叫了两声。把我们

　　　　　　　　飞天的脚印

吓了一跳。它似乎要说什么？还是我们吵到它了。我不知道。村里有狗的叫声，这我知道，猫也有，大多是野猫。这只比较大。可能也比较胆大。我记得晶晶家里是养狗的，猫我好像没见过。长源说晶晶家里也养猫。他们家搬到镇上就养猫了。我只记得她原来住在这里的时候，家里是养狗。猫我不知道。

那猫似乎一直绕着我们在走，还不时对着路航的撞机喵喵叫，似乎要跟那机器较量似的。后来我们没注意的时候，好像长源说它很凄厉地叫了几声就不见了。原本以为它走了，就安静了。

后来呢？还有什么东西？

一只鳄鱼。现场有一只，从对面的泥坑里爬出来的。眼睛发光，长源说是那种很饿的眼神。两个窟窿，看起来像移动的洞穴，很可怕！但它也不搭理我们。就一直跟我们抢着吃石头，也不是石头，就是杂石——你说那会不会是某种矿石。听说有些矿石是有味道的。你肯定不相信，我们挖那条路的时候，其实也不慢，午夜的时候就已经挖了几百米。这鳄鱼原本我也不知道，是坐在撞机上的路航说的。他在高的地方，看得清。

他一开始也没感觉，好像是石头边上一口一口地被什么东西吞掉了。后来他才发现，那只鳄鱼一直在埋头吃着石块。那种咀嚼的声音很响，但并不吓人，那种就好像电视里讲的野人啃甘蔗的声音似的。我们只听声音，都觉得它吃得真香。它就在路的对面，也不管我们，就跟野猪拱地一样。

路航说有些动物喜欢吃土，据说它们能从泥土里得到自己所需的矿物质。哦，对了，长源也说，有报道说把动物喜爱吃的泥土拿回去进行化验，科学家发现，泥土里不但含有矿物质，还有许多微生物，而微生物能够促进消化。另外，泥土里还有一种特别的乳酸菌，能帮助治病哩，能治疗痢疾、消化不良等症。难怪一些动物要吃泥土呢。吃石头，我不知道为什么，可能这只鳄鱼肠胃更好吧。

原本我们是能够送十八车去卖的，后来因为那只鳄鱼，我们只卖了十五车，被它吃了三车。你说多不多，也好几百块钱在里面呢。你说鳄鱼后来去哪里了？那我也不知道，原本一公里的路，我们也只挖了八百多米，后来它都走到我们前面去了。那剩下的两百米，我们就留给鳄鱼吃了。真了不起啊！这畜生。

事情的报道基本上很详细，也没有漏掉什么更重要的东西。那天那个警察看了松林写的那份说明——他们也叫供词，皱起眉头很长时间，最后还是说不可能，这肯定是编的。松林说就连我也有点不相信，肯定是胡诌的——编得自己都快相信了。警察说要是真的有这样的人，也还是傻。我们不相信，因为那种显得十分坚贞的爱情故事——本质上都太不真实了。

松林说，你就当是这世间无奇不有吧！相当于是一个天然的笑话，给你们提供一个生活花絮。故事不复杂，我给你们看一下报纸的报道——从一个笑话开始，是好的吧。报道的原版是这样的：

"警察同志，我们老叶村三组坡前的一大段水泥路不见了！"1月24日，××市公安分局三棵树派出所接到村民的报警电话。近800米的水泥路面竟然"不翼而飞"，村民以为是施工方要重修道路，经警方调查方知是被盗贼挖走。2月1日，记者从市区警方获悉的这起离奇案件甚至惊呆了办案民警。

"难道是村里对该路面重新进行修建？"接到报警后，民警立即与该村村委会取得联系，得知村委会并未对该路段有任何施工安排。是谁这么胆大妄为，偷走路面又要干什么？警方通过调查后发现：原来是嫌疑人突发奇想，将路面挖掉，当废石料卖到了石料厂。

经过民警的详细调查，最终将涉嫌盗路的犯罪嫌疑人朱某抓获。原来，这条路竟是被朱某"盗走"卖掉了。经查，嫌疑人朱某最近闲在家中无事可做，想弄点钱花花。没事就到处转悠，最终发现了一处"商机"——位于村委会西边的坡前路，由于开了新路通行，这条当初由村里的居民共同出资铺建的混凝土路就被"冷落"了，走的人很少。见此情况，朱某就突发奇想："反正这条路走的人不多，何不挖掉，路面的水泥碎片还可以卖了弄点钱。"于是，朱某找来挖路机和几台拖拉机，连夜把这条路挖走近800米，将挖出的近500吨的路面以10元/吨的价格卖到石料厂，从中获利8000余元。目前，嫌疑人朱某因盗窃罪暂被公安机关取保处理，案件正在进一步审理之中。

被拘留的松林后来看着宣传栏里的这篇报道，不禁也笑了起来。其实他不喜欢用"朱某"来作自己的称呼，直接把松林的名字写上去更好，这样他就可以说也算是上了一回报纸，对老爸也是一份交代。当然，他看不见了。他对突发奇想这个词很感兴趣，好像有了这个词，松林就看到了一个更活跃的自己，这多有劲啊——就像是回到了以前。

被取保候审的路航还来看了松林，说长源决定要去劳务了，报名了，把车都卖了。还好，没把他说出来。要不然，他就是想去也去不了了。那连治安那里都过不了关。

盗路者 017

松林看着栅栏外的路航说，就是难为你了。

路航摸摸自己的寸头，我没事。小意思。都是你在担着。我就是个凑热闹的。他们说我们干了一件很傻的事。

松林说，你也这么觉得？

路航说，我觉得有趣，也有点狠。这路要是在城市里，就更有趣了。哈哈！他压抑着笑声。

松林也差点笑出声来。没想到路航也有点幽默感。

有个事……路航犹豫了一下，上牙齿咬了咬下嘴唇，还是说，你希不希望晶晶来看你？松林心里热了一下，说不要了，反正也没用。这样子，也不好看。不想影响别人。

路航说，我也跟晶晶说，不管怎么样，你对她的感情还是深厚的。

松林是愿意晶晶看见的。停了一会儿，又说，卖得这么便宜的一条路，你有没有跟她说。呵呵！

路航说，晶晶说我不关心钱。我关心人。

松林觉得有些不舒服，有点烟瘾上来了。算了。没有路了，还有人就行。

松林说，我奶那里，你看一下。路航说我知道。

松林不知道还要说什么，就说我很快就出去了。没多大事，好玩的事。让人笑！不是他们笑我，就是我们笑他们。呵呵！那你说，那路这样了，不就能让月光全部都透进来——我是说路面不是更宽了吗？

松林想不通的是，那天的鳄鱼，会不会也是村里的那个邻居养殖的？那还有什么动物喜欢吃土呢？吃多了会变成什么——怪兽吗？松林记得好像小时候在奥特曼动漫的片子里见过。他也有点记不得了。

飞天的脚印

渔村客运

客车是从学校门口那里拐了弯的，这几乎成了最近的一个习惯。因为再往下去，也就一公里左右就到了另一个码头。那是一个货运码头，这个时间点基本没有船靠岸，自然也就没什么人坐车。司机们也就很自然地从快到村口的地方就拐弯了。每到下午四五点的时候，前面的村里也很少会有再出门的人，所以对司机们来说，能少走一段就是一段，就当能省一点是一点吧。

　　很多在附近单位上班的人或许会在傍晚的时候走到码头那里，看一看这会儿有没有什么海鲜刚刚上岸的，随手带一些再上车。有的话，多半是新鲜的，价格也不会太高，起码比较合算。有时候，要是不太挑能够整批都买，渔妇们也会很大方地说一个比较便宜的价。虽说买的不如卖的精，不过经常去那里看看，也能够买到一些新鲜的海货。

　　只有当地的人才知道，虽然在码头上卖的很多都是刚上岸的海货，但其实里面也有很多是被掺假了。总会有一些小贩会在各种海货中加入一些"养殖货"，一般人根本认不出来。甚至有一些是小贩从另一个乡镇的海鲜养殖地买来的，再放到出海的船上，等着跟海面捕来的渔获一起从码头卸下来，看起来那就是刚刚捕捞上来的。当然，这种情况总是会发生，主要在一些节假日；尤其是到年关的时候，城里边来这里买鱼的人比较多的时候，那鱼龙混杂的就太多了。这种冒牌的养殖货，也基本上都是在一些相对贵一些的鱼类中，像黄花鱼、文昌鱼、野生鲈鱼这一类的。便宜的鱼类当然不会有人去冒充，那些便宜的鱼类都是给那些附近的经常光顾的人，也就是买个新鲜罢了。

从车辆拐弯的学校到码头这里，距离也并不远，大概也就一公里多一点，一般人们散步，也经常走这么远。但每次这么走下来，走快一些，也会让人觉得有些身体发热。这个时候，就很少再有客车过来了。在这里，下午四五点之后，往来的车就少了，再不搭要等很久也未必有车。没车的时候也只能等等看有没有私家车经过，那车价自然要高一些了。

半年前就说从城里发车的 20 路车要延伸到这里，还是没有消息。人们也只能骂骂咧咧地爬上这些十分破旧的乡村客运。能够上车也算是如释重负了，只要到了镇上各种进城的车就多了，就很方便了。

五月份的气候其实已经足够炎热了，但比起一年中最热的时节，这样的热度也只有最热时候的一半。下午四点以后，这样的天气其实还算比较舒服。海风吹过来还没有那种热气腾腾的感觉，这个时段海风还算是凉爽的。

这里是被当地人称为以留守妇孺为主的村子，也叫作"六一·三八·七十"村，就是孩子、妇女、老人居多。这也是车上的常态，妇女们是主要劳动力，老人会在早上出门一下，到下午，就基本上都是一些挑货的妇女赶着回家。她们基本上都是中年妇女，用当地话叫作"篮儿荡"——就是挑着各种货进村叫卖的人。所以在这里，每次坐车几乎都是一些有点熟悉也有点陌生的面孔。

林亚梅长得一副挺凶的样子，倒是很适合在乡下这种客运车上做售票员。当然，比起那些挑担到处叫卖的妇女，她的工作要轻松很多，看起来也更有面子一些。虽然她也是很典型的乡下女人，一副"矮矬穷"的女性武大郎模样；轻微的龅牙状加上眼球外凸的外形，似乎是印象中的那种被甲亢病折磨过的形象。但她其实并没有得过甲亢病，只是那样子总让人觉得，她的模样似乎是那种长期的嚣嚷的习惯下造成的脸型特征——一种长相被拉长的夸大形象。一般人坐车，看见她实在很难有一丝好感：一副恶狠狠的样子。

说她长得有点凶，其实也是一种优越感的潜移，再加上现实情况的推动。要知道在这样的乡村，妇女们能够当上售票员在别人眼里肯定是很优越的，有车坐、有工资（虽然并不多），还有一些小权力（多少能够照顾个别熟人），还不用直接面对太阳光直射，虽然也是寄人篱下，但有这样一个铁皮屋顶已经是谢天谢地了。这样的工作背景再加上自身性格上的势头，林亚梅已经不知不觉变得日渐强悍。有时候她忘了自己的长相，总觉得那些妇女们戴的那些大檐帽很难看："跟贵州婆似的。"

说她适合在这种乡村客运上售票，当然是因为乡下坐车的人经常有一些很滑头的人，能少给一块是一块。而她的样子就很精明还足够凶悍，一副说一不二的样子，起步价三块，两站以外就是五块，全程六块，没得商量。不管你是外地的还是当地的，男的还是女的，老的还是少的，都一样，不坐马上下车！这样也好，省得很多人在车上因为买票的事会吵半天。偶尔碰到一些乡下女生意人，主要就是那些挑货卖的，外地人叫作"货郎"，她们只能算是"货女"。跟她们打交道还真是需要一些耐力和口气，刚开始那几次，因为竹篮占地的补票问题会吵闹一阵，但她们还是说不过林亚梅。她的原则是有人坐的时候必须补票，车上要是空的位置比较多就算了。当然，这也跟时间有关，早上出门人多，货担就要补票；下午人少了，就算了。

时间一长，一来二去，几乎很多人都很熟悉了。谁到哪里下车，林亚梅基本上一清二楚。她有时候觉得这些人真可怜，每天这般日晒雨淋的；有时候又觉得自己也好不到哪里去，还不是要没命地吆喝赚这些辛苦钱。大家都不容易！

今天她自己也要在家门口那里下车，下一班跟车的秀香已经在车上了。早点回家要给孙子杀一只鸭，那只鸭已经很老了，再不杀肉就更老了，也就很难煮烂了，也不好吃了。

不远处就是大海。这条路差不多跟海岸线是平行的，因为路的两旁都是村里人家的房子，所以大海就被阻隔在房子之外了。乡下白天还是比较吵闹，几乎听不到海浪的声音；但如果是晚上，村里安静下来，海浪的声音就很自然地传了过来。它就像是整个村庄最为悠长的也是最为古老的那种呼吸，也是最可靠的晚间催眠曲。

当然，对于林亚梅来说，海不海的跟她没有什么关系，十几年前丈夫死于海难之后，她对于海没有一丝感情。它把她一生中最重要的东西给夺去了！甚至整整有接近两年时间，她没有再去海边一次。虽然天天就在这海的平行线上谋生，但还是眼不见为净。现在虽然平静了很多，但她一点也不觉得这个海洋还有什么值得她牵挂的东西。丈夫死的那个头七，一家人也在海边祭祀过，那时候还年轻一些，能够号啕大哭，说实话，那时候她对着海，心里头也只有不尽的咒骂。

这里的习俗就是这样，死于海难的人都要在海边祭祀。那都是入夜的八九点，一家人跟随着乡村里的道士师公，在海边上搭一桌祭品，师公摇铃念咒，家里人边哭边祈求。暗夜里的大海边，这样的一群人，边哭诉边念咒，边烧纸钱边呼喊，这样的场景在大海的夜潮衬托下，显得更加凄惨悲苦。那样的海边，村里人都会很自然地躲避起来，因为那时候的海，只是一片在不断呜咽的海水。对林亚梅来说，那一场经历过后，基本上把所有的好日子都过完了。她一次次在心里念叨：死的人走远了，活的人却还在受苦。

村里人还是有人说她长了一副"克夫脸"。当然，没有人会在她面前这么说，这样的说法多数人觉得太过恶毒。林亚梅这么些年能够坚持下来，也已经很不容易了。她虽然不知道村里人这么说，但那种有人嘀咕的氛围时间长了还是能够感受到。那年春节前亚梅去附近山上的天云殿抽签了，抽到的是一首诗，来自刘禹锡的《竹枝词》：杨柳青青江水平，闻郎岸上踏歌声。东边日出西边雨，道是无晴却有晴。解签人说了两点：1. 你还是在陆地上谋生活比较好。2. 不要人刻意，生活会越来越好的。那时候亚梅觉得内心获得了很大的安慰。

那是最难的几年，现在这个售票员的职务也是当时弄来的，死去老公的父亲一直在交通局当门房，当时交通局里看她们家里孤儿寡母的实在困难，给照顾了这么个售票的工作。也这么一下子，十几年就过去了。在这样不断开动的车子上面，亚梅觉得日子的艰辛随着车子不停歇地流动，能够缓解很多。行车的过程对于那时候内心的苦痛，很自然形成一种不自觉的疗效，尤其是比起停下来的时候，在车上的感觉带给亚梅一种类似于希望的未知感受。那种身体上的不自主的过程，似乎隐隐中靠近了飞翔的企图，也带着一种与过去诀别的体会。

前几年，女儿很争气，给她生了个大胖孙子。有了孙子了，亚梅似乎觉得有了新的依靠。也是在有了孙子之后，林亚梅觉得海没有那么可恶了，毕竟她还是要经常带孙子去海边玩玩。那些过去的记忆，早就被海水的微波冲淡了。在这里，海是最大的游乐场，也是孩子的乐园。所以，现在所有事情最核心的都是以带好孙子作为亚梅的头等大事。

对于从外地入赘到这里的女婿，亚梅没有给过太多的好脸色。虽然也听过很多入赘的外地人大多老实巴交的，但毕竟也有一些入赘后好吃懒做的，甚至入赘一段时间就卷走家里值钱的跑了的也有。亚梅觉得没必要对这样一个外地人太好，只要他肯跟女儿过日子就行了，可不能让他在家里占了强势。所以，一直以来，对女儿亚梅也是灌输这样的理论。但女儿其实并不怎么听她的，女儿有自己的打算。特别是刚刚结婚那一段，女儿一直想要离开这里，在这里只能帮村里搞养殖的人家捡拾龙须菜赚点辛苦钱，活很重收入又很低。

但亚梅死活不肯让他们离开这里，她觉得一旦女儿带着女婿离开这里了，她就完全无依无靠了。那一段她很紧张，也哭闹过几次。女儿虽然嘴上也是不让步，但毕竟对母亲一个人留在这里也是于心不忍。况且他们去城里谋生也得从头开始，也是心里没底。最终在结婚后三年，女儿生了孩子之后不久，女婿才经人介绍去了城里的一个当地人开的海鲜干货市场里做事。钱赚得虽然也不是很多，但这样也算有了一点盼头。

当然，即便这样，亚梅也还是在家里保持着比较强势的家长模样。虽然，自从孙子降生到这个家里之后，亚梅的太多乐趣都是从孙子身上获取。但这个家，目前还是她说了算。

码头这里肯定有人上车，也肯定又是那几个渔妇和水果妇。一个人一副篮担子，担子里垫着蛇皮袋，总有一些没有卖完的余货，有的是干的鱼货；有的是这一季的李子和枇杷；有的是更远一些的批发市场购来的日用品……有的人已经都卖完了，就剩一副空的竹筐和几个蛇皮袋。妇女们总是叽叽喳喳，卖得好的人话题更多，卖得还有剩余的也适时地附和几句。一起说说话，其实就是妇女们最常见的休闲方式。

"亚梅，今天好像要晚一些吧？"包着花头巾的干鱼妇几乎天天这么问。虽然包着这种花头巾大檐帽，她还是晒得皮肤黝黑。在这样的皮肤映衬下，她的眼眶整个也是暗红的，眼睛还算有神，也透露出小生意人的精明。

"亚梅，来几个李子吃吃吧？"水果妇头发已经白的比黑的多。

"吃你几个，我等下得帮你贴车票吧？"亚梅倒是想买点水果，也还是这么回应着。

"唉，生意一天比一天难做了！"卖日用品的也叫亚梅，不过姓不一样，她姓胡。说话声音最大的就是她，这也是她的口头禅。今天她剩的最多，日用品现在买的人更少了。乡下现在也有了不少小超市。

"司机，要不要来个李子？"水果妇有点不依不饶。

司机是个中年人，头都不回一下。这里的司机基本上平头的居多，这个不是，后脑处的头发也不短，像个老派的款式。脸看不见。也可能听这些妇女们打趣惯了，懒得理她。

跟车的秀香明显有些不快："不要把整个车厢吃得脏兮兮的，等下你打扫！"

亚梅倒是说："没关系，也就两扫帚的事。"她还是想给孙子带几个枇杷或者李子。

"你等下就下车了，车还不得我来扫！吃什么吃！"秀香还是跟了一句。乡村客运上的女售票员个个嘴尖舌利。

其实也没有人真吃，吃得黏糊糊的，大家都没有多大兴趣。亚梅抽空跟水果妇买了三块钱的水果，拎了一小袋。钱是从她自己口袋里掏的，秀香看了一眼，就转开了。

快到温岭村口前面一点的路边，又有人上车，看起来是祖孙三代。母亲牵着儿子，领头的是又一个老年妇女，看起来是外地人的样子。小孩还很小，做母亲的倒是有些刚到异地的怯意和不适。她们刚坐下，亚梅就是说："快点，买票！"老妇女早就准备好了六块钱递给她。"到哪里？"亚梅快速地问道。

"到镇上。"老妇女似乎坐过这样的车。

"十块。"亚梅语调开始升高了。

"上一次坐也是每个人三块啊！"老妇女很不解。

"上次是什么时候！涨了。早就涨了。每个人五块。快点！"从三月份开始，这路费就涨了。从原来全程四块涨到全程六块了。

"我都坐过，就是三块啊！"老妇女还是有些不解，坚持着自己的说法。

"坐不坐，不坐下车！"亚梅的习惯，一句话到底。

"下就下。每次都是三块钱的。"老妇女不死心，对着自家的母女说："我们下车。怕没车坐！"

亚梅很干脆："司机，开门。"也直接把她们的六块钱递还

飞天的脚印

给了老妇女。

祖孙三代下了车。去路边再等下一班了。

"哪里还有车，现在三块钱还想坐到镇里的。傻逼外地人！"亚梅还要叨念几句。车上的妇女们对视一下，似乎觉得这个场面也是常见的。这一会儿，车上倒是安静了许多。快六点了，乡下这个季节到七点左右天色就基本上暗下来了。

乡村客运都是当前最破旧的一些中巴车，比起城市里的那些空调车，这样的车只能用"脏乱差"来形容。也是跟路况有关系，这些客运车也显得十分底层，配上这些开车的司机，这样的车在乡下其实十分霸道。

乡村客运的司机们都可以用勇猛来形容，除了一些外地人在这里开客运相对要守规矩一些，当地的客运司机基本上都把车开得十分狂野。他们对于乡下的路况都很熟悉，也知道像这样的乡下老人们居多，他们的耳朵都不太好，所以他们就一次次把客运车喇叭按得巨响。似乎能够把整个村庄都给叫醒一样，这样的喇叭按法就像会上瘾似的，既狂放也很招摇。整个村庄都在这样的巨响中，变得既焦躁又无奈。

年轻的司机们有时候会把一些大的音箱重新安装在早就坏掉的汽车音响上，再把原来的 CD 机修好，就可以一路上把音乐开得很响，再把车的喇叭按得更响，觉得这样的一路很过瘾。那样裸露在外面的音箱在音乐的撞击下，音箱口的波纹震动就像是汽车的心跳一样，怦怦直跳。只是这样的裸露，看起来就像是心脏搭桥手术的车载版。

年轻的司机们总是很喜欢类似于伍佰的音乐，也有一些属于车载的慢摇音乐。伍佰的这种属于口语化的狂野，十分契合

渔村客运

乡下的年轻人们——一种流行化的肆无忌惮。也似乎在音乐的衬托下（其实仅仅是音响惯性），在那种激烈的音效晃动下，司机们似乎在那种高速行驶中获得了某种心理契合点——狂暴飞车。

村里人似乎都习惯了这样招摇的车，毕竟村里还是需要车，没有车大家会觉得更加不便。司机怎么样都算是个技术活，所以，像他们这些能操纵机器的人，在乡下似乎就有着自然的优势。而他们的行为，有时候也很有破坏力。

坐车的老人家居多。这年月年轻人基本上都在城市里，就留下这些妇女儿童和老人们。虽然老人家对于这样的一部车速凶猛的车，已经逐渐习惯了；但是老人家对于各自下车的位置，有时候出神一下就恍惚了，等到再喊"下车"时，这样的车速下往往早就奔出去好远。所以，很多老人总是在离家好几百米的地方慢慢地往回晃悠着。这是比较常见的。

像阿栋这种四十出头的本地司机，看起来不爱说话，其实内心十分强势。他们都很霸道，也基本没有人能管得了他们，只要车不会出事，其他根本没事。爱怎么开就怎么开，爱怎么停就怎么停。似乎只有车，才是他们觉得唯一能够掌控的一种东西。而且，还能够创造利润。

司机们几乎都把这些来自村里的售票员当作调笑的对象，虽然没有什么实际的企图，但开一些玩笑或者带一点荤话也是常有的事。

亚梅觉得今天阿栋基本上都不太搭理她。只知道他叫吴栋，大家都是"阿栋阿栋"地叫，也有人叫他"黑栋"。亚梅也是这么叫，但基本上没有回声。除了碰到有人拦车的时候，他会自然把车停下来，其他时候都不吭气。亚梅觉得这个亚栋跟秀香关系似乎好一些，对自己不怎样搭理。公司规定她们跟车的售票员是按照排车的时间来轮转的，亚梅的下一班就是秀香，她家在码头那一带，就跟车过来了。

按公司规定售票的要在起点站那里开始交接班，可这个时间，要是到镇上恐怕就没有顺风车下来，即使有也是最后一班，得到天基本上黑下来才会再下来，这对亚梅来说那也是很麻烦的事。所以，她就跟秀香说了，等下到亚梅家附近路边她就先下车，让秀香直接接班，她好赶回家给小孙子杀那只鸭子。虽然说以前也出现过这种情况，但今天秀香似乎也爱理不理的样子——反正这不是她的班——她才不管。

路上又收了三个过路的，也是正常的人数，这会儿能够收个十个左右也就差不多了。当然，能多一个是一个，越多越好。"篮儿荡"们也开始陆陆续续下车了，她们都是附近村子里的人。这里的妇女们都很能干，勤劳能吃苦，文化程度都很低，但各自都有一把自己的小算盘。亚梅多数情况下觉得自己跟她们都一样，只是自己不用这样风吹雨淋的，头上一直有着这么块铁皮屋檐，已经很好了。

很快车就要到岭下村了。亚梅盘算着就要下车了，就跟司机亚栋说："亚栋，岭卜那里我就下车了，让秀香跟车，好不好？"她也不敢说得太强硬，毕竟这也算同事之间的相互帮忙。可惜亚栋没有应答她。这让她有点慌了。她看秀香，秀香也故意把脸别到一边去。

眼看岭下村口到了，看亚栋没有停车的意思。亚梅叫起来了："亚栋，让我下车吧！麻烦你了！"她有点着急了。这会亚栋倒是回话了："等下车站那里会有车下来的啦！到站下哦！"

渔村客运

他说着说着就嘎嘎地笑了起来。车速一直没有慢下来，亚栋说的到站意思就是到镇里才下。这下亚梅慌了："这会儿哪里有谁的车会下来，再下来也要等很久啊！""会有会有！要不然等下我的车也下来哈。"亚栋说的口气很明显是开着玩笑，车的油门却一点也没松下来。亚梅知道，这会儿要想搭其他的车回村里就更难了。

亚梅急着向秀香求救，秀香火上浇油地说着："有车有车，这会肯定有人下来的啦！""我真的家里有事啊！"亚梅也不知道该怎么说了。"哎！很快就下来了啦！"秀香的语气已经明显附和亚栋才说的。

没办法了。他们用打趣的方式把亚梅往镇里拉去。车门被把控在亚栋那里，这下想下车就难了。亚梅只好寄希望有人下车，她也就不管了——要跟着一起下。可这会儿又都没人要下车的。已经到了岭前村了，还是没有人下车。车还是不依不饶地往前开着，离亚梅自己的家已经越来越远了。

拐了个弯，路旁有个乘车人在路旁，亚梅心想：这下该停车了吧！她再次把目光投向秀香，希望她等下帮忙买一下票，自己要下车了。可惜秀香还是一副爱理不理的样子。车一停，上车的人跨了上来，亚梅刚想说话，车门就又关了。亚栋快速地把车的行车档推到三档以上，车又往前跑起来了。

给刚上车的买了票，亚梅觉得心里又火急火燎起来了。但对司机——亚梅也不敢大吼大叫，毕竟司机才更像这车的主人。何况，这个亚栋还是个本地人；如果今天的司机是个外地人，亚梅肯定就很大声喊起来了。没办法，只能再跟一段了！亚梅心里还是念叨，怎么这会都没人下车！但也仅仅是着急，她也

　　　　　　　　　　　　　飞天的脚印

已经基本没有觉得悲哀或是愤懑的情绪。"只要有人叫下车就好了！先下去再说！"亚梅暗暗下了决心。

终于有人叫下车了！卖日用品的胡亚梅要在前面胡厝下车。这真是个机会——再不下就要进镇里了。这会儿下车走回去也就六七公里，半个多小时就能到，总比到镇里再等到天黑要快一些。亚梅下定决心这一下要在这个路口一起下车了。"前面路口下车！"她比乘客还急着喊了一声。

"只有一个下车！"秀香看见亚梅要下车，笑嘻嘻地补了一句。

"有毛病啊！"亚梅虽然有气，还是急切地回了一句。

"不准下车！司机，不要停车！"秀香不依不饶。

"乘客要下车。亚栋，路口停车！"亚梅眼睛瞪得巨大，话语中已经满是焦躁了。

亚栋连头都没有回，但到了胡厝路口，还是把车停下了。胡亚梅先下了车，林亚梅赶紧拎起自己的两个袋子，趁着车还没起步，快速从车门中间窜了下去。嘴上还叫着："我先下车了！"其实车已经距离她的家有六七公里了，加上拐进去的村道，够她走上一阵了。

车又起步了。秀香还在说："干吗要让她下车！"

"这会肯定没有返程车，让她自己走回去。"亚栋边说，边笑着："跑得跟猴子一样！"他们倒是很享受这样的折腾。

即便这样，亚梅也没有觉得对他们有很大的怨恨。乡下人走几公里路不算什么，虽然天天坐在车上，走路还是很快能够到家。天色已经快暗下来了，赶回去杀鸭子估计来不及了。"孙子该饿了吧！"亚梅还是挂念着家里。她有这样的本事，那些车上经过的事能够很快翻篇，似乎无论怎样的戏弄，都很难在她的记忆中留下更多的痕迹。

远处有点看不清了，海的声音似乎在很远的地方。路旁的夹竹桃已经开花了，天天坐车快速过去，都没有发现。空气中还是散发着很浓烈的海腥味，亚梅一直没有觉得，原来晒过龙须菜的地方味道这么呛。亚梅觉得女儿这样天天做这个也是很辛苦！她自己天天在车上没有发现，这种味道竟然这么浓烈和呛人。

亚梅想起前一段女儿给她买了一块花布做衣服，已经放在村里的裁缝店了。她想到等下要顺道去拿回来，或许明天就可以穿得更整齐一些。夏天到了，也该有一些新的衣服更凉爽一些的，可以很好地过了这个夏天。似乎有了新的衣服，她在车上的日子就会好过许多。她想要跟女儿说要经常跟女婿打电话，有空也应该去城里多看看。现在城市里这么乱，她突然觉得有点担心起那个外地的女婿了——回去就要跟女儿说。

她的嘴角也开始轻轻上扬了，就像有了武大郎卖完烧饼的心情了。也想起来那首她读不懂的诗和那个解签老人善意的脸。她只记得其中的一句：闻郎岸上踏歌声。她突然觉得有些好笑，谁是那个郎啊！死老头子是吧——恐怕早就投胎去了。她猛地想起了一张孩子饥饿的脸，觉得自己的脚步一直在加快中。天色已经暗下来了，她觉得虽然需要走上那么一段时间，但这个时候海浪的声音听起来竟然十分亲切的。亚梅想起过两天没上班了，要再带孙子到海边来玩了。在心头一晃而过的还有今天搭车的那祖孙三代人，不知道为什么这几个人的样子就跳了出来。亚梅想：她们肯定已经到镇里了吧！想到这里，她的脚步轻盈了许多。

不远处，海浪声似乎也越来越近了。

飞天的脚印

村　葬

贵萍是后半夜死掉的。这一点基本可以确定，但更具体时间谁也不知道。是凌晨两点、三点，还是四点？——就没有人知道了。你问她的丈夫杜皮，大儿子杜楠，小儿子杜林，他们都不知道，媳妇也是只会摇头。只知道是昨天夜里，后半夜死的。所以，就更别说去问她的婆婆和公公了。

　　几天后，杜皮的姑父说起这种死法，说："死在空调里！自动冰冻。真特别！"姑妈说的还带着抱怨："谁也不进去！谁也进不去！真是可怜的死法！"当然，这些话贵萍早就听不到了，连杜皮他们一家子也都听不到了。

　　他们都是今天早上到家的。最早到家的是老公杜皮，他昨天晚上还真的没有喝酒。最近他还是很忙，店里生意不好，大环境这样，经济衰退——这是杜皮自己觉得。"没办法。谁有办法。"租车行现在的生意太惨淡了。电脑店的生意也不行，实体店都不好。夜里十一点多的时候，杜皮接到老丈人的电话说："赶紧回去吧！今天晚上贵萍给我打了二十个电话，也没说什么特别的事。就是感觉很不好。赶紧回去。"

　　杜皮太累了，这一整天忙的。他觉得贵萍既然能打那么多电话回家，应该问题不太。"不会那么快吧！"自从医院确诊之后，杜皮觉得这一天迟早会到来，但应该不会这么快。悲伤的时刻似乎没有停留多久，杜皮觉得这谁也没有办法，各安天命吧！所以，凌晨四点多杜皮在梦里惊醒的时候，还是觉得有些自我暗示：应该不会吧！那种不安的感觉虽然有，还是很淡的。杜皮勉强起身从镇里去了乡下的家里，才发现贵萍已经死了。

　　具体时间已经不重要了。对于杜皮来说，接下来又是很麻烦的几天。赶紧先通知两个儿子，小的还近一些，大的还在晋江呢。前一个月杜楠一家都去了晋江，说是工作转到那里的厂区了。其实大家都知道是杜楠的奶奶叫他们去的，说是怕传染。子宫肌瘤。传染！杜皮觉得应该是不会，但他自己也不确定。所以他不知道该怎么反对大儿子他们一家——也就随便吧。

　　杜林还好一些，就在镇里附近的大酒店工作。据他自己说，最近隔个两三天就会回去看一下。杜林还没结婚，最近一直在考虑酒店里的一个部门经理的位置，哪里有那么多时间回去？况且，杜楠一家子连见都没见过一回。除了贵萍刚刚住院那一阵来了一趟。没几天就又回去了。等到医院确诊已经肿瘤扩散的消息，杜楠一家子急忙忙地都移到晋江去。据说是奶奶叫他们去的。杜林觉得自己已经很尽力了。

　　除了家里的这些人，亲戚也都要通知，还有贵萍娘家也要。虽然也不怎么来往，这时候通知来送最后一程也是应该的。杜皮觉得关键是不知道这场葬礼得花多少钱——这个很要命！从住院那几周，刨去农保报销的部分，杜皮也已经在贵萍身上花了有两万多。加上一些亲戚来看给的，合起来得有三万多了！杜皮觉得眼看着就要到自己能够承受的极限了。

老妈那里的钱恐怕很难会拿出来。杜皮觉得人死了，也还是累赘。

也不是说杜皮对贵萍真的没有感情，其实他们也是自己自愿结合的，虽然是通过别人介绍，但起码也有交往过那么一段时间。现在说这些都没用。这种病得了，就是中彩了！早晚得有这么一遭，活着也累。

杜林还是最先到的。五点多一点他就来了。也就是在他妈的床前站了一刻钟左右，看样子是在努力要挤出点眼泪，最终还是放弃了。他是有些难过，但还是没能表现出足够痛苦的样子。他在想这样估计得再请假两天，那自己争取经理的希望就渺茫了，这个酒店的老板很看重员工的出勤率。他才不管你家里死了谁！杜林觉得真是很倒霉，在这关键的时候，妈妈死了。杜林的失落感比伤感还要明显一些。

杜皮要杜林赶紧去通知亲戚家的。老爸老妈好像也起来了，杜皮觉得不知道该问什么？怎么办他也不懂。他爸妈似乎都不是很在意，早就说这就是倒霉催的！杜皮也觉得这算是最后一次负担了。能做多少算多少。今天店就开不了了，反正最近也没生意，不开就不开了。

老爸和老妈也就进来看了一眼，就都出去了。杜皮觉得他们是长辈，能看一眼也就可以了。老妈只说了一句：那还是准备吧！老爸没说话。以前老爸大家都叫他老大，现在这两年，老爸已经成为半痴呆的老大。杜皮觉得前两年哥哥杜峰死于肺癌之后，老爸几乎就开始有些呆滞了。倒是老妈，还是一直保持比较强势的劲头。家里都是这样，一个强势一些，另一个也就微软一些。微软，真是好词！杜皮看了一下自己，一身白衬衫倒是跟今天这氛围挺配的。杜皮一直以来，在穿着上都保持一定的品位——可以说是衣冠楚楚，毕竟自己也算是一个有点积累的生意人。杜皮还是很在意自己的装束。

后事需要准备的东西很多，联系火葬场，出证明，还得去村里去派出所……还要麻衣、白巾、蓝巾、香、纸钱……七七八八，这些妇女们应该都能准备。对了，葬在哪里？完蛋了，葬在哪里？这个问题，杜皮觉得自己好像都没想过。得去问家里的那些长辈。

到六点钟，家里开始有了哭声。第一个哭的是贵萍娘家的一个妹妹，这个妹妹说是妹妹，其实是小时候抱养来的，名叫桂花。她跟贵萍的贵不同一个字，她是桂花的桂。桂花哭得很真切，一直在叫着"姐啊！姐啊！你怎么就去了呢！"哭得家里很多人眼眶都红了。杜皮觉得这样哭一下，这个家里的氛围就缓解了很多。似乎这样哭一下，这个家的气氛就出来了。于是呢，这些后事再交代别人去做这做那的，就变得顺理成章了。这倒是让杜皮觉得轻松不少。

等到杜楠他们回来，已经快七点了。杜楠倒是积极地就要往他妈的卧室里奔，被他奶奶给拦住了，说："现在都不要进去，不能放在卧室。得往小厅那边挪。"小厅是杜皮他妈的房子左边延伸出去的那部分，预备是以后要分给杜皮他们的。像贵萍这样死的时候五十不到的人，而且又是死在这种病上，大厅肯定是不能放。得赶紧往小厅那边挪。

回来的人都开始准备要把贵萍挪到小厅。这时候桂花发现死去的贵萍身上还穿着睡衣，大叫起来："衣服，衣服呢？"衣服是有准备的，前一段医生说贵萍已经撑不了多久的时候，杜皮就叫贵萍的妯娌美英帮忙准备了一套白色的麻料衣服。杜皮就把大家都叫出卧室，让美英跟桂花帮忙着给贵萍换上最后的这一套衣服。

这件事两天后美英还在家族的微信群里，用语音说了两遍："可怜的贵萍，死的时候还穿着睡衣。也没有人知道，也没有人哭！……"大家都觉得美英其实也没必要还在这里说，贵萍的姑父觉得那也只是美英因为相同的媳妇身份，才这么说的。因为，当时贵萍在世的时候，美英对贵萍也没那么好。而且，现场哭的还是有人的，比如贵萍娘家人，就哭得比较真。这个大家都看到了。

抬去小厅的时候是杜皮跟他妈一起抬的，其他人都是帮扶着。那时候杜皮的姑妈还没回来，她在准备那些香火蜡烛纸钱之类的。事后她才问杜皮的妈，说："眼睛闭上了没有！到底闭上了没有？"她觉得如果眼睛都没有闭的话，按理是不能抬的。杜皮妈说："看了看了。闭上了。"姑妈有点不信："小的还没结婚，就闭上了？"杜皮妈说："有交代，前几天交代给我了！真闭上了！"姑妈事后还在说，应该让杜楠杜林他们都跪下哭一会儿，再说清楚要抬出去才行。怎么那么急匆匆就给抬了出去！姑妈还有点痛惜又有点狠地说了："交代给她！我看她以后怎么处理杜林的婚事。要是再这么抠，或是以后不管小的，小心贵萍去找她！"听得旁边的人都瘆得慌。

贵萍最倒霉的是死的时候才四十八岁。这样年龄太尴尬了。所有人都这么认为。怎么样都应该再坚持两年，过五十了再死也比较好办点。

"好在这几天没有下雨。"作为大家庭里的二弟文祥很看重这一点，要开好头——他平时没怎么发表意见，倒是这一句说得大家都认同。现在的山上，田地没有什么人种了，到处都是杂草丛生，都没路了！这几乎是每一个偶尔去一趟山上的人，回来以后统一的说法。一年也就到清明的时候，大家都急急忙忙从各地回来，红军过草地似的走一趟，都是在草丛中辨认各自的祖坟，然后锄草砍树上香祭拜，就在鞭炮声中匆匆离去。

"预报还是有雷阵雨。这两天最好不要下。"老大接过老二文祥递过来的烟，打了两下打火机，还是点不起来。文祥过来给他点上。

杜皮让杜楠过来，带着一条白七匹狼烟，给这些叔伯们每个人发了一包。

"得找人先去上山辟出一条路来。要不然出葬时候，万一过不去怎么办？"老三文敏是泥瓦匠出身，先考虑的是很现实的问题。杜楠递过来的烟他摇摇手没有接，最近他在忠门一带做装修，据说接了个别墅的活。口袋里掏出来的都是好烟，他点了一个红七匹狼，说最近"抽惯了"。转头对杜楠说："叫你爸来。"

当地的习惯，五十岁不到就死的人，简单点说就叫不得善终，更土气叫：半路死。这种人死后是进不了祖坟的，如果是死在外地，家门都是不能进的。这是规矩。新例不可创，旧例不可废。这是老大说的。其实大家都知道，这虽然是规矩，那也是以前的规矩。现在老大说的话，基本上就是老大屋里说的话。大家明白。

"当然，肯定不能进祖坟的，这没得商量！"连老三都认可这样的说法。那会被村里人取笑的。这一点大家都没有意见。老二虽然也想做一次大人，他知道老大现在相当于一个废人了——那他可不能任由那婆娘摆布。但是祖坟方面，那是肯定不能进的。当然，贵萍不能进，那也就相当于杜皮也不能进了。

　　　　　　　　　　飞天的脚印

这也没办法，谁让他娶了这么短命的一个老婆。该担待的也只能自己担待着。

得再找个地方。这是大家一致的看法。"应该叫个地理（风水师）！"老二觉得这是避免不了的。

"那应该吧！"老三也觉得是。"现在山上地方是很多，但是地理这个东西，还是要请他们做这个的来看。"

老大不吱声。沉默一阵，老大把烟掐了，转身出了门。

杜皮进来给这些长辈分烟，也是白七匹狼的烟，"天气热，不能等吧！"杜皮问了三叔。

"先叫杜林带几个人去村口的冻库，买几块冰回来放在床边。"老三这方面还是有经验。"现在下葬在哪里，定不下来，先预备着。要是没说好，到时贵萍家那边也会有意见。"

"我马上叫杜林去。"杜皮知道这个决定下葬地方的问题自己解决不了，还是先应付眼前的。

老大再进来的时候，就说："还是不要叫地理了。听说地理要五百。我看就在祖坟附近找个地方就行了。那边不是有很多小树林吗？那一带就好吧。"

"那以后树再长起来，是会把墓地盖住的。"老三觉得有些不妥。

"屋里说的，这个病不干净，盖就盖了。"大家也知道这就是杜皮老娘的主意，一时间也没有反对。

老三嘟噜了一声："恐怕贵萍娘家，会有意见吧。"

"那不是'寄遗'！就那样供起来在地面上，土都没有入，亏他们想得出来。都到这个时候了，还不让人入土为安！太不像话了！"杜皮的姑妈后来说起这个事，还是耿耿于怀。本地话"寄遗"，是指一些死去的人，大多因为没有善终，就在山上找个地方直接在地面放上棺材，再从上面包土堆，这叫"寄遗"——相当于没有入土。姑妈对娘家的这些哥哥们，特别是老大，这两年表面上客客气气，其实还是意见很大。"已经是没用的人了！"这是她跟姑父都一致认定的看法。

"还是等她们家里人来了再商量一下。我觉得这样不大好。"老二想掏自己的烟，掏来掏去也掏不出来，文敏就顺手又递给他一包白七匹狼。

门外跑进来一个小女孩叫道："小姑，小姑！小姑在哪里？"女孩看起来也就八九岁的样子，梳两个小辫，小花裙，眼睛滴溜溜地发亮。旁边的杜楠见过这个女孩，说："她是贵萍弟弟的女儿。应该是跟着她们家那边人过来的，来找桂花的吧！"

"你姑在小厅那边。"杜楠给这个叫茉莉的女孩说了一下。

茉莉又一溜烟跑了。

"我妈前一段住院的时候，听说这个小孩经常去看，还常常一个人拎着饭过去。我听杜林说的。"杜楠说这个的时候，三叔觉得很惊奇。

"那你给你妈拎过几次饭？"三叔公问杜楠。

"我，我都在外地，"杜楠低头说，"奶奶不让我回来。"

杜楠想起他妈的房间窗台下摆着一盆茉莉。妈妈贵萍说是用来驱蚊的，杜楠跟他妈说过，有了空调就不会有蚊子。好像贵萍也知道的，但那一盆茉莉花一直还在杜楠妈妈的房间里。杜楠记得今天看到的那株茉莉，明显有些发黄，应该贵萍昨天或是这几天没给它浇水。在空调房中，茉莉花更加容易缺水，就会很快发黄。

　　　　　　　飞天的脚印

桂花一直待在小厅，时不时会掉一点泪。小花裙子的侄女茉莉过去的时候，桂花还是拦住了她。"大姑怎么啦？"茉莉不懂就问。

　　"……你大姑没了！"桂花说着眼圈又红了。

　　"大姑没什么了？"茉莉还是趁机转到贵萍床前看了一下。"大姑换新衣服了。"

　　桂花觉得内心一颤。"莉莉乖，先出去玩吧！爷爷过来了吗？"

　　"好吧。大姑醒了你要叫我。爷爷在那边。"茉莉手指了厅堂的方向，就跑出去玩了。

　　桂花还在念叨，"早就说了，及时去医院。说了两年多了，你天天说要去，天天拖拉。有什么关系的事，病就是病。有什么好害羞的！哎呀！"桂花的悲痛中有些怨气，当然，现在这样的话语，看起来就像农村妇女的自哀自怜。

　　一会儿，茉莉就拿了瓶矿泉水进来，"小姑，给。爷爷给你的。"

　　桂花出门时就碰到美英，美英又叹息道："就要死了的人。前几天，我说要托人去山里面买些那里的人自己收的大米，她还在托我要一起买。还说那种米吃起来比较好。都什么时候了，还是顾着这一家人。这一世人，真是穷命！"美英说的是贵萍。

　　桂花眼泪又忍不住，眼泪又簌簌地往下掉。"姐夫也不让她去大医院看一看。真是狠心。"

　　"哪里有钱啊！以前赚的一些，喏，都在太后那里！"美英小心地说。

　　桂花冲着厝里，狠狠地盯了一眼。

"女人啊！都是这个命！"美英的话里，多少也带着对自己命运的怜惜。

"姐太单纯了。什么都不知道为自己争取。"桂花还是有点不甘。

"还是得靠杜皮。这几年生意没起色，也都不怎么管她了。"美英说的是实话。

"现在家里怎么决定的？葬在哪里？"桂花知道他们还在商量。

"还不知道。估计还在合计。我看会听太后的吧！"美英话语里有些不屑，也有些不爱搭理的意思。

"镇里的姑父来了吗？他应该能说句公道话。"桂花知道前一段贵萍住院，其实也就是杜皮姑父跟姑妈经常去看，姑父虽然不爱说话，腿脚也不方便，却还是看得出对贵萍的好。她觉得只有他们才真正把贵萍当作亲戚。

"腿不方便。好像刚刚到了吧！进去了。你爸也进去了。"

"如果他们真要把姐葬在外面，我肯定不同意。"桂花知道自己决定不了，还是想跟自己的养父说一说。

"男人们决定的。我们有什么办法。不过现在看还是有钱人决定的。就看杜皮自己了。"桂花知道美英说的有钱人是谁。也想等下有机会要跟姐夫杜皮说一下。

茉莉跑过来，说："小姑，他们说晚上有加餐，我们也在这里吃好吃的，好不好？"

桂花看着这个小花裙，苦笑了一下。

午后，等到杜皮的姑父来的时候，几个叔和杜皮爸还是没确定到底要葬在哪里——连杜林都觉得自己妈死得也太不是时

飞天的脚印

候了。这真是个大难题。

姑父明贤是镇上的人，对各家都好，大家也都尊重他。当然，这主要还是以前，现在各家生活都还不错，姑父明贤这几年也就不怎么对妻子娘家的事情发表意见了。去年明贤脚上因为早年的车祸留下的骨髓炎没办法坚持，去北京做了截肢手术，现在性情反而缓和了一些，也就不怎么去管事。明贤到厅堂的时候，大家给他尊了个位置，他也不怎么说话。

当然，更加沉默的是贵萍的爸爸，女儿得这个病对于自己家也是一个灾难。虽然痛心，却更多的是觉得抬不起头来。他接过明贤递来的烟，一个劲地在抽。

挂在厅堂正梁上的电风扇，已经开到最大，也还是转得很慢。老三叫杜楠再去找个落地扇来，去了很久也没有消息。屋外隐隐有雷声响过。

"老大的意见还是在外面找个地方，就下葬。你们看！"老三还在重复这个意见。

明贤看了看贵萍的爸爸，自己不吭声。

"这样以后扫墓，应该不方便。最好是去公墓。"贵萍爸说得很慢，总算把话说完。

"公墓得钱买！是吧。杜皮？"老大接话，意思还是得由杜皮决定。

"你们长辈决定吧。我都接受。"杜皮对于墓地的事情，没有概念。当然，对于钱，他觉得有些慌。

"得多少钱？一坎墓。"贵萍爸转头低声问了一下明贤。

"最少要三五千！但我觉得应该出。"老二这下倒是挑明了说，似乎有些坚持去公墓。

"那就杜皮你自己看。现在赚钱也不容易。"老大的话里，听不出是对杜皮出钱的惋惜，还是害怕屋里的不好交代。

"明贤你看？"老三问杜皮姑父。

"我没意见。葬在外面，你们要是不怕村里跟外面的人说，那就随便你们。这样当然最省钱。呵呵！"明贤觉得好像也没什么好说的。

"要不公墓那里，一家出一点点？"老大的话，几乎把一屋子的人都给吓着了。

沉默了良久。"好像没这样的规矩。要不然杜皮看，葬在外面也可以。"老二只能这么说。

"我还是先去买东西，准备晚上的饭。没有提前去买，到时连请来帮忙的人都没饭，那就不好了。"明贤觉得自己待在这里没意思，就起身先走。杜皮要送他，被他摆手叫住了，"没事，钱我先垫。"就一瘸一拐地出门去了。

明贤第二天对回家探望的女儿说："讲什么话我听都听不懂！那就要往山上扔，以后会被一村子人嘲笑这一家子。我真是受不了，后来才给杜皮打了电话。也让你妈给老二打了电话，这一家子人，祖宗风水还要不要顾了！"

贵萍爸也觉得自己也决定不了什么，嫁出去的女儿，似乎也就没法多干预。况且，事情关键在自己女婿，如果女婿也没有意见。贵萍爸觉得自己，说什么都没用。只是伤心自己的女儿这一生，实在太倒霉！心里也就只希望儿子一家会好一些。

"钱的问题，还是得由杜皮来定。"老三也只能转向杜皮。

"时间不能等啊！这天气。"老二还是忧心忡忡。

午后天气非常闷热。老二老三都说回去一下，带点自己家的茶水再来。

杜皮觉得人的一生实在无趣，到这个时候，还有这么多麻烦。真的是，多少钱都不够！"我去跟妈说说看。"杜皮没办法，只能硬着头皮去试一下。

　　在院子里，杜皮接到姑父明贤的电话。"杜皮啊，前你不顾就算了，后也要顾！你不要这最后一途，也都不给人家安排好！"明贤电话里很生气。"无论如何，也要找个像样的地方，把你们两个都安置在那里。对人有得讲——对谁也能够说得过去——祖宗风水要顾啊！"

　　也就是最后这句话，最终打动了杜皮的妈。当然，最后老二老三再来的时候，也都坚持要去买两坎公墓，一个给贵萍，一个留给杜皮。原因也是，这关系到整个家族的风水问题，不能被牵连。其实，这也是杜皮姑妈打电话给她的这两个哥哥，坚持要这么做的。

　　最终杜皮也去说服了他妈，一起去村里的公墓区，看了两坎公墓。六千元，杜皮自己觉得这一次算是勒紧了裤腰带，总算是做了件圆满的事了。

　　当然，据姑妈后来说，杜皮的妈自己也在公墓区看上了一坎墓穴，别墅款的，好像要三万多吧。说要给自己，不知道有没有把老大也考虑进去。准备再买。姑妈说，这下可真是大方了！估计祖坟那里，都能剩出个位置了。

　　晚饭当然是在一种如释重负的气氛下进行的。虽然这不是喜丧，杜皮的姑父对于这种有涉及外人的饭都准备得比较充足，大家都觉得这顿饭办得很好，有面子。倒是杜皮的姑父自己没有吃，就走了。说是有点不舒服，杜皮一直在挽留，也没办法。姑父脾气大，杜皮也不敢多说什么。

"死了的人死了，活的人总是要活！"美英的话，大家觉得说得最好。

美英最后都没去送，说是最近自己家里儿子的房子装修，很快要"过厝"，就不去了，免得沾了"巫"气。早上当时急着给贵萍穿衣服，美英都觉得自己太不注意，赶紧回家烧了一堆麻草，让自己熏了一下，去了去晦气。出葬的时候，美英对杜林和杜楠说，"你们给我大声哭！哭不出来，我到时拿棍揍你们，揍到你们哭为止！"其实到后来杜林和杜楠基本上也没哭，只是很勉强地做出了哭的表情。美英说是说，真正送起来，也没人去管这些了。

最想去送的桂花也没有去，原因是请来的师公说，属蛇的人这次不要去送。桂花属蛇，只能待在家里帮忙着准备晚饭。倒是小茉莉跟着去了。晚饭的时候大家都在说前一段贵萍住院的时候，很多次都是这个小茉莉带饭过去，给贵萍吃。都在夸茉莉很懂事。旁边的人问她说："茉莉啊，你大姑现在去哪里了？"小茉莉很大声地回答道："大姑去很远的地方，赚大钱去咯。"听得很多人都笑了起来。

小茉莉没吃几下也就饱了，到处去溜达。桂花一直在厨房帮厨，也不怎么管她。听说下午送葬的时候，杜皮一家子没多少人哭，桂花觉得很难受。"这一家人，也真是够狠的！姐姐啊，真不知道，你这一生，到底值不值得？！"桂花内心压抑，只是一个劲低头洗着碗，像要通过劳动来发泄自己。

小茉莉转了一圈回来。"茉莉，你跑哪里去了？"杜楠知道这个孩子前一段一直照顾自己的妈，就想跟她聊一聊。

"外边，看花。哥哥姐姐都去哪里了？"小孩来吃饭的还是不多，小茉莉有些失望。

　　　　　　　　　　　　　　　飞天的脚印

杜林下午抱着他妈的遗像去火葬场的时候，忽然觉得照片上的妈妈年轻时候长得很清秀。以前一直觉得自己妈妈一身土里土气的，似乎什么都不懂。也就那会儿，杜林觉得有点伤心。不过很快杜林就记得大家都说自己遗传了贵萍的长相，就想应该最近去弄个漂亮一点的个人照，这样对于那个经理位置的竞争，才更有利一些。

杜林在端菜的时候，看见小茉莉又从外面进来，就说："茉莉，去吃啊！"小茉莉不回答他，低头走了几步，猛然抬头说："叔叔，我看见大姑了。"

杜林吓了一跳："胡说什么！哪有什么大姑？"

"真的。大姑刚才就从那个地方走进来了。我要去找她。"茉莉指了指靠近围墙边的入院门。

"小孩子，乱说什么！"杜林很不安，叫杜楠来。"这孩子胡说什么？"

"我没胡说，我就是看见大姑了，穿一件有花的衣裳，走进来了。"这下很多人都知道了。桂花揽住小茉莉，不让她再说。

几个叔公辈的和杜皮都觉得小孩子，可能是有一些幻觉。

只有姑妈说，"有些小孩，能看见一些我们看不见的东西。"也把在场的很多人都给吓住了。姑妈叫杜皮去找一件贵萍原来的衣服，在厅堂那里放一张椅子，就把衣服套在上面。叫一家子人，都去跪了一番。本来，几个叔叔是不让在厅堂这里弄的，姑妈说："不在这里，小心她会到处乱走。"一句话，就让几个长辈也都不敢应声了。

桂花抱着小茉莉。小茉莉还问："大姑今天躺在那里，怎么有那么多花花绿绿的东西，还有金色的纸盖着，真好看！"

桂花说："你大姑去很远的地方了。是要穿得好看一些。是吧？乖！"

小茉莉信服地点了点头。

杜皮也不是没有伤心，昨天送贵萍去山上的时候，杜皮在贵萍娘家的哭声带动下，也一度眼眶湿润。可惜，去山上的路实在太难走，杜皮一路上也是边走边骂：这些村干部，路都不修一下——连家里人死了都不让人好走。后来看着贵萍下葬，杜皮觉得自己脑袋有些发胀。眼瞅着，自己以后的墓地就在贵萍身边，杜皮觉得既踏实，同时也觉得寒意嗖嗖的。

杜皮第二天想找一套衣服给自己换上的时候，才发现自己根本不知道平时穿的衣服在哪里。这时候，杜皮才记起平时自己的所有衣物，都是贵萍放好以后给自己穿的。那一阵，杜皮真正意识到自己的生活中再没有贵萍了。

南方的天气这个季节都是雷阵雨，杜皮看了看地面，不知道什么时候，还下了几滴雨。我怎么一点也没感觉到。杜皮觉得这一段时间自己还是先不要回家，等这些"七"做完了。再叫人把那间卧室重新装修一下，就当作是杀毒。这样好！那一盆茉莉，那么蔫，也该拿出去，淋淋雨了。

杜皮觉得自己正一点点恢复了生活的情趣。

园　子

苏梅一锄头下去也没能剔开多少杂藤。这些杂藤已经相互缠绕在一起，锄头没办法一下子铲到根部，也就是断了几根小的草筋。苏梅觉得自己的骨头都有些震荡起来，反而力气有些舒展开了，额头的汗很快就冒了出来。屋后面的这些杂地一直没有去整理，这几年也是忙得够呛，早就顾不上这块地了。现在觉得有一些力气活可以干，对苏梅来说倒是很需要的——要不然苏梅不知道自己内心的积郁该怎么排解。

　　还在几天前，苏梅一度觉得自己会崩溃的。那连续几天，她都没有能够睡着。有时候晚上她干脆也泡一两包咖啡来喝，让自己更加精神些，反正也睡不着。酒不是苏梅习惯喝的东西，喝咖啡倒可以让自己在长夜里——品尝一下刚刚体会到的另一种滋味。

　　那是在保险公司上班的同事教她的，说有时候喝点咖啡可以提神。她也不太懂，就是把那袋装的雀巢咖啡泡一下——也是同事送给她尝的。自己家里连个像样的咖啡杯也没有。她是用吃饭的瓷碗泡的咖啡，看着那小半碗的黑褐色液体，苏梅觉得自己简直有些好笑。"跟药一样，有什么好吃的！"虽然如此，对她来说晚上能够有个事情做着，时间总能走得快一些。有一两天，大概在快天亮的时候，苏梅好像隐隐约约睡了一小片刻，那大概是她体力完全透支的时候。在天大亮的时候，苏梅就会惊醒，但她仔细回想，也并没有做梦。那一阵，苏梅觉得似乎连做梦的力气，也都没有了。

苏梅没有停下来。一停下来苏梅觉得头就更重了，她想先把靠近后山的围墙边的杂草除干净再说。女儿陈苏说要在后面的园子里种花，苏梅觉得种花太麻烦了，种点蔬菜就行了。

苏梅进屋喝水的时候，还是很自然地瞧了一下自己的手机。手机是红色的。这是陈苏帮着挑的，她说："妈你现在也是业务员了，手机这一类的东西，也稍微讲究一点。音乐手机，听起来效果好。"女孩子对于手机都很敏感——苏梅也就随女儿安排，这样也省得公司其他的业务员说：还在用那个"老人机"啊！

看见这个手机，苏梅内心的刺痛感似乎又苏醒了些。这一段，苏梅一共接了小惠的三个电话。现在想起来，她自己却觉得每一个电话总比上一个要缓解了那种刻骨铭心的痛楚，很奇怪！到今天，似乎那种痛感已经降得比较低了。当然，也是她在白天的时候刻意地避开这些事，尽可能不去想它了。这种事不能一直去想，那也没什么用了。苏梅很努力让自己变得更加忙碌。所以昨天她跟女儿陈苏说，这几天要把房子后面的园子整理一下。

苏梅皮肤很黑。那种黑是遗传带来的，也就是从骨子里就显得黑。公司同事的小孩有的直接就叫她"非洲阿姨"。女性一旦皮肤黑，想打扮的心思也很快就放弃了。市面上的服装稍微有特色一些的，几乎就都是为了那些白皮肤的女性而准备的。况且，对于苏梅来说，这些年的操劳早就让她几乎已经忘了自己的长相了。她的性格中有一些自我调节的机能，大概很早的时候就已经被开发出来了。一般人接触她，还是觉得苏梅是比较乐观的人。苏梅自己觉得："不乐观又怎样！总不能不要活了。"这就像她的口头禅一样。

也不是苏梅觉得自己想明白了。到最终，苏梅觉得事实已经是这样了，没法改变了。那么眼前也就只有一件事重要了，就是找一些自己能够做到的事情，去做并且把它做好。苏梅觉得这就是一种改变的希望。当现实已经不能改变的时候，做好手头的事就是改变的开始。苏梅觉得这一段保险公司的学习没有白费，这种带有自我安慰的话语，似乎都来自保险公司的培训语录。现在看来，不管怎样，这样的想法也是有一些作用的。

所以，苏梅觉得确实应该花时间把屋后的园子整理一下。这也是陈苏前一段一直说的事。

直到陈苏要下班的时间了，苏梅还在犹豫要不要跟她说这个事。毕竟，这不是什么光彩的事。而且，还不是因为光不光彩，苏梅更加担心的是这个事对于陈苏的影响。一直以来，苏梅都会觉得陈苏爸爸不在家的这几年，对于陈苏的成长还是有着明显的影响。现在，女儿的成长比什么都重要。

苏梅知道，陈苏虽然现在也算开始工作了，但是文化程度不高，长相也只是中等，接下来的每一步都很重要。要知道，大女儿的性情对于这个家很重要，陈苏要是心理上出了偏差，那会直接影响到整个家庭的稳定，尤其是对两个小的，影响会更大。

后院园子里的杂草已经长得半个人高了，也很久没有去打理了。她走到后窗边上，喝水的时候，她想着把屋后的土埂也整理一下，可以种上一些日常的菜，像小葱、四季豆、丝瓜这一些，有的地方还可以种点小白菜，可以随时摘一些炒，也是很方便。苏梅一直很喜欢在家里的四周种上一些应季的菜——看长得齐整的一茬绿色，像在视觉上保持一种日子的新鲜度。只是这几年她的心思根本没在这里。

每次保险公司开早会她都很积极去学习，苏梅知道自己文化程度比较低，而现在的保险业越来越专业，得用心学习才行。也刚刚做了半年多，刚开始业绩还可以，但这两个月也有点跟不上了。

早上苏梅特地留出一些时间想要去了一趟市场，去买一些菜籽。她跟陈苏说好了，这一两天要把屋后的土埂翻一下，顺便种一些什么的。陈苏也说她今天会早下班，等她回来一起干点活。屋后面那些地其实也就两埂地的面积，那还是当年陈健的爸爸也就是苏梅的公公在修这个房子的时候，跟村里半讨半占地要过来的。因为这屋后面没有别的人家，后来村里也就默认了。先占就先赢——对于房子和地，村里人的态度一直就是这样。

房子的大门靠右边的一角留下的那座小土地庙还在，那是当年盖房子的时候，由陈健爸爸的提议安在那里的。这几年也都没打理它，连那副对联也都破旧不堪了。一边早被风吹跑了；还有一边剩下几个字是……"地可载"什么的。这个从附近村子定做大理石的石器厂买来的小庙，虽然过了几年，但从外观看起来还是坚固的。

在南方，土地庙对一个家庭来说，也是一个家庭表达虔诚的一种方式，也隐隐约约起到了护身符的作用。只是这几年陈健不在家，苏梅也就很少留心去管这个小的家庙。这个占地也

　　　　　　　　　　　飞天的脚印

就一平方米的小庙，都是当年苏梅的公公弄起来的，底座和两边墙体加上后墙都是整块的大理石，小小的屋顶是琉璃瓦斜屋面。附近大理石厂里一般都有做这种石屋的家庙，现在每次经过那里也还能看到。里面摆一尊土地神，也就是这里说的"福德正神"。门的两旁还贴着一副对联。记得最早是贴着：土能生金是福德；地可载物为正神。门口摆着一个黄色的瓷制香炉。当时苏梅的公公说每逢初一十五要给这个小庙上香，以求土地爷的保佑。

这几年苏梅忙起来，把这个小庙的侍奉也给忘了。

苏梅记得第一次接到小惠的电话之后的那种感受，就像内心被火烧着了一样。她一阵阵感觉到那种呼吸不畅的滋味，像是不断冲进沉船里面的那种来自海底的水柱——有着不断冲击带来的瞬间窒息感，一直要淹没她。

后来想起来，这几年陈健虽然每到春节也会回来几天，但基本上都没有在家里住过。他总是说外面有事，家里两个小的孩子，陈健也几乎没有见过。苏梅不知道为什么，陈健会变成这个样子。几年前，大概有十年了吧。当初，陈健说要外出打工，跟着村里的那些人去北方混混看，也比在家这样有一搭没一搭要好。拼几年，也好。当时苏梅也是这么想，村里很多人都混出了模样，但愿陈健也可以。没想到是今天这个结局，钱没有寄过几分，却多出了一个女的，还有一个孩子，真是可笑。想到这里，那种很深的伤痛感又涌了上来。

小惠一开始介绍自己的时候，就一直跟她道歉。"姐姐，我知道不应该打电话给你。可是我想如果不跟你说一下自己，也觉得对不起您！"

真是笑话。苏梅内心只有愤怒，"你是什么东西，勾引人家老公的东西。还在这假惺惺的！"小惠的话语中并没有那种肆无忌惮的语气，倒是显露出一种无能为力的悲苦。苏梅还是觉得这个女孩子又做作又可恶。

　　"我真的不是故意的。前几年年纪小，在那个医院当个小护士。也不知道怎么了，就跟陈健好上了！是我不对。我当时也不知道他已经结婚了，是我那时候太傻了。"

　　"你傻？你这种把戏，觉得能骗得了谁！骗我吗！"苏梅只觉得愤怒。

　　"是我自己不小心。对不起！姐姐！你知道，我也是外地来的，总想能有个依靠……所以才这样的。真对不起！"小惠的口气中虽然有着想当然的天真，但在苏梅看来，这分明就是个狐狸精。

　　"我跟你没什么可说的！"苏梅忍住了。"你最好不要再联系我。"

　　虽然这几年陈健的情况，苏梅也隐约预料到不会有什么好事。但用这样的方式摊开来压到苏梅身上，苏梅还是觉得身体里很大的一块东西在崩塌。

　　所以，直到陈苏推门进来，苏梅还是决定以后找个机会再跟她说。走一步算一步吧。

　　陈苏的打扮很显然越来越中性了，这是令苏梅觉得有些担心的地方。永远的牛仔裤、T恤衫、马甲，冬天加一件夹克衫，而且很少有鲜艳的颜色。虽然没有看出性格上的过度忧郁，但陈苏总体给人感觉有点冷淡，不像以前那么活泼，跟苏梅说话也很大人口气——那种过度替人分忧的表现看起来也有点不对劲。

　　　　　　　　　　　　　　　　　　飞天的脚印

她父亲不在家这几年，陈苏恰好是青春期，虽然是女生跟妈妈近一些，但她父亲一直没有在身边，还是对陈苏的成长有影响。她对男孩子有着很故意的那种敌意。有一次对面院子的一个男孩子来家里找陈苏借一本教辅材料，刚开始陈苏也好好的借给他了，可过了几天陈苏突然很生气，说那个男孩子在她的书上乱写乱画，再也不理他了。其实，那个男孩就是把陈苏书中的一些古诗练习部分，很认真地填写完整了。陈苏却说他是故意乱画的。看得出她其实是因为自己的学习缺漏部分被人瞧了出来，就很不舒服。

后来，陈苏的学习就慢慢地跟不上了。初中毕业以后，就没有再往下念了。对于学习，苏梅也基本上帮不上陈苏的忙，况且还有两个小的，家里的压力也很大。陈苏说不读了，苏梅也就默认了。现在她在一个超市里当收银员。

陈苏今天心情很好的原因是同事丁跃下午向她表白了。虽然她还没有直接同意跟他成为男女朋友关系，但这毕竟是令人心情愉悦的事。丁跃虽然只是普通家庭出身，但毕竟还是对她很好，而且比较细心，基本上这一年的早餐都是他负责提供给陈苏。从刚开始的别扭到后来的习惯，人就是这样，一旦成为习惯，就基本上难以摆脱了。

陈苏还在犹豫中，她还在考虑要不要跟苏梅说一下。母子连心，这种事还是得妈妈同意比较好。进门的时候陈苏手上多了一串龙眼，也有几颗是零散的。"妈，门口的龙眼树掉了一串。我捡的。"陈苏这个时候还是像个孩子。

"哦。都忘了。今年有长果子？"龙眼树栽下去，有可能是隔一年才结一次仔，没想到今年也有结。也挺好的。

"有啊。结了不少呢。妈，你还说今年不会结籽。"

"我也不知道，听老人们说有些龙眼树，是隔一年结一次籽。"

"来，你尝一下，看甜不甜。"陈苏好像还没有尝过，她倒不是那种很馋嘴的人。

"树下捡的，有没有坏掉了。破皮了呢？"

"没有，应该是刚掉的吧。昨晚，我看还好好的。"

记得栽下这棵龙眼树的时候，是结婚后的第二年，陈健在苏梅生日的那天在院子里栽下的。当时也只是很随意的事情，当然那时候陈健还很在意苏梅——还说那是一棵见证他们之间感情的树。苏梅竟然还会想起这个细节，自己也觉得老套。

本来以为龙眼树在这里未必能够栽得活，毕竟他们也都没有时间去管它。也不太知道如何去照看一棵树。刚开始也就是浇浇水，胡乱加点肥料。树这种东西也是奇怪，真是无心插柳，没想到乱栽倒也乱活起来。没过几年，门口这里，也长成了一棵龙眼树了。还会结出果子，真的是很神奇。

"小苏，龙眼掉地下了，果子后边接枝条的地方很容易长虫子的。你要看一下。"苏梅还是提醒女儿。

"啊！真的啊。我看看。"陈苏叫了起来。

"真的有啊！妈你看，这颗就有。"陈苏很小心地剥开一颗龙眼，在接枝的口子上，有条白色的小虫，在往龙眼肉里翻卷着爬动。"吓死了，真可怕！"

苏梅看着女儿很细致地剥龙眼的皮，那种细心，仿佛也似曾相识。苏梅觉得伤感涌了上来，但也克制着微微一笑。"龙眼掉了。甜的东西，就容易招虫子。一般都是这样，正常的。"

陈苏盯着手中的龙眼粒，不服气地嘀咕："为什么是白色？

这虫。"

苏梅觉得好笑。"菜里都有菜虫，绿色的。龙眼白的肉，白的虫。你都没见过啊！"

应该跟陈苏说这个事。她现在已经大了，开始能够赚钱养活自己，偶尔还能给这个家贴补一点。苏梅还在犹豫不决。这是他们夫妻之间的事，跟孩子关系也不大。但这毕竟是她父亲在外面干的好事！而且，这事对于陈苏来说也应该从中知道一些道理，以后有些情况也需要她帮忙拿点主意。两个小的就没必要让他们知道了，让他们好好上学就可以了。也算是让他们保留一些对父亲好的印象吧。

"真可惜。"陈苏还是有些不舍。"早知道，就拿去晒龙眼干好了。"

"掉了就不要了，小苏。等有空再看看树上还有没有，有的话，就把多的拿去晒好了。"对于这棵树，苏梅也不想说太多。

看到苏梅脸上已经有了很明显的汗渍，陈苏说："妈你都开始干活了！也不等我回来一起干。"

"没事。我先弄一下看，杂草很多，不好清理。你得去找个镰刀来，先去把长一些的草割掉才行。"苏梅觉得可能一两次也弄不完。

倒是陈苏比她更心急一些："可以的。太靠墙的地方就不要弄了。就在靠窗户这边的地方整一些空地出来，能够种点就行了。"

"不要种花了。这么点地方，种花谁去照顾！"苏梅也不知道这女儿什么时候开始爱弄这些花了。

"哎呀妈，菜我们又能够吃多少，现在菜也不贵，买就行了。种花多好看啊！"陈苏还是坚持要种花。

园 子

几天前陈苏在网上买了一些花的种子，有玫瑰和月季，还有康乃馨和大丽花等等。她很想在家后面的小园子里种上一些花花草草的东西。妈妈苏梅是反对的，她觉得种这些东西太不靠谱了。"花草越漂亮，就越需要时间去照顾。谁有那时间！"苏梅说得很现实。"就种点菜籽就好了。有时间浇点水，等它们长起来了就行了。起码能够保证还有一些蔬菜可以吃。花又不能吃。"

陈苏觉得还是要种一些花，实在不行，起码也可以种一些水果类的，价值也高一些。栽点龙眼啊枇杷什么的，也总能会有收获吧。再不济，栽一两棵木瓜也行。都种菜，太难看了，也没有去吃几口。

"不管，先把地平整好再说吧。菜籽我都买好了！"苏梅不跟她争论了，想看陈苏有多少力气，能够把要种的地平整出来。到时她活干不动了，就不会再坚持种什么了。

"我一定要在后面种很多花！"陈苏的样子看起来很坚定，这似乎跟她最近开始交男朋友有点关系。

第二次接到小惠的电话时，苏梅眉头一锁，但也没有太犹豫就接了起来。话语虽然强硬，却还是让小惠说了自己的处境。

小惠是四川的，在当地读了几年卫校，后来跟着老乡去了北京。就应聘在当时陈健所在的医院，当了个小护士。那时陈健他们弄的医院总是需要打点各种关系。所以很多时候，那里的一些护士也会成为交际的筹码。后来，这个医院也没有弄得多起色，倒是一来二去，陈健跟小惠却搭上了关系。现在小孩都已经四岁多了。

苏梅一开始也觉得小惠为什么会跟她联系，也很不理解。

反正她们也见不着面。这几年陈健也已经基本看不见了。苏梅虽然觉得这已经就算是大环境了。小惠没有必要联系她！她只要跟陈健联系就行了。自己也落个眼不见为净，不是更好吗。

还是小惠跟她解释的。"姐姐，你知道这两年，我也连陈健的面都没有见着了。也不知道他到底去哪里了！电话也换了好几个了。我现在都不知道该怎么办了。"

"这跟我有什么关系！难道你还想跟我讨要陈健！"苏梅几乎又叫了起来。

"不是不是！我知道他肯定也没有怎么跟你联系。但我是实在不知道接下来该怎么办了才找你的。"

"找我！应该我先找你才对吧！"苏梅还是压抑不住自己的怒气。

"是的。姐姐，你应该骂我。是我该死，不懂事！"

"不懂事。你倒是说得够轻巧！"

"我真是没办法。现在有了这孩子，我只能想办法联系你们。"

"你为什么要联系我？你不用联系我不是更好吗？"苏梅还是有些想不通。

"我实在是没办法了。我当时确实趁陈健不注意，留了你的电话，和他的地址。"小惠有些唯唯诺诺地说。

"不要脸。你们都不要脸！"苏梅还是难以抑制。陈健……你偷吃都不会把嘴擦干净！苏梅觉得心痛不已。

"姐姐，对不起！我真不是故意要伤害你。"电话中的小惠虽然算诚恳，但苏梅觉得这个女的也还是有自己的小心思——她也不笨。

"你为什么不走正常人的路子，走这种邪路！不很可笑吗？"虽然这么说，苏梅隐约觉得陈健，走的似乎也不是正常人的路子。

"我也想啊……可惜我没走好。走错了！"小惠话语中，也有些哽咽。

慢慢地说下去，苏梅忽然觉得她们开始有点相像。跟小惠成为聊天对象，苏梅觉得这也是一种讽刺。可是虽然苏梅努力摆脱这样的印象，这有点可恨，又有点可笑，隐约中却还有点模糊的安慰。

头两次的电话中，苏梅更多是觉得愤怒。

这些年受的苦值得吗？！苏梅被这个念头折磨得内心空荡荡的。她抬头看见附近的轮胎厂飘出的一缕缕黑烟，还是觉得自己干活的力气似乎很难像以前那样，还可以凝聚得起来。那股子原有的力气，仿佛也在向着天际间飘散着。

陈苏倒是很有毅力，也没过多久，陈苏就把屋后地里的杂草给割得不少了。还是年轻好！苏梅看着陈苏一脸执着地锄着地，内心涌起的却是很深的悲伤。陈苏很懂事，几乎没怎么让她太操劳，就开始帮这个家里忙前忙后了。虽然陈苏有点像男孩子的性格，有时候苏梅也觉得有点担心；但毕竟陈苏对于自己的家里情况还是隐约知道一些的，这几年她也已经很少问起她爸爸的事了。

陈苏干活时候的样子倒是有点像她爸爸，有一股子蛮劲。苏梅记得陈健还在老家时，做事情也是有点蛮劲。如今看着陈苏，苏梅唯一能想到的是女儿可不能像她爸爸那样了。像陈健这样的文化水平不高，一旦进入大城市，享受了那种过于虚幻

　　　　　　　　　　　　　飞天的脚印

的生活，就很快无法回头了。苏梅觉得有些悔恨。村子里现在像陈健这样的也多少有些耳闻，总听见有些人大富大贵了，有些人抛妻弃子了，有些人狡兔三窟了……那些一夜暴富的传闻已经使得整个村子都处在一种焦灼和膨胀的心态中。现在苏梅只希望陈苏能够保持对于简单生活的踏实态度。

陈苏倒是有点干农活的样子，这几年虽然干得也很少。但早年小苏就会跟着苏梅在家里干点家务活，有点男孩子性格的她动手能力还比较强。蓝色牛仔裤被她撑得有点开了，那件上次跟公司去旅游时买的文化衫也已经基本湿透了。陈苏鼻夹的雀斑在阳光下闪闪发光。她已经把屋后靠左那边平出一块整齐的空地了。

"还是我来吧！"苏梅还是疼惜女儿的，一把抢过锄头。

"这样吧。妈妈，我们在屋后靠右的这一半种菜。另外这一半就留给我种花好了。怎样？"陈苏还是挂念着她的花苗。

"随便你。花你怎么种？"苏梅觉得还是留一点给陈苏，要不然她就没有打理这园子的热情了。

"我在网络上买了种子啊！好几种呢！"陈苏很高兴可以看到种子下地。

"有些什么？花是要剪枝来埋的，不是用种子种的，那要等到什么时候才能开！傻瓜！"苏梅嘲笑她。

"什么！那是我被骗了吗？我还以为都是用种子种的呢！你也不早说。"陈苏眼珠瞪得很大，汗渍留下的脸上痕迹看起来很是鲜艳。

"有一些草本一两年生的花卉是种子繁殖的，比如康乃馨、含羞草、金鱼草、雏菊、瓜叶菊、一串红、月季一类。像玫瑰这一类的基本上都要扦插或嫁接繁殖的。你不懂啊！也不去查一下。"

"那好吧。我今天再去查一下，有一些要找一些同学他们帮忙剪枝条给我，就行了。"陈苏倒是很快反应过来了。"妈，我来吧。你很累了。"陈苏虽然嘴上不说，还是很显然感觉到妈妈这一段时间的疲倦和眼中的陷落。

苏梅鼻子一酸，还是忍住了。"小苏，我们把这里整理好了，你以后可要多点心思来照顾这些花花草草的。"

"好的，妈。我们要不要在靠围墙的地方也种上一点果树之类的。"陈苏还记得刚才进门时的龙眼。

"很难种得活呢！这里的地太瘦了，果树是要勤浇肥的。那很不容易的。还是算了。"苏梅对于果树的热情还是不高。

"我们就随便种，能长多高就长多高。反正以后也要在这里给这些花草浇水什么的，还不是多几瓢水的事。"陈苏满不在乎地说。

"你要照顾得来就找一些果苗来种吧。反正看你的了。"苏梅忽然觉得身体的疲倦感一下子似乎都要掉进双腿里了。

"我来弄，您去休息吧妈。"陈苏爆发出了年轻的能量了。"我给您拿了一套泡咖啡用的玻璃瓷杯——是在沃尔玛那里买的。你可以用它来泡咖啡。"陈苏没有明说，那其实是今年生日时，追她的丁跃给她买的。

"你干吧。我要去前面把那个小土地庙擦干净了。很久没管了，现在要弄起来。弄好。"苏梅觉得还是这个事更重要一些。她想把这个小庙弄得很干净了，再叫人写上一副对联。要把这个家庙重新侍奉好——好像只有这样，苏梅才觉得更安心一些。苏梅就小心翼翼地把沾了灰尘的福德正神，用一块布轻轻擦拭起来。

苏梅看着陈苏干活的样子，紧绷的身体在少女的体态上显露出巨大的活力。多好的孩子！苏梅一下子觉得眼泪难以抑制。她不想让陈苏看见自己这个样子，只是呆呆地坐着。看着女儿还是有些生硬的动作，却无比努力地去除杂草，平整着这一块几乎没有太大价值的土地。她不知道陈苏这一生将要经历的事情，但还是觉得尽我所能保护好女儿。恍惚之间，她看见的却是小惠那张陌生又有些可悲的脸。

苏梅费劲地擦拭着手里的陶瓷雕塑，觉得内心既空荡又有些刺痛。几年前的这尊福德正神像积了很厚的一层灰，苏梅不敢拿水去冲洗——怕有不敬，只得一点点地擦拭。她本来想干脆去再买一个，但再买也有麻烦，神像如果是新的，那还得再去庙里请师傅开光，否则是不能供着的——这一点苏梅当然是知道的。

虽然这些年没有怎么打理，其实这尊神的陶瓷颜色还是好的——还鲜艳着。当苏梅开始认真擦拭，那头上的官帽和鬓角的黑色、脸部的黄色和衣服上印着的禽鸟图案都还是很清晰。现在的陶器都很耐用。当她把神像的眼睛部位小心地向外擦开，神的眼睛似乎一下子就明晰了。苏梅的手有些颤抖着……心里不免默念着：保佑保佑！我一定好好供养着……好好供养着！神的那双眼，依旧十分安然地注视，似乎能够望进苏梅的内心深处。苏梅看着这明晰起来的神的双眼，觉得自己内心获得了淡淡的平静。

当神的面容一点点清晰起来，苏梅看着这个掌管土地的小神，那种安详和度量，那种娴静和洞察的表情，看得她有些恍惚。苏梅触摸着这个福德正神越来越温润的陶体，觉得自己的苦痛似乎也一点点被擦拭了去，有些也慢慢开始沉淀下来了。

"姐姐，对不起，你能不能给我寄点钱？我太难了。"小惠几乎是哀求地说。这是又过了几天之后再打的电话。

苏梅听到这句话，几乎要大喊起来。"我还有钱寄给你。笑话！"

"我在这里，房租很贵，现在小孩也要奶粉，还要纸尿裤，还有其他的。我快活不下去了。姐姐，你就当可怜这个孩子，给我寄点钱吧。"

孩子！多好的筹码啊！苏梅觉得自己一下子内心变得很低落。那种愤怒感突然间就消失了。孩子，为了这三个孩子，苏梅操劳了十几年。在保险公司个别要好的同事大致知道她的情况，也会问她"为什么不离婚？"离婚！这个词几乎很少在苏梅的脑子里出现过。因为说起来很简单，离婚对于苏梅来说，很可能会一无所有。离了婚，这个原本就是陈家的房子还能住吗？！按照这里的习俗，离婚了这个家就不再是属于她的了。而她自己的老家原本就没有属于她的房子。还有，孩子们怎么办？所以，离婚对于苏梅来说是无法想象的事。对苏梅来说：只有守着这个家，陈健回不回来都不是最重要的。对她来说，关键是对于三个孩子来说，决不能落个无家可归。这才是苏梅的底线。

"你去再找个像陈健这样的不好找吗？"苏梅忍不住嘲讽起来。在那里这样的人，还不是很好找的吗———丘之貉！

小惠停顿了一会儿。"我不会。我从来都没有想过再这么做。要不然我当初也不会把孩子生下来！哪怕有一天我不得不回老家去。"小惠这么说，倒是让苏梅觉得有些吃惊。这些小年轻的想法，真的很奇怪。干什么都不管不顾的！

"那你接下来有什么打算？"苏梅还是忍不住问了小惠。

这已经是第三次了，接了她的电话之后，苏梅觉得那种很重的疲惫感缓解了一些。虽然觉得还是气愤，但毕竟，她原有的内心优越感很快就已经没有了，那种优越感丧失的同时也带走了附加在它上面的那些痛苦。陈苏也问过苏梅，"爸爸怎么啦？都不回来。"苏梅不知道怎么回答。也只能敷衍着说："你爸还是要在外面赚钱，还有两个小的呢。"苏梅觉得自己连苦笑都得克制着。

"我也不知道。现在小孩太小，我还没办法再去找工作。坚持一段时间，我看能不能再去找个工作，毕竟我现在回老家也不是个事。"小惠虽然话语中有些无奈，但能够听出自从当了母亲之后，她的思路开始清晰了许多。

苏梅隐隐觉得，她们之间有了一种类似于同病相怜的互换体验。她虽然觉得还是很痛恨这样的处境，但小惠话语中的那些失落和独自承担的生活体会，苏梅一下子就能体会到。那是太难，也太不容易了！比起小惠在北京所受到的压力，她在老家生活上的压力应该还是小一些。这也无形中缓解了她原有的痛楚。

"你还在等他吗？"苏梅不觉得自己口气中有什么不屑的意思，还是问了一下。

"我觉得等也等不回来了。"小惠话语中倒是很清楚。"但愿他会回到姐姐身边。"倒是听了小惠这么一说，苏梅觉得喉咙一下子哽咽住了。

她把电话挂上了。

早上苏梅去市场的时候，车刚刚出村口一里地多一点，苏梅就听见脚下"咔"的一声，"糟糕！"她自行车的链条断了。前几天还好好的，真倒霉。靠近轮胎厂的修车铺的伙计说必须得换一条链，"都老化了，接上也会再断掉的！"苏梅觉得这伙计分明就是想多赚一点，却也懒得跟他争辩。这个自行车确实也骑了几年了——换就换吧。

空气中还是飘着一股橡胶的味道，住在这样的一个大型轮胎厂附近，真是"倒了霉了！"这样的轮胎厂也会通过环保测评，真是见鬼了！这样的橡胶味空气，会让人觉得日子一直处在一种不断被强化的焦灼中。在这种烧焦的空气中，还有谁能有那么多的好心情。

苏梅前一段一直在盘算着去买个电动车，起码也能够缓解一下天天骑车的劳累。她经常看到很多骑电动车的人，她们似乎可以毫无顾忌，闯红灯的比比皆是。尤其是在前一段电动车还没有开始上牌照管理的时候，电动车几乎百无禁忌，马路上骑电动车的人几乎都是在横冲直撞。虽然这不是苏梅的性格，但她也觉得这样骑电动车挺过瘾的。省时省力，还可以为所欲为。

电动车——陈健现在不是也像这种电动车吗！苏梅内心又纠结起来，真的像啊——总那么取巧，一心想着去赚快钱，而更多的时候就是一种为所欲为！结果呢——人都要毁了。从家里到市场骑自行车也要半个多小时，十公里左右，跟苏梅去保险公司上班的路途相当。路虽然不远，但每天这样骑车还是很辛苦。苏梅已经习惯了。电动车估计目前是很难考虑了。倒还不是钱的问题，虽然钱也是有缺口。

苏梅觉得无论如何，也要联系上陈健，只要他愿意回家来，做什么都行。现在附近的工厂外来人员日渐增多，苏梅想让陈健回来，一起在这个轮胎厂旁边开个超市——小一点的，一步步开始。无论用什么办法，都要这么做！苏梅内心那股一个人带三个孩子的劲，开始一点点起来了。苏梅想起应该跟陈健联系，希望他能够回来，她也不希望陈健真有什么大的作为，混了这么多年，也该安心下来，好好地过踏实的日子。苏梅觉得自己不能太被动，还是要想办法把陈健找回来。只要能挽留住这个家，多大的代价苏梅觉得也是值得的。

她突然觉得——应该先让陈苏开始跟她爸联系！这会是一个办法。苏梅决定自己先跟小惠联系。电话没接。苏梅觉得自己的方法应该可行。再等等。

小惠电话回过来的时候，还是带着哭腔："姐姐，我还在外面找工作。没听到你的电话。我知道对你提借钱的事太不应该。我也是实在没有办法了，才想到这样做的。"

"你一开始给我打电话，就有这样的预谋，是吧？"苏梅觉得人为了生存，还真是什么事都做得出来。

"我没有。我开始是希望——因为你，陈健或许还会再联系我。"小惠的心思，原来还在陈健身上。

"现在呢？又为什么要提借钱的事？"

"现在没有！我也不指望陈健了。但我还要养小宁啊！我现在什么都没有，只有孩子。为了这个孩子，该说的不该说的，我都要说。你别怪我！姐姐。"小惠话语中绝望的情绪，掩盖住了那一点点小聪明。

为了孩子吗？苏梅自己也觉得很怪。我给她寄钱！苏梅内心有些割裂地疼，痛惜的、怜悯的、悲哀的感受在交替着闪过。早上看到陈苏干活的样子，苏梅觉得自己一直有些恍惚，总觉得那就是小惠的样子。

"好。我可以给你寄些钱。但我有个条件。"苏梅觉得应该摊牌。

"条件！"小惠语气中更多的是疲惫："您说吧。"

园 子

"从我给你寄钱开始，你就不准再跟陈健联系。你必须跟他真正断了！那我会隔一段时间，就给你寄点钱。如果让我知道，你跟陈健还有联系，那我永远不会再管你。"苏梅心里那股死活也要挽回的劲——已经起来了。

小惠沉默了一下，很快回过话来："说实话，如果不是因为小宁，我都不愿意跟他联系。"小惠应该想得很明白了。

"只要你不联系陈健，孩子以后我来负责。"苏梅说得坚决。负责——这个词，听起来苏梅自己也觉得刺耳。谁为谁负责！谁为我负责！苏梅眼眶红了，但还是把泪水逼了回去。

"好。只要能把孩子养起来，我不会纠缠不清的。我也会自己去努力挣钱的。"当了母亲的小惠听起来已经很现实了。

"除了孩子。说实话，你应该为自己的未来考虑了。"虽然不愿意说很多，苏梅也还是希望把小惠引上另一条路上。

"未来！我还有未来吗？在这里生活下去，都太难了！还会有什么未来。"小惠知道很难。

"谁不难！不要总去怪别人。我们都要对自己负责，是吧？路都是自己走出来的。"苏梅觉得开导小惠，也是自己的一种需要。

"我不怪谁。只要能把小宁养起来，其他都不重要。我不会抛弃他，我也不会死的。"小惠的话虽然极端，却也是实情。

"我不会不管孩子。但你说话要算话。"苏梅守着自己的希望。

"你放心。我只要孩子好，对别的，已经没兴趣了。"小惠的话在电话里，听起来有些空旷，像是有某种回声。

不管园子里种下什么，总有一些东西会慢慢长起来的。苏梅性格中强硬的部分，也慢慢恢复起来了——非洲阿姨可不是只是皮肤色——更多的是性格上的。想到在北京那样的地方，生活压力肯定很大。这种压力之下，陈健的日子估计也好不到哪里去。听陈苏说已经跟她爸联系了一次，说陈健倒是提到这一段时间，应该会回家一趟。苏梅下定决心，即使陈健这次不回来，她自己也一定要抽出时间，把他找回来。

苏梅觉得眼前两个事比较重要，就是多挣点钱给小惠寄过去应付一下难关。还有就是把大门口的小土地庙重新侍奉起来，她想把这个弄好一些了就交代给陈苏。每逢初一十五都要给小庙上一炷香，这也是陈健在家的那一段时间，家里才记得给这个土地庙上香。苏梅下午想去接两个小的回来，一家人也该在一起好好吃一顿饭了。用不了多久，屋后的菜也就能吃了，到时候要多在家里煮饭。陈苏的花还得明后天才能种下，还早呢。估计还要等明年开春，看看会不会有点起色。种花需要的耐心，还是留给陈苏自己去慢慢体会吧。

几天后，也是在苏梅的指点下，陈苏一点点把花草都栽种好了。在五月的那个初一，苏梅让陈苏在小庙前点上香，跪下祈祷了一番。陈苏跪之前问了她妈要说什么，苏梅说："随便说，让土地公保平安就行了。"看那陈苏的样子，苏梅眼中浮现了小惠拉扯着四岁的小孩走过北京街头的样子。似乎那也就是自己十年前，拉扯着两个小的去上学的样子——日子就是这么过去的。

苏梅现在唯一的希望就是：只要一家人在一起，平平安安就好了。哪怕暂时不愿意回来的人，在外平安也总是好的。苏梅觉得这也是自己在保险公司的成长，无论如何总要找到方法来面对，这对自己也挺重要的。

看着陈苏很认真地跪在小庙前的样子，年轻的脸上虽然有些犹疑，却还是控制住自己的表情。陈苏保持着坚毅表情的时候，看起来像个不断成型的雕塑。苏梅隐约觉得心中的沉淀物，似乎找到了某种可以安放的去处了。苏梅对于这个时节并不是种花的季节的事，并没有对陈苏说。她觉得还是先把园子种起东西来，至于能不能长起来就留着以后再说。

小庙的左边斜上方就是那棵龙眼树，树梢的果子还长着几串龙眼。今年还真是个龙眼树的好年份！苏梅让陈苏搬来梯子，把树梢的那些龙眼都摘下来。只留了三四串，给陈苏和两个小的。其他的苏梅跟陈苏一起都去掉了龙眼的枝条，把龙眼粒用两个家里的筛子摊开来，在院子里晒着。陈苏问说："妈，这些刚摘下来的应该不会有虫吧？"苏梅看着筛子里的龙眼，说："不会。只要天气好，有太阳，晒几天就好。天气不好的话，还要拿去烘干一下，成龙眼干了，就可以保存挺久的。""我要拿些泡水喝，呵呵！""嗯。加点红枣泡水或者煮一下喝，对你身体有好处。"苏梅看着这些龙眼果粒，觉得有些恍惚。龙眼，真的像是龙的眼睛！透明的肉质，像眼膜；内核深褐色，就像是眼球——它看得见未知的事物吧！苏梅想起那天擦拭福德正像的眼睛的时候，那神的眼看起来跟龙眼的果核，竟然也有些相像——造物真是神奇！

晒干的龙眼叫龙眼干，是本地人的叫法，它学名应该叫桂圆干。桂圆干对女性尤其是产妇们，有很大的好处。苏梅觉得有可能的话，自己也会给小惠寄一点龙眼干。这个想法，让苏梅觉得有些吃惊，但内心却还是有些模糊的释怀。比起那些花跟菜园的菜籽，树更会在不知不觉中长起来的。尤其是龙眼树：结一次果，就是一年。不用多久，这个园子很快应该就会有些翠绿了。看着这几垄整齐的菜地，苏梅心里还真是安定了许多。

溯　流

"到底来不来？""什么时候会来？""是不是欺诈广告啊？"人群中这股声音开始慢慢涌动起来。初秋早上九点半多的太阳已经让人觉得有些灼热，这股等待的气息也随着这气温上升得很快。很多人都拥到溪水边的防腐木栅栏边，向远处上游方向张望着；互相问着，也互相咒骂着。有小孩开始喊叫大哭，更多的人开始焦虑地采摘公园里花圃和绿化的嫩叶，有的把叶子揉成一团，有的把枝条都扯下来，地上的食品类垃圾越来越多，整个氛围跟早先大多数人都彬彬有礼的样子，截然不同了。

　　现场有一种趋于无序的情绪在蔓延。爱花感受到现场的那股焦躁。在这样的阳光下，虽然不能算暴晒，却也让人觉得闷热气短。这种天气下的长时间等待，会让人感到易怒。爱花听着很多人的抱怨，想起的一句话却是：这就像那个——久病床前无孝子。

　　爱花第一次到这个地方来。这是一座沿着兰溪岸边建起的荔枝公园，步行道很长，用红色的塑胶跑道做成的健身步道，一边是步行的，一边是自行车道，很漂亮。爱花觉得这城里真是好，她原本所在的小学直到她退休也没见过那种塑胶跑道。对岸的荔枝林也很多，据说那里要建一个很大的名人公园；要以一位当地的宋朝诗人的名字来命名，占地面积也很大。还是城里好，尤其是在这城市边缘的地方，还依山靠水。可惜了，什么时候也轮不到自己的那一片。丈夫刚去世的那一段，爱花哀怨过一阵，现在她也看得比较开了。看着这些从荔枝林中间冒出来的楼盘，爱花一时觉得很漂亮也称得上壮观。

其实爱花不知道，整座普城都在等这只大黄鸭。昨天电视广告在大幅宣传，微信朋友圈也一直在刷屏。大致的内容都差不多：由荷兰艺术家某某人设计创作的经典巨型造型吹气橡皮鸭，人称大黄鸭，是目前世界上最大的橡皮鸭，已经在多个国家和地区下水畅游过。没想到，这次大黄鸭竟然要来普城，这当然是非常轰动的事。据介绍，大黄鸭的创始人带着它已经走过了澳大利亚、美国、新西兰、德国还有中国香港等多个国家和地区，在每个地方都能引起轰动。

电视里采访中，也有很多人对于这么多人挤在兰溪边上，就为看一只大黄鸭的举动非常不解，电视里一位潘小姐表示："完全搞不懂观赏点和兴趣点在哪里？！"但也有人表示理解，还有一位马先生就说："这种现象就叫作'致我们终将失去的童年'。"当然，这对普城来说，这自然是孩子的大节日。所以，当儿子陶盛说要带孙女丹丹去看这个大黄鸭，爱花也觉得那就一起去吧。当然，难得去一趟城里，爱花其实还有自己去城里的打算。

要说童年的感受，对爱花来说确实也太遥远了。今早醒来的时间比昨天又早了十分钟多。爱花觉得似乎夜晚留她的时间在一点点缩短。但她也并不惊慌，她知道自己需要更加珍惜这越来越长的白日了。老伴去世以后，爱花觉得自己也逐步开始一天天地抗拒睡眠了。或者说也不是抗拒，睡眠的时间也就自然而然地开始越来越短——毕竟年龄在那儿吧！早上她还会对墙角说："你看你看，越来越短。"她也不知道自己指的是什么，应该是睡眠时间。刚搬来的头几天，爱花觉得似乎丈夫的影子不见了。新的地方，老头也不习惯。唉，爱花觉得算了——有地方去更好。后来慢慢地，她又时不时看见，那个墙上挂着以前拍的那幅照片的地方，还是有个影子，陪着她说话。

照片是儿子陶盛特意挂上去的，爱花本来说别人家的地方，不要挂了。陶盛倒是坚持要挂起来。丈夫原本有着口头禅的，总是说去看看吧！城里。每次爱花一瞪眼，他总是会说："我就这么一说。"毕竟那时候他们去城里的机会也不是很多，而且，还要花销。

所以，爱花还是时不时听到那句"我就这么一说"。最近的睡觉时间有点变化，爱花也不在意，其实在不在意也没什么用，她自己有时候也觉得有些麻木了。只是有点不好在于，麻木的结果是自己的腿开始时不时会发麻，有时候都不太抬得起来。看电视里说老年人容易缺钙什么的，爱花也觉得应该不会，"缺钙！"沿海人什么时候会缺钙，"鱼吃那么多，哪里会缺钙？胡说八道！"爱花根本不信，她自己也是小学教师退休下来的，这点常识自己还是有的。

儿子也是关心她的，还给买了补钙的药片，说要不见好的话要再去买点脑白金之类的。爱花觉得这也是浪费钱，没必要。"不是吃的问题，是吸收的问题！"儿子也知道关于老年人缺钙常识，"流失得快啊！我那个医生朋友说的。"流失！又能流失到哪里去。爱花还是不信。虽然她也相信儿子的话，可自己觉得这种问题，不一定医生说得清楚，到儿子嘴上可能也就是一种安慰的话了。

每次陶盛带钙片回来，爱花总是下意识地说"给我干吗！浪费，给丹丹吃。"陶盛也总是回说："丹丹有的，现在的孩子吃什么没有！你要按时吃啊！"有一天爱花看到丹丹吃的钙片，看起来跟自己的那些也没什么差别，就是一种写着中老年人钙片，一种写着儿童钙片，两种片剂看起来也差不多。真的是，老人跟孩子，真的都一样了。爱花也就认可了。

陶盛还是希望能时不时带自己的妈妈出来走走，因为工作的原因这种机会不可能多，但说实话陶盛是上心的。他不希望自己的母亲变成别人眼中的孤寡老人，只要有时间陶盛总是愿意带着母亲和女儿丹丹出来，这比带老婆对他来说还上心。其实，妻子也是理解的。特别是这段时间房子被拆迁了以后。妻子刘颖跟婆婆的关系反而是好了很多。

小学教师出身的爱花自然觉得自己对孩子的管理教育之类的，那比起刘颖肯定要在行很多。可刘颖偏偏觉得婆婆的很多见解太古板，也早就跟不上时代了。婆媳俩虽然没有产生很大的正面冲突，但有些言语之间的互不搭界，也会让爱花觉得媳妇终归是别人家的。倒是自从拆迁之后，婆媳的关系反而密切了许多。一来刘颖觉得婆婆住在自己娘家，自己反而更要细心点，免得被娘家人觉得自己不尊敬长辈；二来婆婆自从公公去世以后，性情也变得比较温和，很多事都随着刘颖和陶盛，很少再去要求什么。

但大黄鸭这会儿迟迟不来。有消息说，因为属于普城的这条兰溪是东西流向的，也是很独特的一条河流。常见的都是"大河向东流"，而延寿溪，又名南萩芦溪，雅称绥溪，这条溪水是由东向西流的。作为这个城市主要河流兰溪的重要支流，此溪自古出泗华陂再入延寿陂，又以延寿村而得名，后来就都叫作延寿溪。所以，大黄鸭是逆流而上，难免走得很慢。甚至有消息说可能早上都到不了这个观景台这边。更多的消息是，大黄鸭还在路上。再等等吧。

旧志称此溪"十里无湍激声，萦绕九华山下一碧如带"，故亦名"绥溪"。溪有潭名"徐潭"，潭有石露水中名"钓矶"，是晚唐诗人徐寅所吟的："归来延寿溪头住，终日无人问一声"的隐居钓游之处。"绥溪钓艇"便是普城廿四景之一。诗云："春流新涨溢平堤，钓艇家家泛寿溪。钓罢扣弦歌一曲，半山落日卖鲈鱼。"历史上的延寿溪，正是名人寄情山水，修身养性之所。真是好地方——城市边缘的乡村所在。爱花看着桥头的宣传石碑，心想这样的地方还得靠城市近一些——才保留下来了。可惜了，那个家。

这次活动的主要发起单位是延溪集团，他们在延寿溪沿岸开发了很多的楼盘。据说这次活动的起点就是在这个楼盘的售楼部，距离这个观景点两公里的地方，大黄鸭就是从那里开始，慢慢往这个观景平台溯流而上的。难怪走——应该叫流得很慢！

爱花蹭了蹭脚，觉得好像没有什么刺的感觉。就想要不自己先去县巷那里，犹豫了一下，怕陶盛不让自己一个人去。刚才自己没有来这里之前，先去那里看，爱花觉得再不说，等下更加去不了。我先去县巷那边，一会再来！她拉住陶盛说。一个人怎么去？陶盛不同意。我问了人，到对面马路坐11路车，几站路就到了。你跟她们娘俩在这里等。我一会儿就回来。爱花坚持要去。

到底要去买什么啊？陶盛还是不太同意。我陪你去。

不要了——老人的东西，你不懂。你在这里陪她们俩。爱花知道儿子不太放心，但这会人多也乱，丹丹乱跑，陶盛必须在这里。她也不想儿子跟自己去。

刘颖跟您去吧。陶盛不让母亲自己一个人去。

刘颖看着丈夫担心的样子，也坚持要跟婆婆一起去。爱花觉得不好拒绝，媳妇虽然在丹丹小的时候会跟自己顶嘴，但这几年媳妇刘颖已经算得上是孝顺了。有些习惯不同，也是正常的。爱花早已经看开了。那好吧。颖颖跟我去，你们先去看大鸭子。虽然跟儿媳妇有些隔阂，但爱花还是觉得应该让儿子放心。也该让儿媳妇多知道一些家务的细节事了，交代嘛——一代交一代。爱花觉得。

刘颖也有点舍不得地看了看远处，估计大黄鸭到来还有一段时间，也就说，那我们快走吧。

脚呢？脚怎么样？早上说的。陶盛担心他妈。

好了，我一直在试，没有感觉刺脚。好了。放心吧。爱花欣慰儿子还是蛮细心。早上醒来的时候，爱花套上了自己的纯棉睡衣，脚摸索着穿上了那双棉拖鞋，去卫生间回来的时候，觉得拖鞋里面什么东西有点硌脚。她把棉拖鞋脱下来，拿手进去摸索了一番，也没找到什么东西。再穿上的时候，好像又好了，没有东西了；可有时候走着走着就觉得似乎还是有点什么扎着脚，类似于硬塑料丝之类的东西——真是奇怪！可找来找去，也找不出什么东西，只得作罢。

这会儿好了。自己坐车也没问题的。

我会照顾好妈的。放心。带好丹丹。刘颖说。

真的。那……好吧。你们也小心点。我跟丹丹就在这里，一直等着您！陶盛最后竟然用了个"您"！爱花觉得有些诧异，也有点不知道是感动还是失落。她看了一眼陶盛，说："人多，看好丹丹。"

"来了来了！"人群中有人在喊。人群一下子开始躁动起来，

　　　　　　　　飞天的脚印

很多人很快向临水的护栏边涌去。

爱花远远看了一眼。没有见到什么东西——只是隐约中远处的楼盘原本太阳直射的地方，出现了一团阴影。太阳还是很晃眼睛，被挡住的部分导致太阳向阴影两边分开直射，光线似乎变得更加强烈。爱花觉得有些轻微的眩晕。定了定神，她对陶盛说："没那么快。我们走了，很快就回来。"

陶盛本来也转身看那个远处的影子，听见声音又转过来："那妈您小心点！早去早回。我们在这里等。"他知道自己母亲心事也重，只能故作轻松地笑了笑。

放心吧！爱花也轻松点说。

哦这，给您，硬币两块。一趟应该够了！陶盛的细心又体现出来了。

两块钱！爱花觉得奇怪。单程的。

不是，以前说有开空调的是两块。回来叫颖颖换一下零钱。现在应该只用一块，这个季节。陶盛还真有记性。

我知道，放心吧。刘颖接着说。

没事，我有。爱花嘴上还是这么说。单程的也好，反正都是单程的。爱花念叨。陶盛问什么。她还是说没什么，等下那里肯定有零钱。爱花心里有点低落，嘴上还是笑着的。

看好丹丹，溪水边小心点。爱花远远看到溪水边的防腐木长廊上，黄色的菊花瓣掉了很多。

早上来的时候在车上，爱花知道陶盛绕路了。按理说，应该走原本的老路距离这边更近些，陶盛却偏偏绕了新修的城港大道。肯定他们夫妻俩是有商量过。爱花也不多说什么，不就是多坐十几分钟的车。可惜了汽油！爱花想，儿子虽然是为了自己，不想自己经过原本那里，再看到那些拆迁后的片区。但爱花确实还是挂念着——这是无法控制的。

其实，真正让爱花觉得焦虑的是现在的住处。这里是儿媳妇的家，在离镇上五公里左右的溪田村。因为要再修一条路，爱花自己原本在镇里的家被拆了。虽然爱花家也不是在镇中心，也距镇上有三四公里的路程，但她那个地方更靠近城里的大路。跟儿媳妇家比起来，那里显然位置更好，离动车站也很近。可能也是这个原因，据说是那里要再修一条动车的岔路之类的，爱花家也在拆迁之列。不得已——只能再找个住处，才搬到儿媳妇家里。

说实话，儿媳妇一家已经足够热情，腾给爱花一家住的地方也宽敞。毕竟是乡下的房子，空房间也多，虽然装修不是很好，比较粗糙些，但也算是干净的。对儿媳妇一家，爱花没有什么意见。近来她睡眠越来越短，那也是没办法的事。她最近时不时就感到焦虑，爱花觉得这还是年龄的原因。以前年轻的时候，会觉得睡陌生地方的床会不易睡着——那叫"生份铺"。但现在这样其实也不是新床，东西都是原本自己的——除了床架，床罩被单被套枕头之类都是原本爱花自己用的东西，所以要说是新床也不对。床的高低也差不多，要说有什么变了，那也只是房屋变了。

对爱花来说，最大的差别恐怕还在于原本的菜园子已经没有了。原本爱花在那里种上的是应季的蔬菜，觉得那比蔬菜大棚里出来的要有味道得多。比如韭菜，原本是很香的，爱花记得老伴以前最喜欢的就是自己给他炒的韭菜炒蛋了。青绿色加上鲜艳的黄色，看起来让人垂涎，吃起来对老伴来说也简直是人间美味！每次看老伴——那时候也还是中年人，几乎是狼吞虎咽地吃着这些很入味的韭菜炒蛋，爱花觉得那是她生活中一段很愉悦的时

　　　　　　　　　　　　飞天的脚印

刻。当然，也是很少才会吃一次。像这样的东西，在那个时候，给孩子吃也都不够。

所以，爱花细细想来会发觉这个地方似乎气味变了。要说都是靠近镇里的村子，空气之类的都差不多，爱花只是觉得自己似乎嗅不到原本家里房子边上那股蔬菜的味道了。儿媳妇娘家的这个村子房子更密集一些，房子与房子之间的距离比原来爱花家要近，空地很少。远处也有些荒地，却还是很少有种植蔬菜类的。

退休以后，尤其是老伴去世以后，种菜几乎成了爱花最大的业余生活。可惜现在一下子全部都被挖了——一片废墟了！这些负责拆迁的人也真是狠，几乎就不给人家留下多少缓冲的时间，两个多月就全部拆得支离破碎，一片狼藉。爱花上周还特地去看了一下，简直惨不忍睹——断壁残垣遍地都是，旁边还有挖掘机跟推土机在勾铲着，看得人很崩溃。她去那边也没有跟儿子说，也是怕儿子担心。虽然她前一段也念叨过要去看一下的，儿子说那有什么好看的，"都拆了！什么都没有了！"关键是这会儿去那里，也不安全。儿子坚决不让爱花去看。爱花也知道儿子不想让自己看到以前的房子现在支离破碎的样子，这多少都会让爱花觉得感伤。

那天在被拆迁的地方，爱花还跟原本的几家老邻居聊了一会儿。因为也不是整村拆迁，有些靠近马路边上的店铺没有被拆迁到，有几家还在那里做着各自的买卖——那些原本的灯具店还有食杂店也都还在。只是听那些邻居们说话，爱花觉得更加伤感。拆了更好啊！你看我们这些没有拆的，孤零零地，也没生意，也没人！邻居们大都这么说。虽然当时没有被拆到的人家，刚开始觉得自己幸运。但很快，在这样的废墟一般的地方，没有人了！这日子怎么可能回到从前。

回家的时候，爱花跟陶盛说起这几家，说老丁叔他们都老得很快很明显。陶盛虽然也在叹气，却还是一直吩咐爱花不要再回到那里去了。不安全的！老是这些东西想来想去，又影响睡眠。别去了！

爱花知道陶盛也是关心自己。想来也觉得算了——反正也没什么办法。

早上没有经过那里，这显然是陶盛有心安排的。即便迟一点到这城东区域看这只大黄鸭，陶盛也不愿意爱花再经过原本的地方——再去看那个残垣断壁的老家。

爱花跟刘颖也就去了大约一个钟头的时间。算是很顺利的！等到爱花再回到这个溪水边的公园区，大黄鸭已经浮现在所有人的眼前。小孩们兴奋地大叫起来，大人们也都成了留影的过客。

确实大！看起来得有十几层楼那么高大！看宣传单的介绍，说有三十五米左右的高度！爱花感叹道，这么大的一只鸭，怎么会流到这个地方来。爱花好奇的是，这怎么不是直接在这里吹起来？还要浮游到这里来——这是为什么？它到底是怎么来的？

爱花抬着头看着这只大黄鸭，觉得眼睛都有点眩晕。黄色的身体十分巨大，鸭子的身形已经大大超出了沿着溪畔这些年份有些久的荔枝树。远处靠近大黄鸭的地方很多人在尖叫着，听到很多的手机拍照的声音，也有些专业摄像机"咔嚓咔嚓"的声音。更多的人在惊叹，"太大了！简直了！"有两个孩子说："它比孙悟空还高！"另一个说："不是，它比奥特曼还大！"

爱花看着这座或者应该叫这尊大鸭子，觉得这鸭子倒是更像广化寺前殿的弥勒佛。尤其是那个鸭嘴，阔大而鲜红——像个巨

　　　　　　　　　　飞天的脚印

大的猪舌头！哈哈！爱花看着觉得也有点好笑。不知道为什么，看着看着爱花猛然想起的是经常陪着丹丹看的《西游记》，里面有一场师徒四人跟着一个皇帝在御花园吃喝，突然间天空出现了一团黑云：妖怪来了！这真像那个妖怪来的场面。这东西带来的不是黑云，却也是黄灿灿的像一个妖怪变成的弥勒佛似的。可爱是可爱，这么巨大的可爱——看起来还是有点吓人。

孩子们都很兴奋。本来孩子们玩的会"嘎嘎"叫的黄鸭子，一下子变成这么巨大的一只，孩子们自然觉得十分神奇。

"买什么了？妈。"陶盛还是关心。

"没什么啊！老人用的东西。"爱花不想跟陶盛说太多。

陶盛看到刘颖不知道为什么有些低落，眼角有点泪痕的样子。就很快问，怎么了？出什么事了？

刘颖努力笑笑说，没有。没事。眼神却瞟了婆婆一眼。爱花很自然地笑了，说颖颖应该是挤公交累了吧。快！跟丹丹玩去。去拍照，你们。

陶盛看不出什么。就说，那一起去，拍几张照也好。来，颖颖。妈，一起拍一下。

爱花也很高兴地牵着丹丹，一家人很开心地拍了几张照。陶盛看着照片说刘颖笑得不自然，刘颖说算了，等卜再拍。爱花带着丹丹也挤到溪边看着大黄鸭，那鸭子肥大的肚子上竟然还有一圈字，仔细看起来原来还是"延溪房产欢迎您"。这房地产的广告做到这个程度，也够吸引眼球的。看这兰溪两岸黑压压的都是人，可见普城人对这只大黄鸭的欢迎程度。

据说这只鸭子明后天还要沿着兰溪，一直溯流到另一个县区去。现场有不少年轻人说要跟随着这鸭子，一直沿着溪水跟下去。房地产公司的人在现场拿着大喇叭在宣传，还发动很多年轻人一起建群。爱花听到很大的声音喊着："来！一起加入这个迷鸭群，打开微信，面对面建群，输入四个八……"面对面！爱花觉得好有意思，谁跟谁面对面？！现在的人，真会玩。这鸭子还能流到那么远的地方去。

防腐木长廊的地板上开始也有很多的房地产的广告单，随着人们不断地踩踏，越来越狼藉。爱花远远看着刘颖跟陶盛在说着什么。原本她是跟刘颖说不要跟陶盛说，这没什么，老人都要这样的。刘颖刚开始有点惊吓了，慢慢缓过神来。有什么好说的！爱花觉得，这些年轻人，对这些都不知道，也不在意——还是自己处理比较好。

爱花捡起一张广告纸看一下，觉得现在这种房地产广告做得都很精致；自己家拆迁的时候，村里包括这些个房地产商的承诺都很好听，多大的面积，多好的房子，多高的楼层，能看得多远……七七八八地，到实际要兑现的时候，总是让人觉得遥遥无期。陶盛也带自己去看过那个在盖的安置房，看外观都很好，可要入住还是不知道什么时候。也吵过一段，也找村里问过，也反映过，可还是遥遥无期。对爱花来说，这已经没什么多大期待了。关键是原本的院子，原本屋子后面的菜地，和那一条小河都已经没有了。每个人都被赶上楼了，土地似乎都变成了看得见摸不着的风景了。没有人会考虑，土地还在哪里？在谁手里？！

远处出现了很多人在快速移动，有人在呼叫："鸭子瘪了！瘪了！"人群更快地聚集到溪边。黑压压的人头在防腐木的护栏边上，很快地移动。也有听到各种叫喊声。爱花觉得不太安全，赶紧拉着丹丹的手往马路边上撤。陶盛也很快来到她们身边，小心！人群一下子压了过来。陶盛一下子抱起丹丹，一手拉住爱花。他对着不断涌来的人群吼了一声："别撞！"丹丹一下子就

"哇"一声哭起来了。远处小孩的哭声也多了起来。

"失控了都！这场面。"刘颖也很快走到一起。远远看去，这只大黄鸭不知道为什么慢慢就往下塌陷，鸭头向一边很快地倾斜着，鸭嘴变成竖直的了，仿佛被人从头顶按了下去似的。"漏气了！"显然是，这么大的鸭子漏气了，那怎么补！人群看到这一幕，似乎更加激动。

"别出什么意外才好！我们还是走吧。"刘颖有点担心。人群也开始陆续往外走，很多人觉得场面有些混乱，也都带着孩子离开了。陶盛觉得危险是不会，来一趟不容易，有点舍不得走。爱花觉得还是算了。远处有人在喊："都散了，明天再来看吧！出了点小问题，明天再来。"应该是那个房地产的人在喊。

再看那溪面上，鸭子的样子已经成为一片塑料黄平摊在溪水上。有些人嘻嘻哈哈地拍照，说："看看，这只烂鸭子！""给水盖上被子了！"有小孩说得很生动。"就是，大黄被子。"

丹丹突然说："奶奶，大鸭子是不是死了呀？"

爱花心里一搐："胡说。鸭子倒了，就像睡着了呀丹丹。"

丹丹还接着："它为什么睡在水里？不凉吗？"

爱花不知道怎么接。陶盛过来一把抱起丹丹说，走了，不看了！回去了。

丹丹撒娇，不我还要看，看大鸭子！陶盛一下子怒了，抬手就给了丹丹一下。丹丹大哭。爱花接过来，打孩子干什么！

陶盛说："死孩子，一点也不听话。"

爱花也怒："孩子就是孩子，不准你说这话！哪有咒孩子的。"

陶盛慌了："我就这么一说。还当真了。呵呵！"爱花一愣，这话怎么这么熟悉。

刘颖过来接过丹丹说："不哭不哭，妈给你买一个黄鸭，好吧。"

丹丹还是不肯，买的太小，不好看，我不要。

爱花记得以前丹丹也有过这样的黄鸭玩具，现在早不知道丢哪里去了。

远处的广告商还在吆喝，大黄鸭还在充气抢修中，请各位不要离开，欢迎到我们的售楼部去，有免费抽奖活动！这个吆喝声音巨大，似乎要费尽全力挽留住渐渐散开的人群。

爱花看到水面上的黄色鸭子似乎也开始隆起了一点点，但很慢很费劲，要到全部再浮起来估计还要不少时间。人群开始很快散开了，虽然也有些人恋恋不舍，但更多人都开始往外撤了。爱花看到整个公园的地面，植物花卉的残枝和被踩坏的花瓣，混合着很多广告单子还有一些零食的包装袋，场面十分狼藉。现场的环卫工人努力清理着，更多的是一脸无奈。

入夜的时候，儿子陶盛到爱花的房间来，刘颖也一起跟着。儿子有点慌也有点不忍："买那个衣服干什么。现在什么都好！房子也马上盖好了。您想什么呢！"语气中是有些抱怨，也听得出怜惜。

爱花知道一定是刘颖告诉儿子了。觉得也是正常的，就说："这种事情总归是迟早的，早一点准备着，也是好的。"爱花没有再提起，那年老头去世，情况太突然，当时老人的寿衣没有备好，临时在附近买了一套，最后穿起来，让爱花觉得总有些不那么合身。这个事也一直在爱花心里，甚至她有时候对着那个墙角说话，都觉得那个身影似乎穿着有点紧束的样子，不那么合身。她当然不害怕，只是觉得有点心疼。

这些话，她也没有对儿子说过。昨天买这衣服的时候，刘颖吓着了，一直不敢看，在一旁脸色慌乱。爱花拿起其中的一套麻衣，本来想问刘颖看感觉怎么样。看到她很紧张的样子，也就算了。爱花用自己的手摸索着衣料，跟店主还讨价了几块钱。刘颖一直呆呆地望着，不知道该做什么好。直到自己都买好了，爱花才对刘颖说："老人的东西，还是老人自己买好了。你们年轻人不太懂这些，到时会手忙脚乱的。"刘颖没说话，只是点点头，眼泪就流了下来。爱花看着她，摸了摸刘颖的手臂，觉得这个儿媳妇还是好的。

陶盛话语中还是努力让自己镇定，可也看得出他的眼中还是微微噙着泪。爱花有些疼惜："老人的东西，迟早都要准备的。这有什么！我自己准备更好，合身。呵呵！"

你这是要干什么嘛！陶盛还是有点不能接受。半年前，父亲刚去世那一段，有次陶盛夜里听到爱花入睡以后，发出了梦里才有的那种"呜呜呀呀"类似于呼喊的声音，让他非常吃惊又难过。他也不敢叫醒爱花，怕惊吓到他妈妈。转到这个地方来住，虽然不得已，但陶盛还是在父亲去世以后，越来越注意照顾自己的妈妈。虽然，他也知道小学教师出身的妈妈，其实也有很固执的一面。

爱花最近一直盘算着，要去县巷里买自己的最后一套衣服，主要是老头当时来不及的原因。以前老头在的时候，县巷倒也是他们每次来城里都要来的地方。这几条街有很多卖古旧东西的，卖藤椅家具的，拐角处还有一座妈祖庙，爱花都很清楚。在旧城改造之前，这一带是市中心。爱花和老头每次进城，倒是更喜欢来这里。爱花觉得这里的东西质量还是要好一些。现在县巷几乎都变了，只剩两条原本的老街道还在，周围都变成了高楼。

今天开车回家的路上，陶盛还是选择开了原本的老路。路过那一片被拆成废墟一般的区域的时候，陶盛也不说话。刘颖倒是很小心地看了爱花一眼，就快速地转开了。爱花看到那老房子的中央，隐隐约约似乎修出了一条路。原本说，这个地方要修一条通向海边的铁路支线。海边！爱花觉得应该不是通向海边，肯定主要是通向码头的吧。

根据电视的播报，当然朋友圈都知道了，因为充气的原因，大黄鸭只能展出一天。也有些微信里的消息说，大黄鸭被沿途的荔枝树割破了。说是潜在兰溪水底下的枯枝，把大黄鸭底部刺破了挺大的一个口。现在要缝补起来，那就不是那么容易的了。

显然，原本还要溯流往上去到另一个县城的大黄鸭，因为这个事故，更因为兰溪水的流向的原因，让它只能到此为止了，再想逆流而上——目前已经没有可能了。

那一夜，爱花摩挲着那一套麻衣，倒是睡了个安稳觉。临睡前，爱花对着墙角说，"你也就这么一说。我都买回来了。死老头！"有一阵，她看到眼前的这堵墙竟然变成了大黄色的，这让她多少有些吃惊。后来她想，这一定是今天看的大黄鸭——那种大黄色，留在了自己的眼底了。"黄色的墙，老头还会在那里吗？"她不知道，似乎也不太在意。那一夜她还是对着那堵墙，说了不少的话。

这一带离兰溪和大海都有点远。第二天，爱花对刘颖说，昨晚自己在梦里听到波浪的声音。

刘颖问："妈，脚还会硌吗？"

爱花摩挲着动了脚趾，说："没有，好了。不知道什么时候又会有了。人老了就是这样——不管了。呵呵！"

飞天的脚印

妻子打电话来的时候，我正在兰州，已经买了去往敦煌的火车票。她说她们一行在医院住下，做了常规检查，也已经联系上主刀医生了，这一两天就要做手术了。终于下定决心了，真是很不容易。

　　站在兰州车站，背后有些嘈杂，我低声问："怎么样？辛苦吧？"这声音估计她听起来已经有点大声了。她停顿了一下："还好。"又是这句。这一年多来，这句话我已经听得太多了。一种无奈也有点不愿多说的口气。

　　兰州比我们预想的要脏一些，西北的城市大多粉尘很多，我们只是在火车站这边停留，这一带自然更加杂乱一些。同行的都急切地去吃了著名的兰州拉面，我觉得肚子有些不太舒服，就在附近找了一家豆浆店简单吃了一些。

　　再碰面的时候他们大呼很难吃，很咸很辣，真是没法吃。西北一带的整体口味就是咸、酸、辣为主的，这跟西北一带的气候条件是吻合的，天气凛冽多变，需要加重饮食味道来增强意识上的抵抗能量。因而，这样的口味一旦到了南方，就自然而然地变淡一些。显然，所谓原汁原味也是带着地域性的，不是每一种原味的东西都更好，或是更适合我们。

这一年我在宁夏支教，能够有个机会可以到外地生活，而且是去这样一处看起来很远的地方，是一种像在抵达想象的快意。那种属于人内心的冒险部分，一旦被某一次机会诱引出来，也就很坚持地去了这么远的地方。在支教的间隙，宁夏当地的老师们说我们——来一次西北不容易，应该抽出一小段时间到处去看看——感受一下大西北。

现在妻子电话中的口气还是比较淡定的。去年那时候我说要去宁夏，她几乎一下子就呆住了。我也没有说得语气很强硬，只是一直强调说这是"一个机会，以后想去就太难了。"她当然是不愿意我去的，但没有全力反对。她知道我想做的事情中，总是有一些几乎是奇怪的理由。这么些年下来，基本上已经习惯了。最终让她放弃反对我的理由是因为我说了一句话："一年其实很短的！我们的生活不会有什么大的变化的。如果不去，我一定会后悔。"最后这半句，让她只能接受下来。

但我没想到，在这样的时段，家里正好要准备给岳父做这个手术。据妻子说，因为最近岳父的脚伤复发，一直在生病，医生建议越快做决定越好。

为了岳父这个脚的手术，一家人也是备受折腾。做了很多的检查，看了很多医生，钱就不用说了，人还是备受煎熬。终于下定决心了，去北京这样的大城市做这个手术，应该有个好一点的结果了吧。现在必须把这个脚处理了，好让以后可以更好地安生下来，要不然谁也没法被这样长久地负担着。而且，现在也该让小舅子付出一些时间精力，就当是一场成长考验了。

飞天的脚印

从兰州到敦煌的一千多公里，要坐二十几个小时。敦煌这个名字本身就让人有点神往，它的神奇和它的遥远一样，十分吸引人。记得妻子也念叨过很多次想去敦煌，一直未能成行。现在我要先到那里了。敦煌这一路，真正能够让人感受到国土的辽阔。刚开始没什么感觉，大概从酒泉过后，几乎有好几个小时，车窗外只有戈壁和沙漠，在两边一直奔涌而过，很少有人烟，有的也是一些铁路维修工，人居的地方很少见到。连续几个小时下来，那种无比辽阔的感觉十分震撼。想起以前的人，这一路走下来需要多大的勇气和耐力，真是难以想象。

　　丝绸之路，这就是传说中的丝绸之路。无比荒凉，无比漫长和艰辛，我觉得人的脚力可以做到的真是令人吃惊。从这条路上走过的人，有名的有玄奘、张骞等，而无名之人，更是数不胜数。前人的艰辛在我们今天看来，只能用一个个神话来形容。黄沙漫漫、荒无人烟、前路未卜、风餐露宿都不足以形容这样的一路，没有极其强大的内心和丰富的荒漠生活经验都无法在这样的地方生存下来。

　　敦煌现在已经很漂亮了，干净、现代，也有气势。作为一个十分热门的旅游城市，敦煌这些年的发展显然很快，道路设施、绿化维护、城市管理都很到位。城市的街心雕塑是预料中的飞天雕塑，深入人心的"反弹琵琶"形象，表情丰润，裙裾飞扬。

　　很饿。赶紧简单安顿一下，我们就找了家饭店吃饭去。我点了一个当地的鲤鱼、一个小炒肉、一个羊肉、一个菜外加一个汤。我从来不吃羊肉，只是对于西北这一带的羊肉，他们都很喜欢吃，就点了一个。等菜的间隙，我给妻子发了短信告知我们已经到达敦煌了，安置下来了。可能因为太饿了，感觉上菜一直很慢，上来的一个肉两下就吃完了。做得很好吃，纹理

飞天的脚印

细嫩，火候掌控得很好。服务员没有说是什么肉，那肉色看起来很像小炒肉，直到菜都吃完，才知道那个就是羊肉，我们把小炒肉当作冷盘菜吃了。可能也是饿，我不觉得肚子有什么不舒服。

妻子没有回短信，过了一会儿，我们都吃完了，她打来电话。说中间人已经联系好医生了，明天就做手术。截肢手术风险并不大，只是切到那个部位对于以后安装假肢是有影响的。她的口气中有着淡淡的不舍，我觉得是因为岳父本身的那种不舍。但她也一直强调说她爸已经想通了，是他自己决定了要截肢的。现在在这样的大医院，时间上也是耗不起的，必须快速做决定。我也一直安慰她，这个时候一定要狠下心来，要为长远做考虑。我们已经为保这个脚做了该做的努力，现在就不能犹豫，大家要一起鼓劲。

当我说到"现在一定要下定决心"时，她的沉默更久了，"妈妈，她不愿意。"我一下子就觉得有点噎在那里了。我隐约觉得有点对不起她，毕竟这个时候我没能在那里。

但她都不说，我也不知道该怎么安慰她。

直到我们走回宾馆，我才觉得胃部有点抽搐感，似乎是羊肉在起作用了。虽然我好像只是对那种膻味有些畏惧，毕竟是一种全新的东西进入身体，还是有些不适。也可能是吃得太赶了，回到宾馆，我很快就吃了三颗正露丸。

岳父早年是开摩托车配件的，那时我们说的摩托车其实是早期那种农用的三轮车。他是自己开着这种车到安徽去，在车上装上各种车的配件，再把三轮摩托开回福建来卖零件的。早期做这种摩托配件的生意，虽然辛苦但效益还是不错。可惜有一年，因为路况和天气的原因，他的三轮摩托车连人带车一起冲进沟里去，腿被压住了，脚踝处粉碎性骨折。后来在马鞍山医院做手术保住了脚，但是脚踝处一直无法痊愈，当时的手术条件和设备也比较简陋，手术不彻底，据说是碎骨没有清理干净，伤口一直无法愈合。多年下来，就成了骨髓炎，一直有个伤口在脚踝处，流脓、发臭，需要每天清洗消毒。妻子跟我说了很多次帮助父亲清洗伤口的过程。

不止如此，十几年来，因为这个伤口的事，也不知看过多少医生。正规的、土医生、骗子医生、迷信医生……几乎都经历过，钱也花了无数，药也吃了无数，受了太多罪，结果一样，伤口依旧流脓发臭。岳父是一个十分坚强的人，但在这样的变故下情绪也日渐暴躁，妻子说过以前帮他清洗脚时因为看电视分神，岳父就会一脚踢过去。她说到这里的时候，话语中也只有惋惜。毕竟时间已经过去了好多年了。

伤口还可以忍受，问题在于一年年下来，他的年纪越来越大，儿女都已经成家，不可能一直这样清洗下去。而且因为脚伤的缘故，岳父的身体抵抗力日渐下降，更容易感冒生病。我觉得他的身体一直处在一种因为伤口造成的透支表现中，反映出来是暴饮暴食——就像这西北人需要用更加强烈的口味来对抗气候一样。

下决心处理脚，是一家人多年的心事。无论如何，这一次都要彻底清理掉，去医院之前，其实也已经做好心理准备了，截肢的可能性很大。咨询过很多医生，尽全力保脚也很可能会复发，截肢是最好的选择。现在不能心疼，必须决断了。

敦煌的壁画十分精美，洞窟很多，很庞大，气势宏伟。只可惜一般的游客能够看到的十分有限，也是出于保护壁画的原因，只开放很少的十几个洞窟。而且，参观时间也有限制，因为人类的活动和人数造成的呼吸气流等等，都对壁画保护有影响。导游是带着手电筒领着我们参观，他很习惯地介绍着各个时期的佛造像和壁画内容，以及后来的修补和保护研究。还看了著名的王道士发现的 17 号窟，据知王道士在当时也是出于好心，希望能够拿一些画卷和古物换点经费，来修补一些已经残败不堪甚至是那些快被沙土掩埋的其他洞窟。没想到开了这么一个口，竟然变成了一个令后世十分震惊乃至世代唾弃的文化史上的重大文物流失，实在令人感慨不已。

在导游的解说中，我们看到的壁画和佛造像中，基本都是属于佛教中比较高等级的塑像和绘画，而像我们印象的飞天造像在壁画中其实是属于很低等级的画像。也就是说，在佛教的等级中，飞天的级别是很低的，低到类似于在民俗生活中的侍女一级差不多。我问了一下关于飞天的话题，导游似乎有点懒得回答，在他看来飞天对于敦煌壁画来说几乎不值一提。他用手电筒照了几个不同造型的飞天给我看，有的是我们印象中的那种侧身御飞的形态，有一些是更简约或是变身后的飞天形态。我几乎看不出那是飞天，那只是一种飞翔状的东西，甚至连身形都没有，只是一种类似轻烟形状的形态。也只能看到，她们的脚几乎都是隐形的，只是一种飞的感觉而已。隐约觉得，没有脚好像更容易飞起来。包括那些相对具体的飞天，腿部以下也都是画着振翼欲飞的裙裾。

想来，飞天这种造型的流传，是关于敦煌壁画的简约形式，她既是敦煌壁画的宣传形式也是民间取向。人们会更容易接受这种唯美的女性造型，而关于佛造像的深度和时代性的意义，

　　　　　　　　　　　　飞天的脚印

反而一下子难以说清。飞天，其实是敦煌壁画的世俗代言。丝绸之路太过漫长，飞天的形态有着合乎想象的快捷；一种内心希冀吧。

当妻子说要把岳父截肢下来的那只脚拿出来，并准备让小舅子从北京带回来时，我真是大吃一惊：这怎么可能！这完全是一个不可能完成的任务，在我看来。

很显然，带一个残肢，坐不了飞机，火车也不行。只能坐长途大巴，可能还要转车，还要赶得很紧才行，万一碰到检查之类的，就会很麻烦。家里那边还要考虑怎么处理这个残肢。真是非常麻烦。

据家族里的一些老人们说，截下来的肢体部分，应该把它火化了保存着，等人百年以后和身体一起火化，才算是合在一处，这样才是完整的。理由很完整，也很合乎世俗人情，可这么一个决定，做起来的难度实在太大了。首先得花钱找中间人，从医院拿出来，还得找个可以安放这个残肢的地方。得先有小冰箱，还得找一个能够带着可以坐长途汽车的箱子之类的。妻子电话里说，已经联系了中间人，但是医院有规定，残肢不可以拿走的。看来得花钱，据说得好几千，估计能拿出来。

我只得安慰她："现在，花钱无所谓了，只要能拿到，达成心愿，该花就花。"她说她们也已经不管多少钱，都要拿回来了。

"这就当是对你弟弟的一场成长考验吧！"我只能这么说。她的话音中很是焦虑，显然，这个事太难了。

"我有点害怕。"她很自然地说了这句话。

"我知道，现在只能尽力了。会很难，你一定要坚持。"说

飞天的脚印

这话，我也觉得有点底气不足。

还有个问题，残肢到家以后怎么处理？这也是个大问题。

那天晚上，我做了一个梦，隐约中一直有一个仕女模样的人形向着我反反复复走来，每一次要到跟前了，就一下子飞了起来。我很努力地去抓，却怎样都抓不住，只有那些裙裾在快速飞散。这个梦大概反复了有四次左右，我觉得这似乎是白天看的飞天仕女形象在我内心的反刍。

在敦煌第二天，我们联系到当地的一个出租车，他要带我们去看阳关、玉门关和雅丹地貌。一百多接近两百公里，我们很早就出发，先去玉门关。大致三个小时的路程，路况还可以，有一段在修路，但不是很颠簸，还算顺利。

玉门关现在就是一堆土，连接着的土墙能够隐约看出这里曾经的城墙痕迹。在西北的大风沙和时间作用下，一个废弃的关卡很快就变成一堆土。这个春风不度的地方，光阴的痕迹更加惨烈一些。雅丹地貌十分壮观，那巨大的风沙作用下的自然造像，可以想见大自然的鬼斧神工。雅丹的面积也很大，各种造型的风化成像神态各异，很震撼的景观。据说，大风起的时候，绕着这个巨大区域的雅丹体吹过，会响起很惊人的声音，所以这个雅丹地貌也有"魔鬼城"的称谓。

在穿过雅丹地貌的中心地段，也有一些越野车疾驰而去。导游说，从这里穿过去，再过一百多公里就到楼兰古城了，就进入罗布泊了。听得我很激动，古楼兰在这么近的地方！可惜不能去。那不是脚力和车的问题，还要更充足的准备才行。说来简单，总是有一些地方，不会是想去就能去的，也不是脚力一定能够抵达的。脚力总归是有极限的。楼兰古国，想象的部分应该比实地要美好得多。

　　阳关虽然也是一样的荒凉，但保存得更完好一些，还建了一个博物馆，这是真正的关口了。我在阳光博物馆看到了一个婴儿干尸，据知这应该是当时戍边的士兵，或是当地的居民留下的一个早夭婴孩，因为这里的干燥和沙土的掩埋下形成的干尸。真是奇特！一个千年之前的小身体竟然这样保留下来了。我在想，这会不会是当时一个士兵跟当地的女子偷情下的产物。

　　站在阳关的关口上，遥想那里的出关景象，总是那些决绝的身姿浮现得更多一点。

　　家里来电话说联系了火葬场，但火葬场不肯火化残肢，说这样不符合规定，不能开这个口。已经再去联系当地的一些寺庙，看能不能找个法师，做点简单的法事，再把这个残肢给火化了。如果再不行，只能另想办法了。

　　花了钱，他们终于把那个残肢拿出来了。妻子来电说，他们找了一个保温盒，里面装了很多冰块，残肢就放在那里。看来简单的话，听得我脑子有点嗡嗡作响。那样一个脚！现在不能叫脚了吧！怎么拿？怎么放？又怎么面对！妻子话语中明显有些哽咽。她说："昨天晚上，我和弟弟，对着那个脚，大哭了一场。"话语之下，我觉得内心也是割裂一般地痛楚。我知道，从准备截肢之前，一家人一直在努力要保住这个脚，经历了很多的波折。终于截肢了，如今看到这个截下来的脚，内心的悲凉和苦楚真是难以忍受的。

　　我知道，那一晚，他们都无法睡着了。

　　第二天，家里又来电话说，寺庙也不肯火化这样的残肢。没办法了，只能在自己所在村子的社境里自行处理了。得做场

飞天的脚印　　　　　　　　　　　　　　　　　　　　　105

法事，上供品，再用柴火自己来烧这个残肢了。只能这样了。估计小舅子一个人回去还是不行，得让岳母跟着回去了。

"有可能我会跟回去。"妻子在电话里说。"妈妈在这里，更方便。爸爸做什么都可以跟她说。我们在，他有时候更加焦躁。他不愿意我们领着去上厕所。"

"可是你回来，那些法事的活，要很多上供的东西。你也不懂啊！"

"我可以请教家里的其他老人们，还是让妈妈在这里更好一些。这样他们也不会觉得太难。"她说的他们主要是指小舅子的妻子那边的亲戚——毕竟不是一家人出来的，很多习惯还是无法一致。

"这几天睡觉怎么样？"还是下意识地问一下。

"还好。昨天没怎么睡。大家都有点累，可是也都睡得很少。"现在是最难的时候，我不知道该怎么安慰她。

旅游城市都有一些个出售小商品或是工艺品的集市，据说全国这样的小饰品大多都出自浙江的某个城市。敦煌的工艺品街也大体如此，总有很多全国一致的小玩意在那里出售。当然，有一些是敦煌的特产，像一套从敦煌壁画中套印出来的春宫图，刻在那些貌似玉石的化工制品上，做出屏风的样子，很吸引人。而这里最好的也最多的是胡杨木影雕，那些雕刻着沙漠驼队影子的胡杨木造型很漂亮，也颇有特色。

我在这条工艺街逛了两圈，买了一本早年的旅行者游历西北的日记体书籍，还有一本是关于地方艺术考证的书。工艺品我看中的是那些用胡杨木的枝节来做的印章，可以直接在枝节的一头刻上自己想写的名字或文字，挺好的，有纪念意义。加工后的胡杨木枝节很漂亮，上了漆的木头微黄温润，木头的原色也保存得很好。很多用来刻字的枝节旁边又会长着另外的小枝节，更加生动也更有趣味。虽然简单，但给人感觉很好。我想买两个，一个给自己用。考虑写什么文字时，我想起有一次朋友问我，最喜欢的一个词是什么。那时我就写了，是"日夕气佳"，来自陶渊明的诗句。就刻了这个。我想再买一个送给妻子，但也想不出什么特别的词语，就对着"日夕气佳"想了一个似乎有点对称的词语，很普通："月明星稀"——也算有些意味。

沙漠地带的胡杨木，已经十分珍稀了。胡杨木据说是：一千年不死，一千年不倒，一千年不化。一块很小的木头，竟然也可能是从历史深处而来。我隐约觉得，无论如何，能够被刻印成为属于一个人自己的文字印迹，也多少是一小段木头的复活方式。

事情的转机来自家里的一个老姨奶的话，说那个截下来的残肢不要了！她的意思是，截肢之后还要给岳父装上假肢，那还要那个干什么！等人百年之后，只要把那个假肢拿去一起火化了就可以了，干吗还要那个已经去除的残肢。她要妻子姐弟俩把那个残肢还回去，不要拿回来了。真是又一波折。不过这样也好，减少了很多更麻烦的事。让小舅子拿着那个残肢长途奔波，实在太难了。现在只要再花点钱，把那个残肢还回医院就行了。妻子来电说，他们已经联系了，对方虽然不乐意，但也还是可以花钱摆平的。

我也是长出了一口气，这样还是最好。带一个残肢回来，太多麻烦事了。这一次心意到了，就可以了。对岳父来说，已经是很大的安慰了。无论如何，现在只要专注于脚部的护理，联系一个好一点的假肢厂，事情就可以简单多了。

"那个中间人答应把它还回去了。太好了！"难得听到她比较松弛的声音。"爸的脚恢复得不错，很快就要做康复理疗了。"

"我过两天就会离开敦煌了。你要什么东西没有？我给你带。"

"不知道。也没什么。你自己小心一点就行，吃的东西要注意一些，不要太省了。"她对于我出门的费用，一向不会怎么小气。

"我知道。你们也要尽量多休息。还得一段时间呢。"我尽量放慢口气说。

"嗯。"说着，就又没太多话了。

我们也买了从敦煌去嘉峪关的火车票，据知在汉唐时期，出关是从阳关玉门关开始算出关，也相当于现在的出国了。而到了明朝，国门一下子就从阳关玉门关这里退后到几百公里之外的嘉峪关了，几百公里的国土就一下子丢弃了。此后，阳关玉门关一带就迅速衰败下去了，直到被泥沙淹没。曾经的丝绸之路一下子就断了，成了历史。

妻子再次来电说，小舅子基本上确定将要辞去北京的工作，回老家找点事做。我在火车上，脑子里一直浮现的是小舅子捧着装着岳父残肢的冷藏盒的场景。如果当时真的需要这样的长途跋涉带着这个回乡，对于他的内心该是怎样的冲击。这样的场景，只会让我一次次想到福克纳《我弥留之际》中的那些细节。这个场景终于没有实现。我想，这个场景也必定在妻子和小舅子的脑中反复出现过。

再次看着火车两旁的黄沙漫漫，情绪虽然没有初来时那么激动，也还是觉得内心微热。沙漠和戈壁，其实是一种惨烈现象下的景观。如果人们真正置身其中，最先考虑的是脚力、水和真正的经验。告别敦煌，依稀觉得那些飞天的形象更加具体可感了。

去敦煌终于只是买了这一对胡杨木做成的印章，虽然粗糙了些，但它们微黄明亮的样子，还是很好看，木头的质地也很温润娴静。我抚摸了一会这两个小印章，感受到胡杨枝节的细腻和轻微的泥土气息。想起那个阳光博物馆的干尸婴儿，仿佛这就像一对婴儿的小脚，温暖柔弱。胡杨木真是千年之身，那么它的内部质地应该十分坚执。在那个印章的表层上，刻着与我有关的两个词语。

我抚摸这些刻痕，像抚摸一个孩子的脚掌纹。

十五庙主

1

很长时间我都觉得最幸运的是，考高中那年，我真的考到城里去了。那是我第一次觉得自己像个人了。虽然，有时候也会有些想念父亲的那个略显佝偻的背影。但其实，我内心深处很多时候，还是觉得有些难以抑制的唾弃感。

上初中那年母亲因为肺病去世，当时虽然觉得伤心，但还是孩子的我玩性很大，很快就不觉得有多难过——母亲严厉——这也像一种束缚解开了。过后没多久，父亲每天早上五点左右就叫我起床，要跟他去鱼获市场那里收鱼再到市场去卖。那种凌晨起床的滋味，现在想起来也是很苦楚的。当然，在父亲眼中早就习惯这样的日子。"你老姆没了，作为家里的老大，这活自然要你来负责。现在可不比以前了！"父亲的口气很硬！那时候，我才一点点体会到母亲在世时的幸福感了。

刚开始那一段，我见到弟弟都觉得心生怨恨，做小的这么爽——可以睡到那么晚。其实小弟也要早起，给我们做早饭。但我要比他早起一个小时多——而这已经足以引起我的怨恨了。

五点多起床的时候，大多数时候天还蒙蒙亮，夏天还好些，冬季的时候，那一股海风吹来，刺骨的冷！卖鱼是不分季节的，几乎每天都要去。老爹说，"夏卖量，冬卖价"。大致是说，夏季鱼获多，却便宜，要靠量；冬季鱼获少，价格却比较贵，也赚得多一些，尤其是到年关就更好了。只是，冬天去收鱼，太辛苦了。

出海的渔船一般四点左右上岸，要赶在大的鱼贩子收过了，才轮到我们。我们这种相当于是挑担卖鱼的，没有太多的成本，只能零敲碎打地卖。虽然这种收入不高，但一天收入几十块一两百的情况还是常见，相当于是够温饱的收入。

老爹是鱼获市场的熟人，每个人都"黑荣黑荣"地叫。有时候，我都忘了老爹的真名，只在自己学校写名字或是填表的时候，才会记得父亲的全名，叫符国荣。他的腿走路有点瘸，我记得他的脚趾断了两个。小时候看他洗脚的时候，觉得少了大拇指和二指的脚，看起来有点恐怖，像被石块切断的臭章鱼。所以，他走路有点晃。我怀疑他的腿骨也有点问题。隐约中觉得很小的时候，母亲有哭过一阵，我不记得到底是因为什么。也暗暗听到人家背地里叫他"瘸腿黑荣"，我记恨过这种叫法，也很快过去了。当然，大多数人叫他这样的外号，也并没什么恶意。

叫他"黑荣"的人，大多很熟悉。不过也确实黑，我看老爹，感觉他比那些天天出海风吹日晒的真正的渔民们还要黑。不过他确实有个本事，几乎每一种鱼都叫得出名字。从常见的马鲛、青斑、三角鱼、黑鱼、海豚、海猪、鲨鱼……这一类的，到偏一些的春李、狗鳗等等这些我原本都不认识的鱼类，老爹都如数家珍。而且，鱼一拿在手上他就知道新鲜度，当然也知道是不是真的野生鱼。他还有个本事，每一条鱼过他手之后，报斤两几乎一两不差。一条他说二斤二的鱼，一过秤很少会变成二斤三。这一点也很让人佩服。市场上的人除了这些有点佩服之外，回复这种略带嫉妒的方式，大多是那些妇女们，总在大声嚷嚷着，还夹杂着一些荤话取笑他，"乱卖乱称的！""胡乱糊弄人！""那个妇女怎样啊——你儿子都知道啦。""真是有后福啊！""黑荣，我再给你介绍一个——屁股很大的啦！"……这一类的话听多了，也只能把这些话当作耳旁风。每次见老爹只会嘿嘿地笑——卖鱼的都很无聊。我觉得。

无聊归无聊，那几年卖鱼的生意还是挺顺的。这一点从很多鱼获市场上的妇女们的唠叨中都能听出来。每次我们似乎都能比一般的鱼担卖得要快，每天我从学校下午放学再赶到市场，我这黑老爹几乎都没什么剩余了。经常还有一些人有空就找机会取笑他说："你儿子一点也不像你，白面粉的人！哈哈哈，你不会是抱错了吧！还是……哈哈哈！"我恼了，真是鄙夷这些人——嚷道：赶紧回家啊，还得做作业呢，乱七八糟的。这种玩笑，我整整听了有两三年。刚开始觉得有些气愤，后来也就无所谓了。

老爹听他们这么说，有时候也会认真看一看我，顶多"别胡说八道"之类的回个一句半句的——他真是够无所谓的。我觉得老爹，在家里脾气挺大的，怎么到这里就变得老实了。他这人也就是看起来憨厚，其实我也知道，为了多卖鱼，我老爹也经常耍点小手段。比如，把被称作"涵江货"（也就是当地一种常见的养殖鱼）掺入野生鱼里，特别是在冬季快过年的时候，这种情况就很多了，老爹因此也多卖了很多高价鱼；对外地人拼命吹嘘这种三角鱼有多好，很贵卖给他们；也把自己家里做的干货说成是纯手工的，其实我记得那些就是剩下的鱼直接晒在远处的沙地里，有的连沙子都故意没有清理干净……都让我觉得有点不齿。我有时候觉得他这是装出来的厚道——很没劲。

只是，老爹对我眼中流露出的这种不齿，大多不予搭理。"你懂个屁，你以为鱼会越来越多，其实只会越来越少——到时候，吃什么！"他有时候，喝点地瓜烧，就会冲我吼道。我也懒得理他。不过还好，他喝点小酒，还不过分。

那时候我就自然很喜欢夏天了。夏天天亮早，起床不像冬天那么艰难。关键是每逢夏天这里台风天多，也就没有船出海。那意味着我们也不用去进海货，我就可以睡到七点再起了。所以，一到天气预报要台风了，我就暗暗高兴。老爹可太不一样了，一直阴沉着个脸。有时候，我看他会一直盯着台风天里那汹涌的海面出神。我觉得一年中也就休息这么几天，老爹没必要这样吧。有一次台风天的时候，我看他还一直捂着脚面，一脸痛苦的样子。我问他怎么啦？他也不搭理我，只是用手指了指脚。要拿药吗？我知道家里有些是防止老爹这脚突然发疼的药。他也是摆摆手。我不管他，就找了药放在他边上。

我们家的位置在这片海湾再过去一些的田地后边。这片海湾拐向另一处更大的沙滩，那里被称为天然的海滨浴场。我们小时候去海里游泳就主要是去那一片海域。当然，随着海边的养殖场越来越多，海滩上的沙土被挖走的很多。我们游泳的区域也就越来越窄了。我后来慢慢发现，其实我们家相当于处在两片海湾的岬角后面。当然，我跟老爹卖鱼获的那几年，沿着海边的路还是很窄小的土路。这几年，路不断被拓宽，据说也要浇灌成水泥路了。

除了卖鱼获，其他的时间，老爹几乎没有别的事，主要的时间就是守着那些个瓮。那些在我看起来一个个也不小的瓮，原本一直是半埋在靠近沙滩的土路底层的。小时候，我们还在对面这片海湾游泳的时候，有时候上岸时候，经过那里就能够看到。那时候，我记得也问过老爹那是什么？老爹都不怎么搭理。或者说：不准去碰！也不要去看！看起来挺神秘的样子。我也就没怎么在意。

经常在家里听他唠叨，这些给怎么处理了？这路修了，怎么弄？一脸烦躁的样子。我也就当他是在碎碎念——不怎么管他。我那时从卖鱼获开始，就下定决心，要读书离开这里。村里的老话说，渔民的孩子都不希望自己孩子是渔民——渔民太苦！当然，我老爹恐怕算不上真正的渔民，而仅仅卖鱼获，我都觉得随便干什么也比这个要好——卖鱼也太辛苦了！我暗暗觉得，对于家乡恐怕是要保持一定的距离，才能真正热爱的。我在寻找理由——却还是感到又辛苦又无趣。同学经常说我像个被晒干的鱼。

后来，也就是在我离开家去城里读书的那天，我问老爹你天天念叨的那些瓮到底装的是什么东西？老爹犹豫了一下，看着我说，你大了些，告诉你也没事。这些是以前，海面上捡的——那种——懂吗？不能乱丢！我恍然。以前弟弟有次淘气自己跑去偷偷看了，回来跟我说，是骨头——还有骷髅头。我还不太相信。原来是真的。谁捡的？老爹不说，只是说，别管谁捡的，都不能乱丢！对吧——有点自言自语的样子——我还真有点肃然起敬了。这老爹，看不出。可眼看这边就要开始修路了，你这些怎么处理？就是啊，不好处理。交给谁？没人搭理这个啊——我得去找找政府看看。估计也难。

当然，海边的路说是要修，头尾也修了有好几年。我记得从我上高中开始有传闻要修，到我都上大学了，好像路也没修完。那几年，我弟弟倒是成了真正的鱼贩子，我在外地读书的时候，大多是我弟弟跟我联系的。我甚至也动员弟弟看能不能给老爹再找个伴，这样也好安度晚年。弟弟说，不卖鱼了，也不闲着。天天东跑西跑地。忙啊。他这人，闲不下来！说也不听。

2

大学二年级暑假的时候，我带第二个女朋友小裴回家看海。老爹虽然看起来高兴，也还是说，跑这么远来——也不怕人家父母担心。我知道他的意思，不该这么草率把女孩子带回来。我不管他。聊天中他在念叨着，说村里不答应他的要求。我问他有什么要求，他说要在这路边盖个庙，把那些瓮都埋在那里。

这是我问了人家有经验的老人，都这么说的。这样才是最好的。老爹看起来有点愤愤不平的。问了菩萨和娘妈（妈祖）也都这么说，签书上说的。

签书，应该是签支吧，庙里抽签用的。那会说这个，我不信。

老爹急了，我拿给你看。说的就是什么落叶归根之类的话。

不用找了。我看老爹有点急。应该是真的。女朋友小裴捅捅我，小声说，干嘛不相信你爸。

村里会批地给你？我不信。我陪着他再去村里找干部。人家还是那句话，这海边的地都是有规划的，现在要建海边旅游小镇，地控制得很严。哪里能批！这地方盖个庙，再小也得几十万吧。我也觉得有点不切实际。

我看要不全部用火——化了算了。那天我们在家讨论，老爹跟村里一个老朋友金祥也在。我就这么说。

不行！老爹一开始就反对，这么些年，该化早就化了，现在化，不行！

祥叔你看，盖庙不能批，成本也高。再说，谁去伺候这个庙？我觉得盖庙的念头太大，我还想以后赚钱在城里买房子呢。

金祥也是个闷葫芦，只是闷头抽烟。老爹这几年跟村里磨，嘴皮子倒是溜了些。这个金祥不附和我，也是难办。

过了半天。金祥才说，得先找钱——有钱才能办。

这不废话！我要是钱多，还不砸死他。我是说那些干部们。

老爹瞪了我一眼。你能耐了！他转向金祥，找谁肯出这个钱？

附近的都出！单位的，水产的，养殖场的，还有什么渔业研究的单位。都去找——让他们出。

他们要是不出，你也没办法啊！我泼冷水。

不出——我天天去！老爹又来这一套，耍无赖。

先找，一起去。金祥这老头，也不知道他从哪里来的决心。

老头转向我，说你还是不懂，你爹的心思？

什么心思？盖庙？

你爹守了这大半辈子。能让一把火烧了！何况……金祥瞥了老爹一眼，停嘴了。

我只能说，好好，我跟你们一起去行了吧。

第二天，我抽空带着小裴去看了海边的礁石堆，还去我们以前游泳的地方看了看。那一片海还是十分蔚蓝，虽然海边的对虾池子、蟹池越来越多。没见过真正的海的小裴，高兴得大呼小叫的。我觉得也就平平常常，大惊小怪。附近的灯塔现在改名叫作情人岛，我觉得挺恶俗的。远远看去，这小岛上还真的有些看起来像是用那种九合板之类围起来的小屋。情人小屋！这旅游开发的，够厉害的——真是无孔不入。

那里我们以前都游上去过。其实我只上去过一次，也可以吹牛。

真的吗？！太厉害了！小裴崇拜地看着我。

是啊！退潮的时候，也不远。游半小时就到了。

哦。上面有什么？

灯塔啊——就是灯塔！我只记得上面有个很大的类似铁皮笼罩的玻璃屋，也就几平方米。也不大。

用什么点的？电吗？

电池！应该。在上面看不到电池，据说是锁在那个地方。我们上去的时候，看不见电池。

那电池应该很大吧？用电量也不小。一晚上闪个不停。

应该吧。我也说不准。据说现在改用太阳能了！这我倒是听说了。

看灯塔真是很神奇啊！小裴有点文艺化的痴迷了。

你想上去吗？以后有机会我带你上去。我随口这么一说。

以后。小裴白了我一眼。

你不会游泳，现在上去不安全。我找了个理由。

那天，我们还去了鱼获市场。我碰到了弟弟文辉，他现在俨然是一个鱼获摊小老板的样子。防水衣裤，黑色大水靴，叼着烟。比我小两岁，看起来比我老成多了。我问他老爹有没有托人再找一找——我是说找老伴的事。文辉说，有找呀，我也跟祥叔说过，他说老爹不肯。关键是，家里的房子都没翻新。有人家也未必看得上咱家。文辉说。你看附近的，越来越多的新建房。原来的石头房没几个了。还天天要折腾那个庙。人都不怎样，管它什么鬼！文辉也有他的情绪。家里房子没翻，更主要的是文辉的婚事也遥遥无期了。

回家的时候，老爹跟金祥也从水产公司回来了。人家基本上不太搭理他，说什么每一分钱都要领导批，都要有出处，不能随便给之类的话。嘿，跟村里的口气一样！意料之中。养殖场呢？去了没？我问祥叔。人家说，要是出几百块钱也就算了，到时候真要盖了，再说。有希望，可差距太大了。老爹蹲着，都不说话，一个劲地抽烟。

黑荣，我看还得去别墅那里看看。金祥的主意多，可是那还不是单位，人家更不太会搭理吧。我觉得。

老爹抬头看了看远处矗立在海岬拐角处的那两三幢别墅。有点恨恨地说，那也没有批！

我也听说了，附近那立在海边岬角上的别墅是村里某个挺有脸面的人盖的。因为这个带头盖别墅的人似乎年纪也不大，所以听到关于这人的传闻就很多，有说是靠运走私油发家的，也有说是租什么铁壳船去捞海底的文物发家的，甚至还有说是卖毒品的……五花八门。反正人家要是暴富，总是村里的话题，也是村里人发挥想象力的时刻。去他们那边，说这个有用？我很怀疑。

你少在这泼冷水。有没有都要去，有当作无来处理！老爹死磕。

就是死马当活马医呗！我接嘴。老爹盯着我，转头又看了看在屋外的小裴，你可别——越来越轻浮。

轻浮！我怎么就……我站起来。

我问你，去年你是不是也结交了一个女的？

我哑口。大一那年有一个，我没带回来啊。是弟弟说的。

我这种事也不会瞒着他。没想到，他还是对老爹说了。

为了挽回这种印象，我只得表态跟着一起去。我暗自嘀咕，不要被人家骂出来就行。这几栋盖在海边岬角上的别墅确实够牛。我看到别墅的大门两旁立着两尊很大的石狮子，别墅的墙角在路边拐角的地方立着很多很大的石头，上面写着"以观沧海""红日"，还有"文明和谐"这一类的，很会设计的样子。别墅对面的空地上还辟出一个公园，也有一个篮球场。

倒是很客气。这主人还真是很会做人，对我们都很周到。问老爹的脚，问祥叔的身体，问我弟弟的生意，问我的学业还连声夸奖。真是一点都不落下。说到盖庙这正事的时候，也是连声说要支持。还说这是个好事——功德事！末了却给提了个说法，说这批地的事情，一定要弄清楚。说他家里的这个地方，也是经过千辛万苦才批下来的地。没有批，一旦被人举报，就很麻烦之类的。说老爹要是批了地，钱的事一定出，还说不会少，肯定在万元以上。放心放心！老爹被说得很开心。觉得事情大有希望了。我隐隐觉得这人就是在耍手腕，批地——怎么可能！他摆明了就是知道这地是批不下了的。我不敢对老爹直接说，想着反正我过些天就去学校了，也管不了。祥叔也清楚一些，知道有些话说着好听，实际要建，还是很难突破。这是政策性的东西。金祥也没有直接说，只是说，再争取应该有希望。我们又不要政府出钱的。老爹坚持自己的看法。

接下来我没再跟他去村里找，暑假没几天了——我就陪小裴在附近走了走。在我们临回学校之前，老爹跟我聊了一次。那天我们就走到沙滩边上，不远处就能看得那些瓮还是摆在那里。我看到老爹的头发似乎白了一大半，也有些焦虑，只能建议老爹不要太操劳了，也说很快我就能赚钱了。

他摆摆手，还是原本的样子，长年的脚伤带来的走路姿势，在夕阳下看起来肩膀有点向左边倾斜——像一艘破船，我觉得。先说起去学校的事，还是那几句：多学东西，别折腾！我懂他的意思。

有点犹豫。老爹还是说，我想了想，还是要告诉你。这些东西放这已经快二十年，最短的也有这么长时间，有些更早。他遥望着海面，那是分几批也是不同的人收到这里的。你知道最多的一次是多少人吗？

我哪里知道，你都没说过。

十五人。一次。那一次我们船也有收到，应该是四个船。分别收到的。中间那四个就是。他指着远处的那一排瓮。

我似乎是第一次知道，老爹原本也有走船（我们当地对渔民的说法）过。记得祥叔有念叨过以前一起走船的。我原本不以为然。一次十五个！我听得头皮有点发麻。那是海难？！

很早以前了！也不知道是从哪里飘来的，我们的船那时候网到了一次，里面就有四五个。这总不能扔！是规矩，按惯例要给人家弄上岸，最好入土。可那时候加上他们别的几艘船捞的，一整批共十五个。怎么弄！原本只有一些就是一个瓮，这一批就多了这几个，埋在那个木麻黄边上。后来修路这些又都露出来了。

我小时候就看见过，那时候好像没这么多。我觉得有点压抑，想轻松点说话，却感觉被心里被堵住了。

后来又有人捡了。现在你看，七个瓮装的——几十个有了吧，都要处理。也不能随便扔！所以啊，我想弄个庙，就能把这些都埋在下面了。也不影响别人。逢年过节的，烧点纸，点上香就行了。

十五庙主

透过老爹的身影，我看到海面上有一艘中等大小的捕捞船，在我的视线里恰好从落下的夕阳中穿了过去。海水无痕啊！

如果还是不同意呢？村里的。

没有更好的办法——反正要弄的。老爹别了别自己的脖颈。看着我还说，你不用管，对小姑娘好一些。不要瞎胡闹！

我虽然觉得原本有些伤感，到头来他还是要教训我一下。我也只能笑了笑。我觉得你自己再找个伴，更重要。

我不算事。等文辉找好了——就好了。老爹的银灰色头发在夕阳下，看起来竟然有点泛红色。

3

后来那半年的消息都是弟弟文辉电话里告诉我的，有些也断断续续的。大致的情况是，村里还是不肯批地，老爹几乎是一有空就去磨，人家也不搭理他。后来说是有个养殖场给了老爹一个消息，说他们的一个旧的养殖场废弃不用，那些方整石可以送给他。老爹高兴，就拉上金祥叔两人一起，一趟一趟地抬到那个路边。

后来，两个人就背着村里开始自己盖了起来。两个老人，很慢的，是重活。弟弟在电话里说，简直了，你老爹！那个地方，经常有人出入，哪里能瞒住村里。这些消息也都是陆续传来的。那一阵我跟小裴又开始闹分手，心情也有些压抑。虽然听说这些事，也不是太在意——似乎觉得那还是意料之中的事。

听说后来盖了有一米左右的高度，却在某个周末被村里来的一些人全都撬掉了。说是这属于违章搭盖！弟弟说老爹知道理亏，只是一味哀求，就差连人都躺倒在那些石头边了，也还

飞天的脚印

是无济于事。说那几天老爹几乎是急火攻心——也病了一段。我也觉得有些揪心难过，无奈远水救不了近火，只能劝弟弟多安慰老爹。

后来又说，老爹怀疑是那些别墅人家去举报的，也跟人家吵了一架。说人家一直说没有，还跟他发誓了，确实没有。我怀疑老爹有点疑神疑鬼的，就在马路边上，还用得着举报！

跟小裴分手后，我没有再找女朋友。大学里的爱情，我明知没有结果，也趋之若鹜。消停了一阵。我开始在大学里卖干海货。当然不是卖给大学生，主要是卖给大学附近的小店。我让弟弟给我寄过来，成本不高也顺便赚点零花钱。听弟弟说老爹最近消停了。我觉得要是放弃了倒也好。

寒假来的时候，我很快就回家去。看了老爹盖庙的那个地方，一些条石也只剩下最下面贴地的一行了，石面的水泥砂浆还在，当然都干硬了。其他原本肯定是被撬下来的石头，已经都整齐地摞在一起。这肯定是老爹跟祥叔干的。看来两个老人也还是不死心。老爹见我也没说什么，整天也是游荡着，除了偶尔帮弟弟看看鱼摊，也没什么事。

冬季的海边游人很少，除了当地的渔民还在按时出海，妇女们修修补补地忙碌，渔村看起来倒是很安详。我第一次发觉冬季的渔村清晨的时候，有一种特别静谧的美。当我很悠闲地从原来造船厂的坡道那里走下去，这时温度还不是很低，凉风习习十分舒适。路边卖养殖鱼货的店里大门敞开。地上的渔网占了三分之一的路面，但不像夏天总是有股十分浓烈的臭鱼烂虾的气味。一家石头房改成砖瓦房里的中年妇女出来倒水，很怪异地看了我一眼。村里统一要求栽种在各家门口的三角梅零零散散地还有一些耷拉在枝头。一个还不太会走的小孩，颠颠扭扭地走到靠近沙滩的护栏边，身后有个老人一边喊一边快步跟上去。

我讶异地发现，虽然是冬季，路边的野菊花还是十分顽强地开着。星星点点的黄色在木麻黄林下，成片地盛开，甚至还能闻到一点点悠长的清香。

天空高远。弟弟文辉说天气预报这几天要大幅降温了。好像也报道说有雨水要来。

金祥叔偶尔还是会来家里坐，两个老人看起来无所事事，却又不时在嘀咕着什么。我也很少往他们那里凑。最近我倒是有空就跟弟弟去市场看看，主要看能不能找个合适的供干货的渠道。弟弟主要是经营海鲜，干货比较少。但他市场里很熟，也在帮我打探。

庙的事情弟弟说目前没戏，村里也来人到家里找老爹谈了，那就是相当于警告他。弟弟说。老爹不死心，可现在没办法，一是没多少钱，二也没地，再想简单盖也没用。我现在就想着赶快把家里的房子翻新了最要紧。弟弟文辉的心事很现实。

降温来得很快。没几天，村里的气温就降到十度以下，加上海风凌厉，十分寒冷。南方的冬天比北方更冷，主要是风大，又没有取暖设备。我用在学校赚到的一点钱给老爹买了个取暖器。弟弟说自己不用，习惯了。我觉得他主要是有点舍不得。我也不好坚持，毕竟家里现在他是主要养家的人。

那天入夜的时候，我也不知道是不是做梦。隐隐约约后半夜的时候，听到附近的风声中夹杂着某种奇怪的声音，一直在"呜呜"地叫。我印象中，早年母亲那几年生病的时候，也会在夜里发出一种"呜呜耶耶"挺吓人的声音。那这声音不知道是从哪里来——也不一样？我怀疑是自己在梦里听到了这种怪声。

126

过了第二天晚上，我半夜惊醒了，又听到这种声音，这一次觉得声音似乎更远一些。好像是从那片海岬拐角那一带传来，声音变成一阵一阵的，还显得有些飘飘忽忽的。我确实有点惊了。这是什么声音？不是船笛，也不像海螺声？很有点阴森的感觉。第二天，我问弟弟夜里的声音，他说也听到了。还说最近开始，市场里也在传说有什么不干净的东西还是什么的，在海边一带飘忽着。市场里很多人也开始念叨着——也有人说，肯定是那些瓮没有处理好。弟弟说反正传闻很多。但看弟弟的表情，他倒是不慌不忙的。他说自己太忙也累，没空搭理这些东西。

　　似乎停了一两天。到第三天夜里，声音又开始了。那天风小了些，我开窗户的时候，声音听得很明显。就是那些带着点哀号的"呜呜"声音，似乎是从海岬对面的山坡上传出来的。那一带坟墓很多，当地人建了很多被叫作"禄丘"的家族坟地。半夜听这个还真是很吓人！我虽然不太信这个，也还是有点发毛。想起最近的传言，还真的有什么奇怪的东西，飘荡在这里幽暗的半夜时分。

　　那天我想去老爹房间，看看他什么反应。下到楼下，老爹的房间虚掩着，进去看竟然没人在。这老爹，大半夜能去哪儿？我在一楼坐了一会儿，有一阵也打了瞌睡。一会儿醒来，我猛然看见原本挂在大厅墙上那张白色的连体雨衣，怎么不见了。也没下雨啊！我一激灵，跳了起来。老爹！不可能！

　　回到房间，我就没有再睡觉。等到四点多，随着这个声音渐渐消失。大约过了十几分钟，我听到楼下很轻的开门声音。从楼梯缝我看见老爹从外面很轻声地进来，肚子的衣服里似乎包裹着什么。他很慢地掏出白色雨衣，又重新挂在厅里的竹签上，小声地回到自己的房间。我一下子，就愣在那里了。

第二天晚上，我没有睡，一直等到夜里两点多。也不知道老爹有没有提前睡了一阵，他都是晚上九点就回房间了。两点半多的时候，我看到老爹又把白色雨衣塞进上衣里，轻声出门了。我赶紧也套上所有的衣服，小心地跟着出来。寒风刺骨的夜里，老爹出门后走得很快，直接往后山上走去。我有点慌，毕竟这一带我不常来，那里坟地多，一般没有人会去那里。路上也杂草丛生的，虽然是冬季，野草还是很多。我不敢跟太近，也不敢打手机电灯。只能远远看着一个影子往山坡上走着，我慢慢跟着。我也不知道怎么绕路，路都很小又不好走。真佩服老爹竟然走那么快！我还在想，老爹不会真有夜游症吧？

隐约中见老爹走到一片坟地很密集的地方，在一处两个坟地之间的田地边停了下来。似乎老爹也打起一个光线很微弱的手电筒，像在找什么似的。不一会儿，老爹身影成为一片白色。我记起来，那是他穿了白雨衣了。快三点的时候，我听见老爹的位置开始传出那种"呜呜"的声音。他的身影似乎也在动来动去的。我想，他应该是飘不起来的吧！我站在一棵木麻黄树背后，用力裹紧自己的衣服，牙齿咬得"咯咯"作响。听着老爹这种装神弄鬼的叫声，我浑身战栗不已。

那一段时间，我也几乎没有再睡。我把多数睡觉的时间改到了白天。我不知道能做什么。以前听村里老人说，如果一个人夜游，你突然把人从半路叫醒，人可能一下子就会没命了。我不知道老爹是不是夜游。也不敢叫醒他！我知道了这种情况，也不能不跟着他。我隐隐觉得弟弟似乎也知道，他也没有说什么。我们都各自沉默。

有一天夜里，还下着小雨。我跟出去的时候，也只能套上

　　　　　　　　飞天的脚印

弟弟的一件绿色的雨衣。那天老爹去的地方又改了，他往海岬下边也就是那些别墅区靠近海边礁石堆的地方去了。而那个地方其实靠海浪也很近，我一直揪着心。我不敢走太近，就在那些礁石堆靠山坡边上的地方，躲在一艘渔船边上。还好那天下半夜潮水退了。在礁石堆的老爹还是怪叫连连，身影却几乎没怎么动。我不知道是不是礁石堆太难走动，还是什么原因。后半夜的海滩边，雾气渐渐起来了。我远远看见老爹的身影，越来越飘忽，有点像以前看的诸葛亮借东风的那场面。我心里一直揪着，但也不敢动，只能远看着老爹叫一阵，歇一阵，也会有一个很模糊的白影，在那走来走去。

我只能裹紧自己，有时会盯着远处微微的波浪。我在想，老爹这样的鬼叫声，海龙王要是听到了，会不会一把就把他抓下去！要是那样的话，是不是要轮到我来叫一叫——也好跟去龙宫一趟！我有点迷糊了。

快四点半的时候，我隐约听到别墅的楼上，似乎有窗户推拉的声音。

那一段，我隔天也不怎么跟老爹说话。我有点怕见他的面孔。倒是金祥叔还是不时来家里，两个人喝茶抽烟，似乎心情还都不错。我在想，跟了这么多个晚上，我怎么都没有看到金祥叔！这两个老头，莫不是还有工作分工。一个负责叫，一个负责干吗——传！不过，村里的声音越来越多说到，这些瓮应该处理好了。我有天去市场，也听到有妇女在说，村里应该支持，有钱人也应该支持。功德啊！妇女的口舌，还是很有效。我觉得。

传闻越来越多的时候，村子里很多人都显得有些惴惴不安。弟弟说，市场经常在讨论这个。据说有人开始去找那别墅人家说了。

十五庙主

果然，又过了几天，那个很会说话的别墅主人来家里找老爹了。说是盖庙，必须盖！村里由他去协调，钱他家出十万——一件功德事嘛。其他让老爹先去养殖场、水产品实验场等等都问问，说大家都要出。还说不够的话，他再出，或者他再去找另外几家别墅人家说。这情景，老爹终于喜笑颜开了。那几天，两个老人在我家里，喝醉了几次。我也很舒服地睡了几个安稳觉。

　　春节后回到学校，小裴找我谈了一次，感觉她有要跟我复合的想法。但我想了想，还是拒绝了。

4

　　庙是在我去学校之后盖起来的。其实也没有批地的手续，但村里没有再来干涉。老爹也有钱了，请了泥瓦匠。自己跟金祥做起了监工。原本说是盖得大一些，甚至要豪华一些。后来，好像是金祥建议，还是简单一些，没有供奉什么菩萨。盖得太大，怕被人家误会。老爹后来也想通了，就盖成一层的简单的石头小庙。

　　总算是完工了，盖成了三个并排着的小庙。分别叫沃仔望王庙、十五王庙和大王庙。沃仔我知道是这片沙滩的名字。其他的我也不知道什么意思，我猜中间的十五王庙是老爹说过了那个十五人的。其他的分开了，可能也是按照不同时期的分别盖了。我没有再细问，这个庙盖起来了，对这个地方这一片海自然都是好事——是安宁的事。

　　大四下半年，我们学校安排了自己找公司实习。我也就回到老家的城里。庙落成的时候，还搞了落成仪式，我也回去了。

　　　　　　　　　　　　飞天的脚印

庙还是石头房子，只是造型是简易的类似土地庙的样子，供桌也是直接水泥浇筑的，上面分别摆三个香炉，门口有天地位的香炉，很简单。庙名都是用黑色大理石雕刻的烫金字。中间的十五王庙看起来很安稳妥帖。我想，别说外地人就是本地人，也未必会知道十五王庙是什么意思。

落成仪式那天，请了村里的师公给立庙办理诸如开光、点眼民间习俗手续等等。村委会还出面请了一些文化人给庙写了对联之类的，也算是做点收尾工作。村里人尤其是讨海走船的人家，都要来烧烧香，拜一拜，保平安嘛。看着庙里的人头攒动，也算是村里一件很有功德的事。大家都很高兴。尤其是老爹，能感觉内心是很高兴，虽然表面上显得很端正。我对跟我一起在喝啤酒的弟弟说，看，挺像个庙主似的。

是啊，总算是落成了。我也算了结一件心事。那雨衣可以扔了。原来，弟弟知道那雨衣的事。雨衣还是我买的呢。弟弟笑着说。

我发现那天在庙里帮忙的有两个妇女很积极，弟弟后来说有个是金祥的媳妇，还有一个说我不认识。附近的，单身妇女。我看他讲话的口气有点怪，什么意思？老爹怎么了？金祥帮找的，从盖庙开始就一直在帮忙。我似乎觉得这个妇女看老爹的眼神，有点不一样。只是老爹的样子，倒是显得很无所谓的样子。

什么情况嘛？我问弟弟，有门没有？

我是劝的，老了，脚也不好，有人照顾总是好的。他好像爱理不理的样子，不知道什么意思？

再劝劝，趁热打铁！我觉得有戏。

下午逛这个小庙的时候，我看到老爹和金祥叔还是很细心，

十五庙主　　　　　　　　　　　　　　　　　　　　131

在庙门口的左边墙壁上，用大理石雕了一块功德碑，上面写着：芳名榜，某某村炉下弟子各渔船喜题捐款筹建沃仔望王庙、十五王庙、大王庙，再下面分别写上某某公司、某某人各多少钱。我看到别墅主人排在第一个，真的是十万元——还真是不食言。

我站在沙滩上喝啤酒的时候，金祥走到我身边，拍我的肩膀，说你爹不容易啊！多少年的心事——我连声道谢。金祥叔看起来脸上那种由衷的高兴，爬满了黝黑的皱纹。真是笑开花了。我觉得。我们远远看着老爹站在庙门口，很得体地跟村里人打招呼，就像是欢迎客人到家里一样。

祥叔看了看我，缓缓地说，你知道，你爹为什么这么坚持要做成这个庙吗？

执念呗！我觉得，看护这么多年，总要有个着落吧。

嘿嘿。祥叔有点怪怪的笑，不止这些。

我觉得奇怪。还有什么？老了找点事情做？

你恐怕不知道，也不记得。那时候你还小，我记得也就五六岁。你没有印象。

是什么事？还有什么事？我妈的心愿，不可能啊？

你不知道吧。你爹的脚伤是怎么来的？你知道吧？

我不知道，我以为是天生的。有点惊讶。

你爹原本是船上的轮机长，我们同一条船。那年台风季很吓人，原本风大倒也不怕，可那年台风竟然还夹着很大的雷电！我们在返航的时候，就快进到这个沃港了——船被闪电劈到了！祥叔指了指远处的海面。

然后呢？我很吃惊。

一个掉海里，没了！还有一个就在甲板上，人也一下子就没了。你爹上来的时候，被桅杆砸了脚。昏过去了！但人没事。船虽然没有太大破损，出了这么大的事，船也几乎没用了……再后来，都出钱安抚那两个。你爹就上岸了……不再走船了。只有我一个当时在船舱里，没事——但也基本上没有再去海面了。废了。

我呆住了。可是，这跟这个庙……

你爹后来说，活下来都算幸运的人，别说什么大难不死必有后福的话。对死了的人，不能马马虎虎啊！我们船还是回来了。而你看这些人，没回去的可能了！原来走船的规矩也不能坏了。你说能不认真点，给找个地方吗？！

我感到心一直往下坠。眼眶模糊了，这泪水似乎比那天晚上的还要咸一点。看着站在庙前小广场上的老爹，我想起的竟然是他那断了两指的脚掌——像章鱼似的。他那努力让自己有点倾斜的身体站得端正的样子，真是看起来又好笑又辛酸。

这老爹的样子，事情成了，人看起来年轻也有精神了一些，但头发几乎全白了。我隐隐想起，母亲曾经在夜里哭泣的那个时间，应该是在我快六岁的那年。

回到城里的实习工作基本上很顺利。我也决定要回到这里找工作，不再考虑去更大的城市打拼。弟弟年底要结婚了。我说现在应该给他减轻压力，该多考虑赚点钱。弟弟倒是说，老爹还是希望我能够再多读书，总是好的。他说老爹又找了一个活，也开始赚点小钱。什么活？我问弟弟，庙里的香火钱？我开玩笑。

胡说！那个庙，只能算冷清——什么都没有？没菩萨，没功德箱，哪来的香火钱。老爹最近跟祥叔买了一艘小船，改造了一下，变成了观光船。你回来就知道了。

十五庙主   133

这么厉害！谁开船？老爹能开？

可以，很近的，就沿着海岸边转一转，每人收二三十块。周末人还是不少。嘿嘿。弟弟的口气看起来更像老爹了。

周末我回去看了一下，还真是。重新粉刷的船看起来还挺新，插上小红旗，摆上竹座椅，每个座位配备了救生衣，就可以开船营业了。老爹看起来晒得更黑了，但也有点船长的样子。我看到那个妇女也在一起帮忙。据老爹说他跟金祥两个人，两班倒。还挺厉害的样子！

那一天，我坐上了他开的那艘白色的船。这船其实只能算是早年那种木帆船的改良版。载着差不多十个游客在海岸线边上绕一下，再往另一片海域开到养殖海蛎的区域，游玩一圈回来也就在半个小时左右。我看着老爹开船的样子，想起的竟然是一种小时候坐摇篮的感觉。挺奇怪的。

你女朋友呢？老爹问我。现在是哪一个？怎么不带回来了？

嘿嘿——没了，我把她们暂时都送回家了。我拍了一下水面。

老爹盯着我看了看。也不作声。

我坐在船头的时候，看见有一条鱼竟然就在船前，时而跳跃，时而漫游。我认得这种鱼，应该就是普通的鲷鱼。我看着这夏季蔚蓝的海面，虽然是海岸线的水，也是一眼望不到底。那跳跃的鱼仿佛也正是来自这个蔚蓝的深渊。在我发愣的那一段，我感到这样深邃的蔚蓝，隐隐中透露出神光。

飞天的脚印

金鱼和木鱼

茂铮把儿子七岁那年生日给买的玻璃鱼缸运回到老家，小心地在靠南面窗边的方桌上摆好，阳光照进来，透过双层玻璃，也有点彩色的光线打在地上。父亲看着茂铮忙活了一阵，跟着搬着些木椅子，还弄了两块平衡椅脚的木头垫片。茂铮也看不出父亲是高兴还是不高兴——像是努力做出高兴的样子，他觉得老头大概也是闲得慌，算憋的吧。倒是茂铮自己，弄完了以后，有一阵看着以前给儿子买的鱼缸，仿佛跟自己的童年告别似的。

　　东西是齐的。氧气管配小马达，一个塑料做成的假山，一堆水草，也是塑料的，还有一些小的鹅卵石，也有几块原本就在老家海边捡的珊瑚石，倒是一应俱全。在一旁打牌的老妈瞄了　眼说："这些给孙了的玩具，现在给你玩了！够你折腾一阵的了。"

　　父亲倒是干脆，我折腾什么？孩子的东西，我能干吗？

　　父子俩在一起的时候，老爹问："这东西真能养鱼，能养得活。"茂铮是不想老父亲折腾，就说养是可以养，现在你年纪大了，就不养了，当作放杂物的箱子得了。老爹还说自己不折腾，就是问问。茂铮发现老爹的眼神中闪过一丝狡黠。这老头，真要当作玩具了。那也不管他，反正就是无事忙。

当然不像城里的套房，多出一个鱼缸就很占地方。老家这里空的地方多得是，随便都能放得下。父亲前一阵倒是经常提到，你那不要的东西，可以运回来。这回在老家客厅里摆上这个鱼缸，倒是相称。城里的老头养鸟的多，老家渔村的老爹养鱼似乎也可以，这叫什么——城乡一体化呵！

茂铮的家在老家跟城里的中间，虽然也是区政府所在地，其实就是一个乡镇，在茂铮看来也就是属于城乡接合部——不上不下的中间地带。茂铮经常想这地方叫作：悬在半空中的处境。他错过了一些后来想起来的所谓机会，就没有在城里买下房子，这一点也多少造成了现在的夫妻关系比较紧张。刘恋也不是说一定要在城里生活，主要是孩子一旦上了大学，她的所有精力都一下子释放出来了，就觉得这不属于城市的生活几乎是提前进入了老年人状态。这她当然不能接受。为此，夫妻俩经常冷战。冷战的结果之一就是把这个鱼缸搬回老家，因为这个鱼缸已经毫无作用，在套房里纯粹就是占地方的东西。茂铮只能敌进我退地先应付着，也算是有所行动。

两周以后，老妈来电说，你爹现在很认真地开始在家里养金鱼了。这虽然在预料之中，但听老妈的口气应该是老爹比较投入地在养着，听起来也有某种隐忧的感觉。那周末茂铮特意回去看了一下。哟！老爹这阵势也够可以的。金黄一片，活灵活现，满满当当的，够热闹的——水草还是真的，不是塑料的，下功夫了啊。看老爹喜笑颜开的，茂铮自然也高兴，老头开心就好。茂铮偷偷问老妈，这老头，挺舍得的啊！他的意思是说，买这些金鱼也不便宜吧。老妈说，就是啊，都没见过老头对我这么舍得。花了几百块呢！老妈还有点年轻态的埋怨，这只能算是老了重新再学的娇嗔。

飞天的脚印

让他花吧。不够我给。茂铮倒是安慰老妈。其实老妈也不是因为钱，老妈应该是觉得这养鱼的活，对于这一半是小学老师一半是赤脚医生身份上退下来的老爹，是不是合适的问题。茂铮记起自己以前跟小孩一起养金鱼的经验。就赶紧找老爹说，这养金鱼是技术活，好像不能一次性养这么多的。老爹摆摆手说，这些我都知道，都问过卖金鱼的人了，不就是氧气啊喂养啊换水啊什么的。我都知道。

不是，那你知道，还养这么多？茂铮疑惑，这卖鱼的忽悠您吧？

养得多点，没事。热闹。老爹这话说的，跟以前养孩子似的。

不是，养多了，你就不知道氧气够不够了什么的。茂铮还在争辩。

老爹直接说，你们几个人我都能养活，这金鱼还怕养不活。你放心。老爹的眼神里有着明显的不屑。家里以前是孩子多，三女两男，现在几乎都在城里生活了。也只有茂铮这个老四，还不时回来看看。其他人都只在逢年过节才回来看看，茂铮弟弟在广东，已经有两年没回来了。姐姐们各自有婆家，回来也多数是在节日的时候尽个礼节。

你不知道，金鱼娇贵啊！老爸。茂铮还是有点担心。

娇贵！我让它变得不娇贵！老爹这什么脾气，还真以为是养孩子。估计不给他点教训是拗不过来——眼下也真没什么办法。

那天回到自己的套房，茂铮坐在大厅里，看着原本放鱼缸的地方，现在空了。那个地方原本是在大厅玄关跟饭厅隔断的地方，最早是放着一排矮柜。后来为了放这个鱼缸，茂铮把矮柜移到房间里原本落地窗的下边，房间看起来是更加拥挤了，但好歹这个鱼缸是能够放下。现在再把矮柜移出来？似乎也没这个必要了，矮柜已经早就被老婆的衣物填满了——移也移不动了。

刘恋眉头一竖，那又不是我一个人的，你们都有份。你们，当然也包括儿子的。

那就扔了，一些。茂铮试着这么说，说出口就后悔了。

扔！往哪儿扔。刘恋的理由更多，你不知道一年有四季吗！四季的衣服，你知道有多少？我整天整理这些衣物都累得半死，你一句话就要扔了。

这是常态。茂铮想说，应该把我扔了。还是说不出口。

孩子上了大学，茂铮发现他跟刘恋之间，似乎更加缺少一种原本儿子形成的缓冲地带。茂铮甚至觉得，原来孩子在这个家里的作用，更像是支撑他们婚姻或者说家庭往前走的拐杖。这让茂铮感到懊恼，却也只能一次次避开老婆的锋芒。那你说，那鱼缸位置怎么弄——随便你。

不可能再去养鱼了，留着鱼缸有什么意义？你管它位置空着呢。茂铮觉得刘恋语气虽然缓了一些，还是有些强势。

也可能，儿子离开家，这个位置空得更大。茂铮有时候也会替老婆想。老婆的压力大都来自写文章的苦闷。一个小地方的散文作家，尤其是女散文作家是很苦逼的。茂铮觉得，像刘恋这种成名一直在小城市范围的所谓女作家，那种有力没地方使的感受，连他这个不太关心这些所谓作家生活的市场管理员也觉得——那就叫四面楚歌呗，而且是没完没了地唱着。

以前两个人都忙着围绕着儿子转，补课、查资料、请老师、问前辈、了解高考动向……那时候，家长们都没时间吵架。一下子儿子离家读书了，这个位置那远比一个鱼缸位置更大的。

　　　　　　　　　　　飞天的脚印

茂铮也尝试了周末请老婆去吃饭看电影，可似乎就是没什么话可说。电影看得也好几次睡着了。刘恋也是，她说看《变形金刚》里面的人一开打，她就睡着了。似乎中年人的位置，最大也最多的地方就是看着大厅的电视机，一边看一边胡乱转台，再一边打瞌睡，才算是正确的打开方式。

茂铮觉得自己这两年做得最正确的事情是，在儿子要去上大学那个暑假，茂铮特地联系了一个在医院的同学，找了个男科医生，给儿子做了包皮切割手术。茂铮觉得这是给儿子最好的成年礼。考上什么大学，茂铮倒是不那么所谓。虽然表面上，茂铮一直按照刘恋的意思在努力跟随。报考的时候，老家的父亲，一直坚持着不让孙子报到外省去。结果还是老婆决定，上了一个不那么有名的 985 学校——但是学校在西北。这让老父亲很生气。但是老婆却很高兴。西北好啊，看看祖国广袤的边疆，不至于心胸狭隘！刘恋瞪了茂铮一眼。

其实茂铮也想说，应该让老婆去买个古琴放在那个鱼缸的位置。以前老婆说过，想去学这个，却一直没能付诸实践。但是，如果刘恋学了古琴，那就意味着这个大厅的位置，也就属于她的了。儿子房间是空着的，却也不能动，毕竟儿子寒暑假还是要回来住的。没有了大厅，难道还得去卧室，那太拥挤了！何况古琴，也不知道贵不贵，看那种格调，估计是便宜不了。要是刘恋回一句，你去买，那就成了给自己挖坑自己埋了。

这空出来的一块地方，只能胡乱塞些日常用品。要是考究起来，放什么都是智力测试题。茂铮觉得这婚姻到后来，是不是都需要一些斗智斗勇的技巧。

他也不知道——还不如接着养鱼。

金鱼和木鱼

老妈再来电话的时候，茂铮似乎有些预感：肯定是金鱼的事。果不其然，老妈电话里说，你爹最近情绪低落，原因就是金鱼死了很多。茂铮觉得自己隐隐中担心的事情，还是很快就来了。

您不相信，金鱼就是很难养。死亡率很高的。茂铮到家就直接说。不能让老爹有任何幻想。

什么都好好的，还是不行，到底哪里出了问题？老爹有些喃喃细语。

茂铮打开手机百度，搜金鱼养殖方法，出来很多。茂铮挑了一些，拿给老爹看。老爹瞄了一眼说，我哪里看得清这个。

好好。我念给您听。茂铮就挑了几段，念道：

金鱼被养死无非是有四个原因：第一，一般养金鱼都需要氧气罐，可溶于水的氧气并不是很多，金鱼本身的密度就大，水里面的氧气不够，最后就缺氧而死。第二，金鱼的胃口特别小，但是它们又特别的贪吃，一般是你喂多少它们就吃多少，很多金鱼就活生生把自己给撑死了。第三，现在由于人工饲养的金鱼不够成熟，许多金鱼在售卖时本来就具有疾病，买的人又看不出来，买回家的金鱼几天就死了。第四，许多人买回家直接用水管里的自来水来养鱼，水温变化太大，金鱼接受不了，感冒后几天就死了。

还有，要准备一个足够大的容器，这样在水中才可以溶解足够金鱼呼吸的氧气，一个水族箱一般都配备好了完善的设施（过滤设备和供氧设备）。将水族箱清洗干净后，在容器内注入差不多五分之四的水，将这些水先静置几天，这样可以让水中的不利于金鱼生长的气体溢出，还可以让水温上升到适合金鱼生存的温度。要挑选一些健康的金鱼。不能只去注重金鱼的品相，健康是非常重要的。金鱼表面有没有任何的损伤，金鱼有

　　　　　　　　　　　　　飞天的脚印

可能在水中打架弄伤了皮肤，这样的金鱼一定不能选，还要看金鱼身上的鱼鳞是否完整，无白点，尾巴上的鱼鳍没有黑斑，经过这样挑选出来的才是健康的鱼。或者买那种捞起来挣扎得很厉害的金鱼，这样的金鱼一般都是健康的。

金鱼在买回来的时候要对它们消毒。先从水族箱晾着的水中取一部分，在里面加入少许的食盐，不可以放太多，将原来装金鱼的塑料袋连同里面的金鱼和水放在水中，等到塑料袋外和塑料袋内的水温一样，就可以将金鱼捞出放在食盐水中消毒。消毒后就可以将金鱼入缸了。放入水族箱后不可立即喂食，定要等到两天后，投喂鱼饲料要把握好量，第一次不要投喂太多，够它们吃就行了，此后逐渐加量，最后固定到一定量。喂食一定要定时定量，如果它们吃不完就要把多余的饲料捞出来，免得发臭……要记住有一只金鱼生病了，要把它们隔离起来，谨防传染等等等等。

你看，够复杂吧。你以为那么容易。算了，咱不养了。茂铮只能这么劝老爹。

鱼是健康的，原本。也没有喂很多，盐水。对，盐水消毒——差了这一点。老爹看起来还是不放弃的样子。

爸，我们不养了吧。这折腾的……茂铮看着老爹消瘦却依旧专注的表情，觉得有些心疼。他觉得老爹嘴型有点靠前翕合着，像某种金鱼的嘴。太投入了！茂铮叹息着。

我问了卖鱼的人，就是太多了些，这次好的，十几条，可以养活的。老爹还是兴致勃勃。

吃午饭之前，老妈悄悄告诉茂铮，那些死掉的金鱼，你爹还不舍得直接扔垃圾桶。前两天老头跟她去散步的时候，才把

金鱼和木鱼

那些捞起来的死鱼弄到沙滩上，挖了坑给埋了。搞得这么复杂。你说……金鱼，又不是海鱼什么的。那样子……唉！一贯豁达的老妈都这么说，估计也是被老爹给折腾得有点受惊吓了。

茂铮安慰老妈，你管他呢。老爹的脾气我知道，还不是尘归尘土归土的那一套！

就是啊，你说那金鱼，就是活得好好的，扔到海里，它会活啊！

茂铮有点愣了。还真是，金鱼到海里能活？！不可能吧——那还叫金鱼。渔夫和金鱼的故事是童话里的吧。

吃饭的时候，茂铮往老爹碗里夹西红柿炒蛋的蛋块，随口说那卖鱼的肯定是劝您多买，你看，多了就更容易那个……

我知道，我知道。老爹尖嘴一边吧嗒着饭，一边说，我不听他的了。

那你听谁的啊？老妈接话问。

老爹不吭声，只管低头吃饭。茂铮看着老爹头上的白发，越发地稀疏，有点难过。

还是听你儿子的吧。跟小孩似的。老妈笑了。

老爹瞄了一眼前厅的玻璃柜。听，听，养了这一批不养了。

茂铮不忍心，就说你想养就养着，死了就扔了。金鱼嘛，不都是这样。要不然人家卖鱼的，吃什么。

老头不说话，把一顿饭吃得叽叽作响。还真是跟虎鱼喝水似的——老妈说的。

一辈子见了多少的生生死死。老头，别怕死啊！老妈这话不好听，但茂铮知道老爹也习惯老妈的这种半玩笑的话了。

我才不怕。七八十岁了。怕这个干啥！老爹这方面也不是特别忌讳。

就是啊，但是养鱼归养鱼啊——不能太当真。茂铮给老爹一个约定。前一段老爹在办理一个叫乡村医生的退休金，按年份算，老爹当时从学校代课老师出来，还在村卫生所干了几年。前一段，经过一大批他们这种"赤脚医生"上访折腾，才办下来。一个月也就几百块钱。记得老爹当时说，门兜那里的那个谁——说了茂铮也记不住，反正就是其中一个材料都上交了，还没等钱发到手上，人就没了——无福消受啊！老爹说这个的时候，也是半开玩笑的。

茂铮有点觉得不该让老爹养这个金鱼。但也觉得这点小事，对老爹来说，肯定没事。把金鱼埋在沙滩上，是个什么情况？茂铮觉得老爹这个想法是怎么来的，也是有点奇怪，海葬啊——那也不对啊！

你爹怎么啦？刘恋似乎心情还可以，也问了一下情况。

没什么。茂铮不想细说，再说这个也说不清楚。他总不能说都是鱼缸惹的祸——那还不如说老爹就是有点矫情呗。他自己都这么觉得。

他环顾了大厅说，这个位置要不给你放书桌吧。

切。在大厅里写作，谢谢！我写不出来。刘恋语气里憋着一股自嘲的劲。

我不会影响你的。你写作的时候，我去房间里。茂铮觉得写作还是看个人的投入程度吧。跟位置有关？他不知道。你不是说在单位不好写吗？

单位不好写。因为人多，我们单位一个房间四个人，两两相对，怎么写！刘恋还是很有怨气。

茂铮觉得自己不能跟这散文作家讨论写作。只能换话题，我来做饭。今天老妈给了几条鲳鱼。开海之后，刚捕的。

刘恋很深地看了看茂铮，说，难得啊！

茂铮想回话，又憋了回去。进了厨房。解冻鲳鱼的时候，茂铮想，老爹的金鱼要是都完蛋了——那他是不是就不折腾了？

吃饭的时候，看气氛还好。茂铮就把主要的情况，还有自己的认为只会养一段的想法跟刘恋说了一下。刘恋看着茂铮，忽然有点哀怨地，要我说，老头这么固执，搞不好连海鱼都要养起来。

茂铮心里咯噔了一下，要是这样那就没完没了了。

刘恋吃着茂铮煮的西红柿鱼汤说，现在的鱼，连海里抓的都没什么味道了！

以前你经常说我老家的鱼还是最好吃。现在怎么，口味变了。茂铮觉得这女人还真难搞。吃也不是，不煮还埋怨。

以前的鱼，跟现在的鱼，哪里会一样。刘恋的说法，很正确，却另有一种味道。你加白酒了吗？

没有酒了。家里。茂铮有些窝火，却不知道怎么接。没有白酒的鱼汤，似乎变成另一种食物，那是什么——淡水鱼的味道。肉有些硬，汤有些土腥味。以前儿子在家的时候，鲳鱼烩是他的最爱。

我想找个时间，去看看儿子。刘恋似乎是有预谋地说了这个想法。

你能请假，多长时间？年休。上次不是请过一次了。

我申请了一个长篇的项目，可以请创作假。两个月。刘恋有些得意，眼神里却没有以前那种闪亮的神采。

这个好。茂铮觉得这倒是件好事。一直都说自己这几年连出省都没机会，这倒是个机会。暗地里他还觉得这样我好独处

飞天的脚印

一段。叫什么，各自心安——更好。那你一个人去？茂铮觉得这女人，胆子倒是不小。

没想好。反正有机会就去，主要是看儿子。刘恋似乎有点言不由衷。

我得上班。还得……你知道。老头那里。茂铮担心的还真是老爹。这鱼缸，还不如变成老爹的泳池才好。

我知道。刘恋的样子，真的不像一个要写长篇的样子。长篇什么？小说，还是散文？长篇，去儿子那里写？茂铮想，这人是要先行万里路，再来写吧。

老妈再次来电说你爸最近养了些不一样的鱼的时候，茂铮就隐隐觉得，这老爹恐怕是有点走火入魔了。不一样？怎么不一样的？海里的鱼，难不成还有美人鱼！

看起来还真有些吓人，鱼缸里竟然很多都是近海的鱼。有鲷鱼、春李、古鱼、小鲨鱼，还有海鳗，也有几个小的鲨鱼……那场面，还真壮观！茂铮有点眩晕。老爹这是准备……大干一场了。茂铮记得城里财富中心的四楼有一个火锅城，在外墙上修了个很大的蓄水池，刚开业那一段里面有一大排的小鲨鱼，游过来再游过去，很吸引人。没过多久，那些鲨鱼越来越少，到后来都换了，鲨鱼变成红鱼了。有一次他们一家子走过去的时候，儿子就说，那些鲨鱼成火锅料了！

老妈半是高兴半是抱怨地说，他自己去弄了海水回来。还能挑，老头别的没力气，养鱼倒是积极。

我就是养着玩。跟那些养殖场里的人学的。老爹看起来精神倒是不错，似乎有点养殖场小老板的派头。

这么小的鱼缸，养这些鱼，太小了吧？茂铮还是担心。你看，转身都难！

能转过来，慢点就行。所以，也就几条啊！你看，我问了养殖场的亚东，可以养，就当是玩呗。真要是养死了，嘿嘿，就可以直接……煎了。啊！

老爹的样子倒不是看不开，而是有点看得太开了。茂铮觉得，这鱼缸的作用，还真是：一波未平一波又起——不知道接下来还会发生什么！茂铮有点像小时候在沃仔沙滩上，踩在沙滩斜坡往下滑的感觉了。还在打下午场牌桌的老妈说，煎！你自己煎，最好也自己吃！

茂铮看老爹的脸色有点变了，还在说：吃就吃，我自己吃！

养殖场是可以养这些鱼，那人家是供应给各个海鲜酒楼的，轮转也很快。家里养这个，估计也很难养活。这老爹的劲头，真是有点鱼死网破了！老了老了还是不肯消停下来。老爹年轻时候，是作为家里的长子当上了那时的民办教师。那主要还是爷爷的面子——村里的老学究。茂铮的二叔没固定的工作，就只能去出海，这里叫作"讨海"。那当然是要辛苦得多。也已经有五六年了，那一直很消瘦的二叔后来得了肺病，没多久就去世了。

那天，茂铮午后去了趟海边，看看自己很久没来的沙滩。以前不管是自己也包括刘恋，时不时都要回家里的这一片沙滩看看。那时候的刘恋常常说，文章写不出来，我来看看海就开阔了，那可是很好的缓解啊！可刘恋似乎已经很久没回到这一片沙滩了，因为儿子去西北的原因，她现在很少回茂铮家这边。

这片成了年轻人尤其是婚纱摄影基地的海滩，看起来还是梦幻一般。那时候听刘恋说大海的感受，茂铮也是感动的。尽管自己没什么作为，很平常的工作，可父母在，老婆孩子都算平顺，怎么说也是好事。到一定年龄了，就不会觉得人都会有

　　　　　　　　飞天的脚印

什么大作为，平平常常、平平安安就很好了。这一点倒是跟茂铮妈比较像。老妈以前说，再难的时候，都挺过来了，现在算什么！老妈说以前家里五个孩子，很长时间只能吃麦麸磨的糊糊。就是那样，她都能唱出歌声——现在，根本不算什么。茂铮不觉得自己多坚强，老婆的关系忽冷忽热，自己似乎也看开了。大海才不在乎多大的船划过自己的水面。那就叫，毫无痕迹，或者叫那什么——心碎了无痕！

回想起来，茂铮唯一担心的是，老爹每次站在鱼缸前，看着那些海鱼在阳光下游动，也略显吃力在四十多厘米宽度的鱼缸里转身。那时候，老爹眼中总是有种怜惜的表情。有时候，他的身体会跟着鱼一起，扭动着显得笨拙的腰。看起来老爹似乎真的是把鱼缸当成自己的游泳池了。

刘恋真的出发去西部的时候，茂铮虽然有点不舍，却也觉得这还真是好事——对夫妻双方都是。刘恋带的东西有点多，两个大的旅行箱，说是给儿子带着些衣服，还有干货水果之类的。反正是很多。刚开始整理的时候，茂铮是不过问的，女人的东西本来就多，还管儿子，儿子真的需要这些吗？茂铮不觉得。但他习惯性地保持着——不参与不表态不反对的"三不政策"。这当然是像他这种中年人应对老婆的最佳心得。

夫妻俩婚后去过最远的地方就是江浙一带。而且最常去的都是些古镇古街，其实茂铮跟儿子都不是很喜欢去这些地方，他们更喜欢自然景观，那些有大山大河的地方。可为了让这个文青气质很重的刘恋过瘾，很多时候父子俩也顺从刘恋的安排。三个人一起出去的时候，都是在儿子小学三四年级的时候，再大了就没再去了。儿子也不愿意，刘恋自己也觉得儿子应该把

金鱼和木鱼

更多精力放在学习班上。茂铮发现一个原本文青的妈妈，其实比一般的妇女们在选择上显得更加实际。这种实际主要是体现在给自己也给儿子留了很多条路，看起来是多了很多选择，其实更多时候是精力分散，顾此失彼。茂铮很多时候都觉得为了儿子的成长，对父母来说那就是疲于奔命——尤其是刘恋这种一点也不甘居人后的妈。真是受罪！庆幸的是，儿子最终还是争气地抓住了一本线的尾巴，真是万幸啊！

　　而且，随着儿子考学的这几年时间，刘恋似乎把自己也给耗尽了。不但自己的写作一片荒芜，而且对家庭生活也是，变得毫无趣味可言了。当然，茂铮也觉得，所谓家庭生活，如果没有小孩，对普通人来说那是不可想象的。不但刘恋会崩溃，就连茂铮自己也觉得那生活是难以为继的。四目相对，说什么？有什么可说的，年年日日的。那也太可怕了！

　　茂铮有些后悔把鱼缸搬回老家了。这东西打乱了老爹的生活，又给自己的房子无形中挖了一个坑。真是没想到。还好，刘恋要离开这么长一段时间，茂铮觉得自己要想办法解决这个空出来的地方。搬回来是不可能了——茂铮觉得应该养个猫啊狗啊之类的，那都是活物，就当是儿子的替代物。改天上班去市场里好好逛逛，茂铮觉得要找最适合的最好也带点文艺腔的东西，来填补这个空缺。

　　有一点很好，现在家里的空间都是他的了。卧室阳台，儿子房间大厅和晒衣服的阳台，随便哪里都可以，抽烟喝酒冲水浇花，都可以。茂铮有几天觉得这是生活被松绑的体验。真好——爽得很！

　　那个夜晚，茂铮觉得自己睡得很沉。宛如小时候，躺在阳光下的沙滩上。也像刚学会游泳那一段，天天跟几个小伙伴在海里泡着。那时候最喜欢潜水到海里，尤其是天气好的时候，在海里几米深的地方张开眼睛，虽然也看不到什么，却还是觉得这海水带给自己巨大的愉悦，那种身体可在自己的拍打下缓慢下沉的感觉，能像海中生物一样的自由自在。那一个晚上，他几乎就在自己的床铺上重新游历了童年。

似乎是在后半夜的梦境里，他听到一声"啊"的大叫，让茂铮一下子惊醒过来。他头有点沉，但那一声叫还是很清晰。后半夜茂铮也就没怎么睡，他一直在想，那一声叫声怎么会有点熟悉。到凌晨快天亮的时候，他有点昏沉地又要睡过去。猛地一惊，他突然想起，那年夏天他们游泳的时候，有个孩子溺水在那片海滩，当地人包括很多渔民都潜下去摸索。那时候他还是小孩，他们中有个别胆大的也潜了下去。他不敢，只是跟另外两个孩子做做样子，在附近用脚踏踏浅水区。也没过多久，有一个声音大叫一声"啊"——十分凄厉的声音。有个孩子真的摸到了那个溺水的身体，发出了一声惨叫！那声音，在茂铮很多年中，都不时会响起来。每次回想这样的场景，让他的腿都有些发软。

他觉得应该找个时间，回去把那个鱼缸扔了，但得找个理由。要不然，把它摔碎了也好——麻烦就麻烦点。

两个月，茂铮想起来，刘恋要去两个月，那她会住哪里？总不能在儿子学校那里住两个月吧。他只记得刘恋说都安排好了，却不知道她到底是怎么安排的。

再回去的时候，就是刘恋走之后的那个周末。家里是安静的，老妈也没打牌——这个时间正常是要开桌的。老妈看着茂铮，叹了口气，也不太想说什么。茂铮看那个鱼缸，竟然是空的。鱼呢！

都没了，也不吃，也不养。你爹是有点成仙了要。老妈明明是有点伤心，却不知道该怎么说，就连连叹息。

人呢？老爹去哪了？

山上啊！说要替人家去看宫呢？

什么意思？什么宫？哪有什么宫？

唉！你不知道，那些海鱼啊，养不活就算了，我们不都要去买这些来吃的吗。我说就不折腾了，养鱼不就是图个热闹嘛。就当是那些海鲜店里的饲养池里，还不是捞出来，做给客人吃，还贵着呢！

对啊。这很正常啊。人家能养，我们也可以啊！茂铮觉得老妈的看法挺正常的啊。

你爹啊，这一阵说，不养了，该扔扔了，也不吃了。说以后都不吃鱼了，还说自己现在要忌口，吃素了。你看，这神经，早不吃素晚不吃素，一下子来这么一出，这家里的东西都乱了！你看看。老妈的样子倒不是气愤老爹吃素，而是很多干货啊，日常的东西，如果真要吃素，那就麻烦太多了。

什么时候说要吃素？才没几天，最近刘恋要出去，我得帮她整理东西，这两三周没空回来。你也没说什么，怎么就一下子要吃素了呢？

老妈拍了拍手上的袖套，你爹越老越来事啊！前几天，不是，是上周，还缠着你表哥说要跟着去出海。你说，这七八十岁的人，出海！谁敢让他出。你表哥好说歹说，连哄带骗地，才把他哄住了。老了老了，还出海，去干什么？还能做什么？真是……老妈最近看来是被气得够呛。

出海。真是想不到的事情。老爹这是要干什么。

有志气啊——说是一辈子没出过一次真的海，一定要跟着去一次，一次也好。你说是不是有志气。老糊涂！

一次也好。茂铮突然觉得心里有点被扯痛的感觉。一次就好！他看着那个玻璃鱼缸，觉得这就是那个被豢养的池子。老爸这会还想挣脱出去。晚了吧！那后来呢？

你表哥说什么也不肯，那怎么可能，要是出什么事，你表哥还得担这个责任！说了多少话，没用。后来，就把鱼缸全部清了。我说要不放点海沙，让几个小的鲨鱼在里面爬着也可以。也不听，全面清理了。一了百了了！

那宫里是又是什么情况？谁叫他去的。

原本宫里是有个老头看着的，每天就是开开门，节日或者其他特殊的日子，接待一些香客啊什么的。前两周，那老头死了——我看就是被气死的。人家就找上你爹，说可以去看门，一个月还给点烟钱。喏。就去了，还天天去！

老头愿意干就让他干吗！气死？为什么气死，原本那个？

你不知道，现在这情况也复杂呢。老妈有点神神道道，原本一贯精神清朗的老妈，也有八卦的时候。不是，那原本就是个宫，尊的是玉皇。后来呢，也不知道哪里来了几个阿姑（尼姑），就把宫旁边的房子给占了。再后来，就把原本的宫里后面那一半，改成了观音殿。听说，后来越改越多。原本看庙的老头可能最早没觉得，后来慢慢就控制不了了——玉皇殿都守不住了，就病了，前两周就死了。你说，他现在去干这个，有什么好！木鱼脑袋，自己敲啊！

茂铮也不知道该怎么劝老妈。估计老爹这么积极去，想劝也劝不回。也只能说，他爱干吗就干吗吧。

果然，到中午了，老爹都没回。茂铮说要不然我去找找看？

不用。老妈不肯。那地方，现在你不要去。午饭不回，晚饭肯定回。你不用管。

吃饭的时候，茂铮说，我想把那个鱼缸拿到坑底去扔了。

他妈有些犹豫。好好的东西。扔了也可惜。不过，老妈犹豫了一下，又说看来确实也没什么用。老妈显然也不想留着这个鱼缸。

茂铮饭后叫了个摩的，自己抱着鱼缸坐在摩的后面。拿到村里扔垃圾的地方，就是坑底那里，把鱼缸从上面滚了下去。鱼缸没有碎，还是完整的。茂铮看了一会，拿了一块人家不要的红砖，犹豫了一会，还是对着鱼缸砸了下去。那感觉好像茂铮心里的某个东西，也被砸碎了。坐摩托回去的时候，茂铮想这算是儿子的童年记忆，被我砸碎了。他眼眶红了。

回家的时候老爸也回来了。午饭是在茂铮他们吃后再吃的。茂铮说鱼缸我拿去扔了。老爸看了看原本的窗台位置，就说不要就不要了。茂铮看老爸的筷子只吃剩菜，对老妈煎的干鱼什么的，都没去动。茂铮不知道说什么，就问："山上空气怎么样？"

老爸动动嘴，嘀咕着说："嗯，好的。新鲜的。"

茂铮从跟儿子的微信联系里知道，刘恋确实去了他的学校。但儿子说妈妈只待了两天。跟他一起吃了两次饭，就走了。问儿子他妈去了哪里，儿子也有点说不清。只是说刘恋自己说，要在西南附近走走。儿子在微信上说，老爸，你知不知道，妈妈在学佛啊？

茂铮只知道刘恋有时候周末会跟一些一起去附近的广化寺帮忙，那顶多算义工，算学佛？日行一善吧！他一直这么觉得。看了《西藏生死书》，就参透生死了？茂铮是不信的。在市场里，每天都有来自各地的老人家，拎着那些自己种的菜来卖，也就值个十几二十块钱。还要从日出吃喝到日落——她们才有资格说参透生死！茂铮是这么看的。

他在微信上问刘恋，现在在哪里？很长时间，都没有回。

入夜的时候，刘恋回了说，在四川。有个朋友在这里，就来看看。

茂铮问，四川哪里？

刘恋似乎不太愿意说，停顿了很久。才说，甘孜州这附近。

茂铮也不想多说，只回了：注意安全，保重身体！

刘恋回过来一个笑脸。过了一会儿，又发过来一个拥抱。

茂铮那时候开始喝啤酒了。看了那个拥抱。他想回一个，停了停，最终也没回。

刘恋并没有在朋友圈发这次出门的图片或文字。这倒是说明，她其实比较慎重。当然，也有点怕单位同事看到，出游的画面，总是不好。但茂铮知道，刘恋也应该处在一种自我校正的过程中。她也没有游客的心态。

也是接近黄昏的时候。刘恋给茂铮发了一张很鲜艳的图。是一幅层层叠叠的红色房子，仔细一看就知道那就是藏族的某个佛教寺庙。在文字上，有一行：色达五明佛学院。茂铮听说过这里，以前有一次刘恋说她的一个原来的同事因为某种原因——大概是能提前退休，之后就直接去了这里，当了一个修士——是不是这么叫的——藏传佛教的那种。原来，刘恋也是有目标的。

茂铮想了很久，回过去一个消息是：你找的是红色的海洋。我只有蓝色的海洋。刘恋没有再回信。

那天，茂铮打电话回去，老妈说，你爹现在也好。早出晚归的，反正那也不是我们自己的地方，只要他不跟人争，就可以。不用担心。

金鱼和木鱼

茂铮听着老妈的话语，突然问，老爹每天……需要敲木鱼吗？

　　老妈也隔一下，说，随他自己。早课，敲木鱼也好，敲钟也好。

　　茂铮听着老妈的声音，泪水，一下涌了出来。

飞天的脚印

台风过境

吉祥早上把车开出来的时候，还不到七点。这比平时他上班时间要早了一个小时，他觉得自己似乎丢了这一个小时。起码丢了这用来泡茶的四十分钟。他有些担忧，昨晚睡得也不太好。风其实还是有些大，五六级起码——但也浪费了。他们还是习惯开着空调睡觉，只是心里有点事情，他就睡得不那么踏实。他觉得老婆也似乎有点动来动去的。

　　连雨都没有带来一些，这算什么台风！电视里说浙江那边台风登陆了，好像还有个别村子被山洪冲埋了，据说死了不少人。这里几乎没有感觉。热得要死！昨天……不……是前天他弟弟在微信里跟他说，说爸爸在肚子靠近丹田的那个位置长了个什么东西，说是疝气，叫吉祥有时间赶紧抽空回去看一下，有可能要手术治疗。前两周刚回去过——现在这个情况由弟弟来告诉吉祥，也让吉祥有点不舒服。爸爸为什么不直接跟我说，还要绕个弯——算怎么回事！想是这么想，吉祥还是及时回去看一下。昨天跟一个在市医院的朋友约好，今天带他爸去那里做检查。

　　车的声音有些大，早上还有微风的时候，吉祥开着车窗，没开空调。这车已经过了十五万公里了，快十二年了。老车，

台风过境

也基本上是破车。但别说，虽然这一段声音有点大，车性能还是好的，十二年来几乎没有大修过。特别是车空调，那天那个代驾说，这车空调太好了，一开车里就凉爽了。本田车，不新不古——本地话说恰恰好，虽然空间小一点，车旧一点，却还是最适合吉祥现在的状态，事业编的小文员。以前有个词叫什么：经济适用男。可惜的是，到中年了，其实是：微穷微胖男。

父亲的身体当然是重点，他几乎就决定了中年儿子的生活质量。前一段，吉祥的一个好朋友家里，七十岁的老爹摔了一跤，脑出血，花了不少钱伺候了近一个月才捡回一条命，据说恢复得也还是不错，理疗加上天天锻炼基本能生活自理。朋友父亲刚刚出院回家，他母亲又查出癌症，前两个月刚做完手术，现在在化疗阶段……还好这个朋友有两个妹妹，经济也都不错，也能帮着伺候爹妈。但听这些情况，都让人觉得心乱如麻。人都会老，即使儿女也基本上孝顺，可这种过程，想象一下都还是让人恐惧。

疝气是个什么病？吉祥昨天没有查一下这个，有些懊恼。他老爹说的吉祥也有点不相信，老人家胡乱猜的也有可能。电话问了老爹，老爹说不想让吉祥担心，只是在外地的弟弟打电话，没什么话题说就随便提了这么一嘴，没想到弟弟就马上告诉吉祥，这不乱担心吗！吉祥也理解，弟弟在外地一年到头能回来一次就不错。但弟弟每周都打电话，甚至比吉祥还准时。吉祥虽然距离老家也就一个小时的车程，但也没有固定时间打电话的习惯。有时候忙起来，就十天半个月才打一次电话。弟弟是没有责备吉祥的意思，毕竟弟弟远在他乡，家里的事大大小小还得靠吉祥。弟弟这种关心是正常的，只是吉祥有时候觉

　　　　　　　　　　　　飞天的脚印

得老爹老妈也跟孩子似的，喜欢让小的多知道一些家里的事，似乎这样就能够显示出他们在对待儿女情感上的一种平衡。

广播里说台风昨晚在浙江登陆，登陆时中心风力十二级以上，据说这是今年登陆我国的最强台风。说台风已经造成二十几人死亡，十几人失联。失联……那就是被水冲走了，或者是被掩埋了。两三天前还在说这台风有可能影响福建，没想到这么快就去浙江了，还这么严重。看电视里的抗台标语写着："不死人，少伤人，降低损失。"这下好了，肯定有人要负责任了吧。吉祥还笑了笑，觉得这就是有些人的思维。

天很蓝，看得出还是有点台风天的迹象。这算不算是大风把那些看起来绵柔的云都吹散了呢？台风天的这种蓝跟平常的蓝天还是有些不一样，这种蓝似乎要更加高远一些。更像是那种深海里的湛蓝，吉祥其实没去过更远的海面，只有一年他跟团去过泰国，听导游说的，环境越好，海水尤其是深海里那种湛蓝就显得透亮。这台风连雨水都没有带来一些，不是说也经过了我们这里了，还是擦肩而过了？不是说台风外围往往雨水更多吗？吉祥觉得这简直是浪费资源，整个省份都在等着台风来降温的啊！没有台风，整个省份都在烧烤模式中。特别是八月份，没有台风带来的降雨，几乎就出不了门。

太阳一出来，气温就上升得很快，吉祥想开空调，又不太想关车窗。也是很矛盾。这个月家里的空调费快接近六百块，翻倍了。那天老爹说老家的空调几乎没用过，电费还是一百块出头，跟以前基本上没差别。前两年老家的房子翻修了，老人确实是心情大好。加上渔村的空气，实在是好，海风习习纳微凉。每年吉祥他们偶尔都会回去，去海里游泳一下，或者是带各种外地来的亲戚朋友来避避暑。可惜的是，这两年小孩中考加上高中阶段，学业压力也大，即便是暑假，也回去得少了很多。空调还是要开，微凉的感觉还是好，也防止人因为热容易焦躁起来。

几年前翻修老房子的钱弟弟出得多，毕竟弟弟在外地的大企业上班。弟弟也大方，或者说有点愧疚，毕竟这么些年他都不在家。钱应该多出。但这也让吉祥觉得有点过意不去，所谓"亲兄弟明算账"，家里人是不计较，可他还是觉得不应该这样。找到机会应该把这钱都算清楚——吉祥是经常这么想，但加上这两年被一个朋友因为担保的事情拖累，吉祥基本上没有能力拿出更多的钱。所以……疝气到底是个什么病！万一不是疝气，那怎么办？这都是问题。

等到吉祥把车窗都闭合起来，把自己密闭在这个本田小空间的时候，老家已经很近了。"如果在家人和你的老婆之间做选择，你会怎么选？"这个问题还是会跳出来。那时候弟弟还刚刚参加工作，吉祥刚刚在靠近城区的一个算城乡结合部买了房子，那年远嫁的妹妹一家子回老家来，老家的房子还没修，很拥挤，家里都建议让妹妹一家子住到吉祥家里。不知道为什么，那一次吉祥的老婆死活不肯让妹妹一家子住到自己的套房里来，搞得吉祥非常被动。弟弟当时直接就问了吉祥这句话。吉祥那时候没有回答。他觉得弟弟太想当然了，生活不是可以这么简单做选择的！生活都是不断缠绕在一起的，不让妹妹住到家里，虽然是有一时的不快，起码后期的更大矛盾可能被阻止了。可能——吉祥只能在可能和无能之间，获取平衡。家人的不快还是更容易化解一些，老婆的那一边，种种矛盾其实往往更加让人无力。

选择！你能做什么选择，我还想选择不得病呢。能吗！吉祥自嘲似的笑了笑，把空调开到第二挡。老家在眼前了，老爹也已经等在路上了。老爹脸上很轻松，吉祥能够这么早开车回来，算得上是很好的事。电话都不接。吉祥妈妈问吉祥。电话，吉祥想起来自己电话昨天晚上就是静音状态，一直没开。打了几个都没人接，我们都很担心。吉祥妈妈一脸忧虑。

忘记了，开车没听见。吉祥觉得再解释电话静音什么的，也是麻烦事。

要不要吃点早饭再走，他妈妈问吉祥。

算了，等下太晚，找医生麻烦，怕病人太多。还得一小时多呢。

都没吃饭，要不带上吃，有鸡蛋，和面包。没煮粥，今天。吉祥知道家里也在担心。特别是妈妈，老人更加容易这样。

我有饼。绿豆饼。带着了。这是吉祥老婆昨晚就放在桌上的，让他今天带着路上吃。吉祥路上咬了两口，配了点矿泉水，这水一直是在车上的。这塑料瓶装的水，在车上有时候被爆晒，喝起来是不太好，吉祥也就不在意这些。

卡都带着了吧，他爹。吉祥妈妈叫老爹。

老爹憨笑一下，拿了拿了。

吉祥把车再往前开一些，在半坡上找了个地方掉了头，老爹上了车，就跟妈妈说了下，往城里开去。

老爹其实喜欢坐吉祥的车，虽然这个车有点年头了，但严格说起来，老爹也没坐过几次。吉祥从后视镜里，看到妈妈的手举起来要招的样子，举了一半，又放了下来。母亲有习惯性的欲言又止。吉祥记得以前每次都是老爹出现在后视镜里，这一次轮到他妈妈，也觉得身影有点陌生。

这次后视镜下方的老爹，倒是一脸轻松。说其实不用去，没事，我昨天又问了几个人，都说没什么关系。以后再说也可以。老爹说的几个人名，吉祥很多都想不起是谁。还是去吧，都说好了。吉祥背手拿起插在座位中间的矿泉水，用手指撬开瓶盖，又喝了一大口。

车子开出村子很快，比进来——应该叫回来要快得多。广播里在说台风离开浙江，正往山东去好像是。据说要再次登陆，我估计山东应该再不会死人了。吉祥跟老爹聊新闻，知道老爹是新闻联播和午间新闻30分的忠实观众。只要在家，几乎一场不落。浙江死了这么多人，肯定上级要追究责任的，台风又不是地震，可防可控的——按现在的条件。

老爹很开心，似乎跟出去旅游一样，还带了换洗的衣物。这是吉祥他妈准备的，不知道什么情况，还是准备着再说。真的是疝气，肯定没事。老爹豁达得很。反正得检查一下，我们心中有数才行。吉祥知道老爹一生，生生死死的见多了，即便有点忧虑，他也不会有多大的反应。更担心的是吉祥自己，他更害怕——谁不担心这一天的到来。吉祥把新闻台按走，想听点音乐，听了几句又按回到新闻台。

我们村今年被评为全国旅游文化乡村，哦不是，好像是国家级传统文化村落还是什么的，反正是一个国家级的荣誉。吉祥转了话题，觉得这样轻松点。老爹不以为然，这里哪有什么旅游文化的东西，都是些不像样的东西，折腾来折腾去就这些东西。吉祥觉得，住在这里的人都会嫌弃这里，也是老样子了。应该会给拨点钱，也可以再整顿整顿。吉祥觉得这样还是好事，自己还特意转发了朋友圈，毕竟这个能评上，在全市也算一个小荣誉。

应该是昨天，还是前天了，昨天登陆，就是登陆的前一天。老爹说，那个娘妈庙边上，有一家，两个兄弟去讨海，听说去了靠近那边的岛，叫什么鸬鹚岛那边，昨天听说——两个都没了。

吉祥内心一震，两个都没了！船翻了。不是台风天吗，还出海。

越没人出去，就越有人想去。老爹接话，这个台风不靠近福建，我们这里可没预警，谁会管你出不出海。这家没了，他妈是哑巴，他家那个父亲也是一边眼睛看不见。是独眼好像是。都没用了。

吉祥感到握方向盘的手在颤抖，两兄弟都没了。应该是……小的船吧。吉祥勉强接话。

肯定是小船，只有两个人的船，能有多大。这天，看起来台风走了，可浪一直很大的。据说那个小的有点傻。大的那个是好的。前几年也赚了些钱，据说有二三十万，听说也想去城里买房子，不知道买了没。讨海是能多赚点，但还是太危险。老爹内心很自豪，话语中只有很淡的不安，似乎也是常态的。吉祥知道，这样的话题现在是比较少了。不像以前，台风总是让人揪心的话题。当然，即便现在这样惨烈的话题，也都不会激起老爹这样年纪的人多大的内心波澜。

吉祥知道，老爹一生最大的荣誉是把四个孩子都送出这个村子。渔村是表面上的舒心悠闲，其实骨子里每个渔村人都想离开这个村子，尤其是下一代。吉祥内心是疼痛的，虽然出事的这一家吉祥也不认识，但还是觉得内心有撕裂感。他也感到头皮在一阵一阵地发麻。

吉祥转头看见副驾驶座上有个昨天带去单位的香蕉没有吃，就抓起来给老爹说你吃。老爹嘴上拒绝也还是接过来，开始剥皮吃了。吉祥想老爸这样的疝气检查，不知道需不需要验血，要是验血的话也不知道能不能吃东西？现在想这个没用，老爹早饭也吃了，就不差个香蕉了。

老爹边吃香蕉边嘟囔着，听说那个大的找到了，小的还没找到。

吉祥似乎看见大海在翻腾着，没日没夜地。

老爹吃完香蕉，就问我大孙子昨天去省城了没？

弟弟家的孙子老爹看不见，吉祥家的小孩是老爹每次必问的话题。吉祥小孩每周要去省城上声乐课，最早几次吉祥带着去了，后来这个老爹的大孙子就可以自己去省城上课了。老爹不懂他孙子上什么课，但每次肯定要问。吉祥很细心地回答，准时去准时回，我自己送去动车站的。想起来弟弟的儿子，吉祥都没见过几次，到他们这一代这所谓的堂兄弟，还互相认识吗？吉祥觉得好笑。兄弟——倒是应该叫弟弟抓紧时间再生一个。吉祥自己已经没希望了。

这两年，甚至都有三年前，放开二胎的政策对吉祥来说是吃不到的葡萄。一个马上上高中，再生一个，从纸尿裤开始，奶粉、婴儿车、托教、游乐场、幼儿园、小学接送……遥遥无期。即便这些都能克服，老婆也不肯，一来年纪到了生育健康没个准，二来老婆说很怕孕期反应，再因为这个住院，她受不了。吉祥是希望有个小的，按自己的文化界同行来说，成名已经不可能了，不如多生一个，就当是最后的创造力吧！可老婆不愿意，也没辙。

应该让弟弟多生一个，爸你要电话给弟说。吉祥提醒他爸。

他经常觉得自己教育孩子是不成功的。只有一个，连个实习机会都没有。摸着石头过河，河过了，石头也没了。

管不了了。老爹摆手，那么远，说也没用，大城市里带孩子不像我们乡下，不管他了。老爹倒是干脆。还有一件事，老爹急着把一些村里的事情跟吉祥说。这算是父子俩之间的沟通方式，虽然有些刻意，吉祥也觉得老爹愿意说话，自己当然是很愿意听。即便话题有些大，有些是渔村里的生老病死。老爹说的口气，再大也是平淡，吉祥内心再大的波澜，也在表面上显得沉静。

你知道我们家那墓园再靠北面的那些虾池吧，现在连土地租金都没了。

不是拿去养虾了吗？租金还会没有。吉祥知道那个地方，现在种地的人少了，田地荒着，很多人家就把一些地租给当地一些搞养殖的，多少也算是一笔收入。

我们家没有。原本刚开始的时候，都抢着出租，还有人家减少面积跟别人家换地也要租出去。有钱一些的人家都急着入股养殖场，现在好了，年年亏本，据说很多投入十万二十万的连成本都收不回了。

养殖这么差，那还年年养什么？

可不养，那地留着干什么？养着还想着碰碰运气，看能不能碰到一市——有大涨价才行。没有，就只能一直亏。还好，我们家都没有地租出去。老爹只当是新闻在讲，甚至有点幸灾乐祸。吉祥觉得。老爹是没有恶意，更多的是看不起这些想一夜暴富的人，有点调侃的意思。

老房子翻修之后，老爹最大的心事就是自己家族的墓园了。还好弟弟加上姐妹和吉祥，都出了点钱，家里的墓园很快就修好了。竣工的时候，老爹还在靠近虾场的那里，在墓园的水泥小广场上，做了一场法事。当时，吉祥还特地用手机把做法事的现场，跟着墓园和四周的风景，都用视频拍给弟弟看了。弟弟知道这是老爹的心愿，连声说好。

吉祥把空调调到第三挡的时候，车已经下了高速。老爹说这十五块花得还算值，很顺畅的一路。老爹高兴，吉祥想起每年暑假他都请休年假，带两个老人去一些大城市走走，叫作看看地方。有时候，他姐也跟着。今年老爹的身体这样，吉祥姐前一段也做了个小手术，看样子今年暑假是走不了了。

快到的时候，老爹忽然有些焦躁起来，连着问了几次，要到了没有。后来直接就说，能不能抽烟。吉祥觉得好笑，想抽烟就直接说吧，这老爹现在总是拐来拐去的——像个孩子似的。像个孩子！很顺口的话，其实也很奇怪。吉祥觉得其实自己倒是很希望像个孩子，就像当年在老爹注视下的摸爬滚打。现在呢，老爹越来越像个孩子了，自己变成那个注视的人，成长就是这样吧——互相交换位置。吉祥叹了口气。

他把座椅边上的矿泉水瓶递给老爹，说你就在车上抽吧，烟灰弹到这里就行。老爹看了看矿泉水瓶子，里面还有接近半瓶水，就说算了，不抽了，到了再抽。吉祥说没事，我后箱还有好几瓶水呢，那是前一段单位搞活动，留在吉祥的车上，他就没有再抱回单位去了。老爹还是说，不抽了，快到了——到了再抽！

医生给老爹做检查的时候，老爹很自然地脱下了他的旧短裤。吉祥看到了老爹在肚脐下方的位置的那个肿块。吉祥记得这里被弟弟叫作丹田。吉祥恍然间在脑子里划过了一个短语，叫出生地——这是前一段有个散文作者的书名。吉祥似乎觉得应该再推一层，从"出生地"开始，他想到一个很现代的句子，叫作"比出生地更深的地方是海洋和墓园"。他有点感伤，开口问朋友医生，这就是疝气吗？

是的。就是，还好，不疼，也没有脱落进去！关系不大。

吉祥长出了一口气。老爹嘿嘿一笑，我说没事吧。

但这迟早都要做手术。就是还可以选择时间来做。朋友说。

手术简单吧？老爹比吉祥问得更快。

手术，都有风险。这属于医生的套路回答，安全区答案。到时候您来了，做一些常规检查，我来定一下手术时间，手术好了，再休息几天，就可以回去了，不用担心。现在看起来没事，但是如果您觉得有不舒服的，或者是觉得这地方位置不对了，让您觉得难受了，还是那东西脱到您的阴囊里了……

吉祥第一次觉得这个朋友怎么有点絮絮叨叨地。平时他好像不怎么说话，怎么到这里就这样，还是医生都这样。跟我老婆似的，唠唠叨叨，没完没了。老婆的唠叨似乎是年龄的赐予。这个想法很大众，几乎不需要辩解。据说女人们的唠叨，是排解她们内心抑郁的有效途径。获取内分泌平衡吧——难道医生也是这样？这是个感性的医生，吉祥觉得这简直不是一个好词。一个笑话说儿子想娶一个能跟自己有很多话可说的女人做老婆，问自己老爸，老爸有个经典的回答，是说按我的经验，最好娶个哑巴！

哑巴。那一家是父亲哑巴，还是母亲哑巴？吉祥记不得老爹说的了。

老爹还急切地跟医生说，我说没事，我这儿子一定要让我来，还非来不可。你看吧。这孩子，认真得很。

医生说，看还是要看，这手术也迟早都是要做的。就是现在不急，但也不能拖太久。

这个医生朋友是个会写文章的人，或者主要是个喜欢写点文章的人。吉祥在市里面的一些文化人聚会上见过他，总的印象是这人写得很感性。所以，他刚才有这个感觉，感性的表达。最近的一次见面记得是市里面组织了关于当前文艺创作的座谈会，这次是关于影视方面的，这医生也在场。医生人缘好，在本市文艺界的朋友也很多。那天记得很多人谈到了最近热映的动漫电影《哪吒》。吉祥谈了自己的看法，觉得什么都不错，就是比起前一段看的《千与千寻》，感觉还是低一个层次。具体是什么层次，吉祥也说不出来。吉祥当时觉得，好像电影少了一个类似于"无脸男"这样的角色。有人说，每个人到中年的时候，都会变成类似于"无脸男"这样的角色——我自己不就是这样的。

吉祥当时没有再说。这个医生朋友当时也谈了，说带了孩子去看了，自己觉得很不错。但孩子有个看法，也有点意思，说哪吒不是他们家唯一的一个孩子，那他自己家里的兄弟木吒什么的，都去哪里了？别人嫌弃哪吒，难道他自己家里的兄弟姐妹也会嫌弃他吗？孩子觉得不合理。大家觉得，这孩子的看法还真是有点不一样，也有点道理。那天有很多人觉得电影里关于龙族的思路，很新颖，非常好。

那次座谈会吉祥觉得医生讲得最有趣；其实是医生的孩子讲得最有趣。而医生的转述也很清晰。医生都是清晰的吧，就像他给自己的老爹看的疝气，说得也是很清晰。吉祥记得以前看过这个医生写的文章，就很不清晰。这医生在不是有关疾病之类的表达上，似乎被某种含混的东西裹住了。

走出医院的时候，父子俩心情都很好。吉祥猛然觉得有点忘记了，应该问一下这疝气是怎么来的？问医生，是年龄到了，还是别的什么原因？跟生活习惯之类的有什么关系？吉祥想还是应该去电脑上查一查。疝气——就像台风的一种。奇怪的想法，吉祥觉得自己脑子有点混乱，笑了笑说，爸，抽根烟再走吧。

　　城里的天气极其炎热。在医院门口大堂里吉祥说要不我们去姐家里，吃了午饭休息一下，晚点再回去。老爹说也可以。走出医院到车边上抽烟的时候，地面温度已经有点炙烤的感觉了。老爹看了看路边很多匆忙的人，也有很多打伞的人，忽然说要不还是直接回去吧。回去凉快，中午也好休息。吉祥知道老爹的脾性，在家里睡觉都要踏实。就回了他爹，行。吉祥从后备厢里拿出两瓶矿泉水，递给老爹。老爹扔了烟头，咕咚咕咚喝了几大口，说走，给你妈打电话，叫煮午饭，我们直接回去吃。老爹眨了眨已经下垂成倒三角的眼皮，说还是回去最好。

　　路上吉祥也觉得有点奇怪，这老爹，离开村子也很愉快，这会又急匆匆赶着回村，也是一脸愉悦。这老爹，还真是，中国移动啊！

　　吉祥妈电话里已经很安心了，午饭也做得很不错，说临了还把一条冻鱼拿出来解冻，煮了。午饭前吉祥接了弟弟的电话，吉祥说问题不大，家里预计再等一段，天气凉快些了再去联系做手术。中秋过了再去吧，手术也不大。没事。弟弟问吉祥这样的手术，不知道会花多少钱。吉祥回弟弟说这样的手术加上农保的报销之类，应该花不了多少。他有些诧异，弟弟的经济能力，不至于啊。不过也难怪，现在只要手术，都不算小事。

吉祥觉得。

午觉起来，老爹已经喝了午后茶了。老妈回归日常，一批老婆子来家里打牌，那种叫什么"四色"的牌。吉祥自己都看不懂——老人家的玩意。老人们都问吉祥还是你近啊，说回来就能回来。几个老人的孩子也有一两个是吉祥的同学，或者上下届的，在本市工作的还真不多。能在家，就是孝子啊！一个说，能开车更好，随时就能回来。老人家有说有笑，还一点不会耽误打牌。虽然每一盘收入就是几毛钱的事，老人也很开心。

老人们看到吉祥都会提到自己家的儿子们，像吉祥这样能不时回趟家的已经是他们眼中羡慕的对象。吉祥知道连自己的妈妈也是这样，每到年关时候，弟弟要是说不回来过年，老妈总是要生气几天，念念叨叨的都是"白替人养了个儿子"之类的话。

吉祥跟老爹喝茶，其实老爹已经不喝了。老爹的时间非常准，准时电视准时喝茶也准时不喝，简直是过午不候。老爹最喜欢说的话是，在家里几乎连空调都不用。一年空调也用不了几天。吉祥觉得老家还真是不错。吉祥喝了几杯，抽了根烟。老爹因为吉祥在家，也没出去。有一阵停顿的时候，一个老人问道："那一家的事情，说是真的？"

老爹也很快就转过声，问是真有这事还是乱传的事？吉祥停了烟，早上那么肯定，这会儿老爹怎么也不确定了。

另一个老人说："是真的啊。村里人都知道了，老大捞起来了。老二还没。据说老大是把自己绑在那个船上的。"

"肯定知道不行了，绑着容易被发现。"

老人们叹息着，无声地发着牌。老爹看着吉祥的杯子，说我再给你加一壶水。

他是怎么绑的。吉祥内心叹息道。老二为什么不绑？一个老人再问，结婚了没？这两个。

老二没有。有点痴呆。老大结了，好像都有两个孩子了。

两个老人啊！吉祥不知道为什么他们都没有提到两个孩子。孩子都能活？！

老爹搓了搓脚，问吉祥，今天你请了一天假？

吉祥说是，这几天单位没什么事。也可以请年假，还都没请。

你姐过两天要回来，七月半（中元节）后回。今年就不出去了，在家就行，你们有空也回。等下去市场买点，看有什么。也给你姐备点。

有个老人说，对啊，说今天应该有货，隔壁的那个谁说下午有鱼要上来。等下我也去市场。

车再开出来的时候，天空飘落了几滴雨，跟天上某个人打了个喷嚏似的——总不会是眼泪吧。车开出几步后，吉祥记起自己的车好像没有水了；油刚加过，没水也不行——就是不知道没有水车会不会自燃什么的。这是奇怪的念头。老爹跟着他的车到鱼获市场那里看一看有没什么新上来的鱼获。吉祥跟他妈说要走的时候，他妈只说家里没什么东西了。跟你老头去市场看看吧。吉祥觉得老妈好像脑子还在那个牌桌的东西里。笑了笑说，我走了，过几天再回来。老妈撇撇嘴，几天是哪天——都说是几天。吉祥知道老妈习惯性的念叨。

在市场边上，老爹给吉祥买了一些虾和两条大点的鱼，说是给大孙子吃——还不让吉祥付钱。虾是硬壳虾，鱼连老爹也叫不出名字。但肯定是海里上来的——不错的鱼。

吉祥记得儿子的声乐老师说，你要是不留胡子，跟你儿子看起来就像两兄弟。呵呵呵！老师笑得很给面子。刚开始听到这话，吉祥还觉得挺有趣；后来回想起来，吉祥会觉得有点生气。这个老师讲话有点随意啊，而且言不由衷——一个从事歌唱事业的人，不应该言不由衷。吉祥想把这个老师给换掉，另找一个教儿子，但隐隐又有点不舒服的歉意。

在车上的时候，吉祥自己也觉得那是他思维比较活跃的时候。台风带来的连一场大雨都没有，这让人觉得简直就是不道德。吉祥绑起安全带的时候，另一头卡了一下，他用力拉了，听见"咔"的一声——这破车。那个老大最后是怎么把自己绑在那小船上的？绑之前，那个弟弟是不是已经不见了呢？弟弟现在去哪了——被龙族收留了吗？哪吒的兄弟呢，都去了哪里？

疝气住在出生地，台风来了就关闭。吉祥口中找到一句顺口溜。疝气住在出生地，台风来了就关闭。他又念了一遍。这一遍又一遍，多像个小学生的作文啊！竟然可以歌唱的——吉祥好像觉得这歌声来自内心一个幽深空洞的地方。他自己好像恢复了歌唱的神经源。哦，这个台风叫什么名来着——利奇马，还是沙琪玛？吉祥把它记成勃朗宁了，哦，那是夫人，好像也是一种手枪的牌子。

据说，台风过后，鱼获会更多一些。一定是台风把更多的鱼类从海底翻腾出来了，渔村里好像一直有这个说法。吉祥脑子里的念头跳跃着，经过了烈日下的鱼获市场。

弦上的羽毛

1

东吉站立的样子还是很像一个哨兵。确实是很笔直，这样倒是反衬出榕树的散漫。不过这榕树的散漫委实是时间造成的。村里小学的老师骂小孩说小小年纪不学好，包括骂蓝星他们，还说什么如果你活过了一棵老榕树的年龄，那怎么散漫都是可以的。说这榕树可比那什么七十古来稀之类的，随便都要古老得多。所以，即便那榕树是枝条乱舞还有虬结暴突出来，大家也觉得是自然而然。

而东吉这样的站法，大家说看起来就像是石碑一样。还是吓人的！

东吉很长时间都是村里孩子们的偶像。更是他外甥蓝星在同学之中吹嘘的最大资本。从武警到海员，简直都是蓝星向往的那种长大后想成为的模样——枪、军装、大轮船、大海、大鱼……反正什么都很大——太牛了！也因为有了这个舅舅，虽然蓝星不爱读书，同学们也都不敢瞧不起他。蓝星说要不然嘿嘿，我就找我老舅一枪崩了你。那样子，他觉得太酷了！

蓝星爸离开之后，蓝星就不怎么去学校了。他妈也就是东吉姐也哭哭啼啼了好些天。东吉爸只能叹气说："南边儿，不可靠！太不可靠！"其实把东吉姐姐留在家里，招个南边的人回来入赘，也是东吉妈的主意更多一些。他妈跟蓝星说叫东吉他爸不要叫姥爷，叫爷爷。蓝星觉得有些奇怪——也随便了。村里人也有这样的，能留一个就多留一个。他爸跑了，他妈也要去镇里鞋厂上班。所以现在也基本上没人看蓝星，他就不怎么去学校了。学校很没劲——那些傻子！

蓝星用了三封信才换来一张他舅的照片，带着枪的武警装，帅爆了！这三封信有两封是蓝星找同学帮写的，有一封还是大眼妹帮着他写的。蓝星觉得写得真好，跟爬虫似的——反正字很多，比他自己写的多得多。倒也不是蓝星缠着她，大眼妹就是对蓝星特别好——当然，她的学习也只有中等。除了比蓝星多写几个字，其他也都是一般般，包括长相也一样，除了眼睛大嘴大其他的都一般般。蓝星说小妞就是头发还不错，比我的长。

这张武警照就相当于是蓝星的护身符，谁要敢欺负他，他马上拿出照片：小心我舅毙了你！这很管用，一般人一下子就傻眼了，这还不止小孩，对大人都管用。只有一次班里那个呆子一样的班长说，你舅看起来眼神很空洞啊！蓝星特生气，吼道：擦，什么空洞——你懂个屁！蓝星懒得理这些被他叫作"读书呆"的家伙。后来，蓝星躺在床上看这张照片，觉得他舅的眼神有点奇怪，就像一直没睡醒的样子，确实有点空——当兵应该是很累吧。

东吉回来的那一段，蓝星几乎天天跟着他。除了被他妈骂才不得不去上学，其他的时间，蓝星几乎就是跟在他舅后边。蓝星看到他舅的房间里还有一把吉他，还是黑颜色的，油光锃

　　　　　　　　　　　　　飞天的脚印

亮的，看起来跟冲锋枪一样，就非常羡慕。他整天缠着东吉，要他弹唱歌曲什么的。东吉原本也不愿意，老是说不会不会。后来也拗不过，给蓝星和大眼妹唱了一首部队的歌，叫什么《当你的秀发拂过我的钢枪》。很好听，不但蓝星觉得好听，大眼妹也觉得好听。大眼妹对蓝星说你舅真的是太厉害太帅了！蓝星觉得舅舅唱得是不错，可惜看他抓那个吉他的手，还是有些奇怪的僵硬。觉得舅舅的手，虬结很大，一定是受苦了。不过，蓝星还是觉得舅舅实在很厉害——啥都会。

东吉这次回来给了蓝星一把口琴。把蓝星开心坏了！蓝星有一段把这个口琴拿来跟大眼妹轮流着学吹，大眼妹吹得比较认真，蓝星根本没耐心也没学会。他不按照说明书里的慢慢来，就是一通乱吹。每次大眼妹第二天把口琴拿还给他，蓝星都说口琴有大眼妹的口水味——真臭！其实大眼妹都有仔细拿水冲洗过。蓝星也还要这么说一下。

没几天，大眼妹都会吹《小星星》了，蓝星可什么都不会，只会呜呜地乱刷。蓝星很快就觉得口琴没意思。可他当然也不愿意把口琴给大眼妹。大兵他们教唆蓝星用这个口琴把大眼妹勾住，不让她跑。其实蓝星觉得大眼妹没什么意思，就当是个小跟班算了。但是口琴，暂时还不能给她。

后来，东吉开始在那棵榕树下站着的时候。蓝星觉得没什么意思。最早那几天，蓝星有机会就去偷东吉爸的烟。这是常有的事，蓝星只偷他爷爷的东西，比如烟和腌菜。爷爷腌的酱姜太好吃了，但比烟要难偷。在玻璃缸里不好拿，还沾手。蓝星只能看着流口水。那时候蓝星也不知道他舅干吗去了。后来才知道，他一直在树下站着呢。

弦上的羽毛

他还真不是哨兵；或者说不主要是哨兵；蓝星觉得当哨兵也很帅。当然，他有更牛逼的部队身份，村里人人都知道——专门毙人的。说起来就吓人。蓝星本来也觉得有点害怕，不过看到大家都不敢说这个，他反而觉得这样挺酷的！现在人人都把东吉当作村里一景，虽然这景看起来让人有些难以理解。

刚开始没人在意，东吉就笔挺挺地在树下站着。路过的人还会跟他打招呼呢，可东吉都没什么反应。两三天以后，大家就觉得有些不对了！尤其是当土地所下班的时候，东吉就跟着下班的人走，很快大家就发现他是跟着林帧后面走。林帧一开始也跟东吉打过招呼，直到东吉跟着她走到林帧家，才转身回去。林帧觉得奇怪。第二天，东吉还是这么跟着，林帧就有点慌了——这算怎么回事啊！

三天以后，林帧跟自己的老公松林说了这事。松林都觉得不可能——这不是明目张胆吗——不可能！第二天下午，松林下班后来接林帧。真的看到榕树下站着的东吉，松林使劲地眨着眼睛，觉得不可思议。那天晚上，林帧和松林都觉得自己的生活中似乎被硬生生地插入了什么东西。林帧觉得有些模糊的感动，也有些不安，也不知道该说什么。松林却体会到那种被鱼刺卡到喉咙的感觉，一整个晚上都在"咔咔"地咳着，也没咳出什么痰来。

村里人最初那一段也是感动的，主要是感到有些神奇——还有这样的人。可时间再久了，这种感动慢慢就变化了。也不知道是怎么变的，就觉得这样的感动中带着一些死脑筋，或者说是有病的一种表现。慢慢地，村里人开始觉得看到他站在那儿就有些恐慌，大家都觉得这好像当年看到鬼子进村似的。

蓝星也不理解，为什么啊？等个女人——为啥啊。我舅看

　　　　　　　　　　飞天的脚印

来当兵当得也有点傻了！那几天蓝星看村里人在嘀嘀咕咕，蓝星有点看不惯，爱干吗干吗。蓝星就抽空去找了大眼妹，叫她一起来榕树下，看着他舅，是不是真心帅！大眼妹问蓝星说你舅这是干吗？蓝星也不知道。就胡说这是站岗呢。给谁站岗？蓝星也不知道，就随便指了指对面的房子，给她，里面的。

那几天，蓝星看见大眼妹的上衣有点起伏，就觉得这小妮子开始要那个叫什么——有状况了还是开始爆胎了。这是蓝星跟隔壁的大兵他们研究出来的心得。蓝星在想，这妮子——什么时候也借我摸索一下。

蓝星跟大兵他们除了在朝阳山那里摘桃子葡萄之外，就经常研究这个，当然也包括研究自己和对方的小鸡鸡。蓝星跟大兵他们躲在那些没人的房间里，翻开各自的小鸡鸡看，也互相看，觉得既惊悚又刺激。当然，那些鬼鬼祟祟的时候，他们还没敢叫大眼妹她们参加。

在山上，蓝星学着点起了烟，烟当然是从他爷爷那里偷来的。抽头两根的时候，每次都呛得半死。第三根才好了些。

2

最受惊吓的当然是林帧。第一个月的时候，她自己也觉得有些感动。你说现在什么年代了，还有人会对一个已婚女人这样——算是一种等待吧。到第二个月的时候，林帧觉得自己的家庭都要散架了。即便老公松林再怎么开明，这样的场景长此下去也受不了。何况，村里的闲话也开始纷纷扰扰了。大家都知道松林几乎要提出跟林帧离婚了，还好那天是林帧自己说："我真的当时没有答应他什么！有的话天打五雷轰！"松林还真没见过林帧把眼瞪得那么大的时候——这话多少堵住了松林的嘴。

即便这样，大家都觉得这样下去，谁也受不了。对林帧的怀疑慢慢淡化了，对东吉的怀疑就上升了。他到底是受了什么刺激？如果说他是傻子的话，部队也不可能会要他；如果说他被刺激了，那他还去了远航船那么些年。问东吉爸妈也都说不知道为什么，就成这样了。蓝星外婆也只能整日以泪洗面，可再怎么劝，东吉似乎也还是这样。一有空，就到榕树下站着，死死地盯着林帧上班的单位看。这真的太可怕了！

唯一能够松口气的时候，是他去远洋船的那几个月。整个村里人都觉得似乎心里放下了一块石头。不时也会有人聚在那棵榕树下，但大家也就不再那么愿意说起蓝星舅的事。只是聚在榕树下的人，似乎也都下意识地把蓝星舅站的那块石头给避开了。仿佛那块青石上站着东吉的影子似的。甚至有人还传说，那块青石上连榕树叶子都不会掉在那上面——真是疑神疑鬼！几个月时间，哪里就会把青石都站光滑了，那是胡说八道。

也有人说最近看起来榕树上的麻雀少了。平时一到黄昏时候，榕树下叽叽喳喳都是麻雀的声音。很多村里的成年人都在树上扑过麻雀，夜里拿手电筒一照，麻雀就反应不过来，再拿麻袋一扑，总是有不少。可以烧可以炖，甚至还可以卖点小钱。老话说"一鸽顶九鸡"，麻雀比不上鸽子，都是鸟，也是补品——起码相当于补品。

差不多三个月左右，一旦有消息说远洋船要回来了。那榕树下很快就冷清下来了，那种恐慌感又一下子上升起来。一旦真的东吉再次出现在榕树下，几乎能够听到整个村里人心里的哀叹。这真是要了命了！

飞天的脚印

大家现在不知道该同情谁。这很尴尬。原本同情林帧的，看到林帧和松林还是努力保持一个小家庭的样子，也就泄了气。同情东吉的，看到他这样不依不饶地出现在榕树下，也觉得同情无意义。每个人觉得这跟自己似乎也没什么关系，却又觉得每个人的生活都被榕树下的东吉给打乱了。生气却还没地方生气！这实在让人觉得有些憋屈。

　　于是，开始有人建议，让林帧的单位搬走。可林帧的那个镇土地所，是县里垂直管理的，要说搬的话也不是那么容易——这还不归镇里面管。总不能因为这个，就向上级土地部门反映，人家又不违法！还搬单位——这理由总觉得有点荒唐。即便这理由可以问出个十万个为什么，大家也只能心照不宣，在焦虑和无奈中惶恐度日。

　　当然有不甘心的人，特别是松林。有天松林受不了，就跑到东吉跟前指着他说："你这是什么意思！林帧已经结婚了，我才是她老公。你这是干嘛！"东吉也不理他，斜着眼瞧着飞檐的屋角，一副懒得回答松林的样子。松林当然也不敢动手。大家都知道东吉那可是武警出身，松林跟他没得比，只能悻悻走开。

　　说实话，村里很多人都希望他们能打一场，也相当于代替他们发泄一下这么压抑的情绪。这么久了，简直让人喘不过气来。看到松林最终也不敢动手，很多人都觉得这松林也实在是窝囊。那些天，村里的空气就像是南方三四月——那种湿气很重又下不了雨的那种沉闷，让人又疲软又窝气。很难受！可除了松林有理由跟东吉打一场，其他人别说打，就是大声骂他们也不敢——东吉的样子真的好像随时可以从背后掏出一把枪来似的。

东吉虽然这样，但并不闹事。他都是等林帧下班了，然后跟着林帧往她的家里走。蓝星跟着东吉。林帧也没办法，她停他也停。林帧要是说："你不要跟着我。"东吉也不管；或者也会说："你答应嫁给我的。"林帧涨红了脸，说："我什么时候答应的！我真没有答应啊！"东吉还会说："你爸说的。"林帧气恼了："我爸！那是随便说说的。哪里是真的。胡说！"东吉接着还是说："你爸答应的。"林帧没办法："那你找我爸去！"其实林帧的爸爸两年前就生病去世了。东吉这样坚持，林帧觉得真是很崩溃。

应该有六年了吧。那时候东吉要去当兵以前，林帧爸跟东吉爸是好哥们，甚至听说两个人一起出去闯过，反正是好哥们。林帧爸一辈子觉得自己没当上军人，一直觉得很遗憾。所以，当那时候东吉要去当兵，据说还是武警的时候，林帧爸非常高兴。在东吉家喝酒的时候，跟东吉爸说，只要东吉当兵一回来，就要把女儿林帧嫁给他。林帧爸这么一厢情愿的话，林帧是事后才听人说的，但在场的东吉却把这话完整地记在了脑子里。

可谁曾想，东吉当兵第二年林帧爸就得病去世了。而且，东吉当兵也当了五年整。在第三年，林帧就跟松林结婚了。对林帧来说，自己比东吉还要大一岁，本来自己也只是把东吉当作弟弟看待，她爸酒后的允诺，跟自己本来也没太大关系。她跟松林是恋爱结婚的，这跟东吉也没有关系。怎么能这样啊！

又过了一个多月。松林跟林帧说我受不了了。这样我也变成一个笑话了！林帧说你这是什么意思。难道是我要他这样的吗——我才受不了呢。松林说你们肯定当时有什么事情，不然东吉不会这样。你不要瞒着我，把我当傻瓜。松林想起当初结婚的时候，觉得林帧不是正处级，嘴上没说，一直也记得这事。林帧吼起来，你是不是又要说那些恶心事了！我早就解释过了，你他妈这会还说这个……有意思吗！林帧也气急恼怒了。

林帧当时在初三的时候，练过一段时间的体操，估计是那时候弄破了下身。变成一个松林的借口，一直耿耿于怀。这次东吉的事，又挑起这桩子事。其实松林还有一点不满是林帧结婚四年多了，肚子没动静，松林觉得自己也已经够努力了，还是这样没动静，都不好跟他家里交代。有时候他也怀疑是不是林帧有什么问题——他怀疑林帧是不是打胎过，怎么那地方有点松——还不能下蛋！

其实林帧问过医生，自己没问题，但每次叫松林去检查都被他以各种理由拒绝了。松林知道自己在大学的时候，都搞大过一个同学的肚子，当时还去打胎了。他自以为自己的子弹肯定没问题——查什么查。这下倒好，单位里都知道自己的老婆被一个青梅竹马的对象婚后追求着，他们说这叫什么"红杏插到门口来"！真是气死人了。松林有时候觉得应该找东吉拼命，又有些觉得不值得——当兵的，四肢发达头脑简单。他懒得理他。

林帧觉得应该再找东吉谈一下，却也害怕越描越黑——我爸真的是，给找留下的祸害。林帧嘴上是骂，觉得东吉真跟以前一样，还是那样的死脑筋。

3

第三个月的时候，村里也出面找了东吉爸说。村长老郝说，这样太不像话了，搞得人心惶惶的。现在是什么年代了——还有搞童养媳那一套的。其实村长说错了，这不是童养媳的事，这顶多只能算指腹为婚吧。东吉爸也很惭愧，说都是自己的错，没想到当兵回来竟然变成这样了——怎么说都不听，一家人也都被气死了！

老郝说："这样下去怎么得了！我们村要全市出名了。你看天天这样的，连树上的鸟都吓跑了！"

东吉爸也只能赔着笑脸，连声说对不起啊！他知道老郝这一段为了给咳嗽的孙女找土方，听村里的赤脚医生说抓点麻雀炖冰糖能治咳嗽。蓝星知道，老村长家的那个小病号，老是梳着两个小辫，脸红红的。蓝星跟大兵和大眼妹都叫她蠢姑——谁叫她是村长家的。蓝星看到老郝夜里经常去那榕树上逮麻雀。可能东吉这么一弄，鸟都少了，当然他想逮也就少了。

老郝还说："现在连镇里的领导都知道了这件事，一直交代要赶紧动员好。免得出什么大事情！你说，这要出事，谁负得了责！"

东吉爸只能接过老太婆递来的两三斤墨鱼干，硬塞给村长。墨鱼干都是东吉这两次出海带回来的。

见东吉进门。东吉爸赶紧当面指着东吉的鼻子骂："是不是我没气死，你就停不下来！"没想到东吉回了一句："死了我也去！"害得东吉爸差点当场晕厥过去。老郝看着这阵势，只能唉声叹气拎着墨鱼干走了。不一会他转了回来，说你们知道这树啊，是我们村的风水——这样下去怎么得了啊！东吉爸赶紧又买了两包烟给老郝。村长才絮絮叨叨地走了。

东吉他妈泪眼婆娑地拉着东吉说："儿啊，我们不在这棵树上吊死。妈托人给你再找，找更好的，好不好啊！儿子。"

东吉咧着嘴说："妈，别担心。我能等。"

东吉妈一愣，哆嗦着嘴，看那样子也就差给儿子下跪了，老太太哭着说："儿啊，你不能这样啊，咱不这样啊——这样害人害己啊！"

东吉听这话，也有点不乐意："嘿嘿，说出去的话，跟打出去的子弹一样，是收不回来的。"

东吉妈最近一直在找人帮忙介绍女孩，不时还要往家里领一两次。按理说相亲的话，应该是带着东吉去，可没办法，目前只能这样，要是让更多人知道东吉这么个情况，恐怕要相亲也就难了。所以，介绍的女孩也不敢是太近的，起码得是其他村子里的，或者城镇里的。其实说实话，目前来看费这么大劲也没什么用，只能是当妈的心愿，算"病急乱投医"吧。

东吉也是见过外婆领回来的女孩，但是结果可想而知。东吉几乎是彬彬有礼地把人家拒绝了。每次都是，有的姑娘气呼呼地走了，有的是很诧异地走了，还有的是有点惋惜地走了——毕竟东吉的形象还是很好，帅气，高挑，剑眉，还有很温柔的声音："我有女朋友了！"这话能把人气得半死——这不是开玩笑嘛！几个附近的媒婆，几乎都把东吉妈臭骂了一顿才走的。

村里最难听的话，其实是说这是"现世报"。这话谁也不敢当面说，可在大家眉宇间的交流中，却还是这样的说法。"看当时那么对那个南边儿，这下成了——以为害了蓝星儿。没想到，唉，连东吉也害了。"当时东吉妈对这个入赘的蓝星爸确实太过分，什么活都让他做，地里的家里的村里的……太多了。"没有这样对人家的，现在可不比以前了。"村里人会这样说的。"就差去掏鸟屁股里的蛋去卖了！"这话也已经是够难听了。

东吉姐很生气。因为东吉的事，这个家所有以前的东西都要被村里人扒出来了，跟当年自己老爸被人扒黑材料一样。包括说村里那年出游的时候，说东吉妈对村里负责去他们家巡火的人，也不尊重。每个人家都要给点什么面食啊糖果啊之类的，她呢——什么都没有！还让人家白白地给他们家把每一个房间都过了一遍炭火。后来还有人说，再往后去的人，也就能偷懒就偷懒，有的房间就没有巡安到——其中就包括东吉现在住的那个房间。这种说法，确实有点过分。东吉姐说，这分明是不让人好过了嘛。

东吉姐回来跟东吉谈过。"我已经是这样了。弟啊，你可不能这样，好好成个家啊！咱们不在她这一棵树上吊死啊！"东吉对他姐也是应付，点点头，没有其他表示。也不知道东吉是不是懂得，当时家里要招个入赘的，村里人都说这对东吉可不太好——起码被分了家产了。当时东吉还在部队的时候。这些话没人传给他。不知道东吉到底知不知道，会不会计较。反正看起来姐弟的感情也是不深。倒是蓝星，跟个跟屁虫似的，跟他舅还比较亲。

东吉爸也没办法了。蓝星妈建议说要不去找东吉现在的船长谈一下，看能不能给点帮助。蓝星妈说就当是"死马当作活马医"了。东吉妈连声"呸呸呸"地啐她。蓝星妈也说总不能眼看弟弟这样子，时间长了会被人真当作神经病的。东吉爸那一阵也只好去找船长，就是蓝星舅每次上远洋船的那个船长。倒是也没想到，那阵子船长也正要找东吉爸。还真是挺巧的。

船长的第一句话都有点奇怪，他说东吉的眼中好像连他都看不见的。"眼神很奇怪，恍恍惚惚，好像都聚合不起来。你们有没有觉得。"东吉爸不好直接反对，他觉得这个船长也是的，都不说点有用的，老是这些虚的。

　　　　　　　　　　　　　飞天的脚印

4

那一段时间蓝星的心思在大眼妹身上，加上大兵他们怂恿，两个屁孩蠢蠢欲动。那天趁东吉不在家，蓝星跟大兵叫上大眼妹一起到东吉的房间去。那是大兵出的主意，要蓝星说把口琴送给大眼妹，但有个条件，就是要看一下大眼妹的下面。大眼妹不肯，说我才不会被你们骗呢。蓝星说你要是不肯我就把口琴送给蠢姑去！

大眼妹有点犹豫。大兵就把口琴拿到自己口中吹得"呜呜"响。大眼妹说真难听！大兵大叫好听好听你来啊。

大眼妹说给我。大兵说，那你把衣服脱了我们看一下就给你！

大眼妹转身不理，眼神里还是羡慕那个口琴。

蓝星觉得有些无聊，可也觉得看一下也算是刺激。躺在他舅的床上，蓝星翻了几个跟斗，枕头都掉了。你给我们看，我们也给你看嘛！蓝星大呼小叫起来。

大兵哈哈大笑。好好的大家一起看。没什么的吧。又不会看坏了！嘿嘿！

大眼妹眨了眨大眼睛，只看一下，你们不能乱动。

蓝星觉得很有趣，好好，看看就好，看了我等下再给你看我舅的秘密。

什么秘密？连大兵都好奇。

不告诉你们。快点。你们都脱。

大眼妹犹豫了一会儿。咬着牙，跺脚说：看一下，你就把口琴给我。不许耍赖！她对蓝星说。蓝星说好好好。

大眼妹对着大兵说，你转过去。

弦上的羽毛

大兵叫道，蓝星都不转。我也不转。

蓝星眨眨眼说，好一起转。一起脱了。

三个人一起在东吉的房间脱了互相看。大兵要去摸大眼妹的东西，手被打了一下。

后来，蓝星问大兵那上面像什么？大兵说像搪瓷壶的盖子。大兵问蓝星那下面呢？像什么？蓝星想了想，说那就像吐水的花蛤舌头嘛！

大兵嘎嘎地笑，蓝星觉得这死大兵，像只海水鸭。

蓝星知道他舅有一本日记，就在他睡觉的那个房间，蓝星去偷爷爷的烟的时候，见过几次。本来蓝星觉得没什么好看的，对有文字的东西蓝星都不感兴趣。这次刚好，他把舅舅放在枕头下的日记拿了出来。三个人围在一起看了起来。蓝星自己翻了几页，不太懂，就递给大眼妹。大兵趁大眼妹看日记的时候，还偷偷摸摸把手伸到大眼妹的上衣里。大眼妹撩开了几次，也随他去了。蓝星盯着他舅挂在窗台边上的吉他，想拿又不敢拿。他知道，他舅对吉他很上心，弄坏了就不好交代了。

这些大多都是大眼妹抄下来的：

> 5月5日。清明节。我们去参观了烈士陵园。当时的人真是勇敢。为了理想，为了解放事业。我要做到，即便是为了家里人，当兵也是值得的。我们都是真正男子汉。下周要开始靶场射击了，我希望自己能够成为优秀的射击手。
>
> ……
>
> 6月2日。晴。第三次靶场射击。我成绩很好，

　　　　　　　　　　　　　飞天的脚印

连长夸我了。我很喜欢枪的那股味道，很特别，像机器还是发动机位置的那种……我说不好。反正很好闻。我终于能够控制一种机器，而且是枪。那时候，他们欺负我爸的时候，我就暗暗发誓，有一天我要有枪，一定要……当然，现在我不会，连长说枪是战士的生命，也是战士的魂！当然，那是对坏人。

6月5日。下雨。最近是雨季。今天去了阅览室，部队的书很多。有关红军抗战的书更多。也有一些名著之类的。我今天看了《吉檀迦利》《飞鸟集》还有《假如只有三天光明》，我喜欢这样的书。特别是《飞鸟集》。读起来有种麻麻的感觉，很奇怪。以前读书没这个感觉。

6月10日。下雨。室内学习。我们学了一首新歌，我很感动。歌名叫《当你的秀发拂过我的钢枪》，很好听。我一下子就学会了。这歌让我想起当年在学校礼堂唱歌的情景。那首歌叫作《在墓前思索》。我跟林帧一起唱的。我忘不了。所以，这首新歌，让我想起了很多。歌词也好，很真挚：

> 当你的秀发拂过我的钢枪，
> 别怪我保持着冷峻的脸庞，
> 其实我有铁骨，也有柔肠，
> 只是那青春之火需要暂时冷藏。
> 当兵的日子短暂又漫长，
> 别说我不懂情只重阳刚，

弦上的羽毛

这世界虽有战火也有花香，

我的明天也会浪漫的和你一样。

当你的纤手离开我的肩膀，

我不会低下头泪流两行，

也许我们走的路，不是一个方向，

我衷心祝福你呀亲爱的姑娘。

如果有一天，脱下这身军装，

不怨你没多等我些时光，

虽然那时你我天各一方，

你会看到我的爱，

在旗帜上飞扬。

我哭了。但感到很幸福。

9 月 10 日。晴天。还是这股味道，今天觉得味道很浓。就跟汽油在船上散发出来的味道差不多（其实应该是柴油），刚开始我觉得很好闻。有种很能让人产生到松树里去剔油脂的那种舒服的气息——小时候我们去过。那时候都有谁？我不记得了……这擦过的枪膛跟拉栓运动起来有点那时候坐滑滑梯的感觉，也像我们从那沙滩上滑下去的差不多。

第一个是中年人，胡子拉碴的。一副满不在乎的样子。肯定是罪大恶极的！他们事前有教过，从心脏的位置直接打，干净利落，也为了给他减少痛苦。连长说只有最坚定的人，对枪最有感情也最有感觉的人才适合干这个。这是荣誉。虽然是蒙着脸的荣誉，那

飞天的脚印

也是荣誉。

我看到那第一枪打出去的时候。虽然心跳很快，但我印象更深的是那打在这个胡子拉碴的囚服上的时候，我想起了村里的祠堂上的瓦片，掉落在地上的样子。裂开，很多片，有大有小。我们那时候经常去捡起来，用来打水漂。枪膛的味道是那种加重的柴油味。很香，仿佛远航的柴油船靠近发动机舱位的那股味道。

这是个特殊的日子，我永远也不会忘记。

……

11 月 5 日。阴天。其实最难的是第二个。比起第一个的那种虚化，第二个很具体，很真实。我不记得他还是她——的那张脸了。上次事后，他们在解释的时候，说要把这些"人"想象成不是"人"，比如是某种动物。猪、羊或者其他的野兽之类的。这样会比较……好一些。

但我知道这是做不到的。我一直记着那张脸，大约有一两个月，都会有那张脸出现。但现在过了这么久了，我似乎一下子就记不得那张脸了。那张脸的部位变成一种很具体的空洞了。我不是觉得害怕，而是觉得特别地空。枪膛还是好闻的。它有一种比较湿润的感觉。刚好能填补这种空洞。就像打雷过后，树林里的那些木麻黄的味道。

我也记不住那些声音。按规定可以用消音器，我

弦上的羽毛

是用的，从第二次开始。但消音器有一种像刺刀的声调。特别具体。也很像那种拆土格围墙的那种钢钎——扎进浇了水的土墙里的声音。

"扑哧！"很沉闷的低音区。"嗤"的声音出来，那蓝白条纹一下子就晕染开了。像那些黄昏海面的晚霞。

11月10日。晴天。今天开始学吉他。教官说这是自愿的，我很喜欢。也很帅气。可惜我的手很僵硬。一直都是。我弹不了分解和弦，只能刷节奏，前面的抒情部分我弹不了。很懊恼。我的手不知道怎么了！我要更努力。

11月16日。有风。一周了，一直在练C、FM、DM、AM的分解和弦。其实并不难！可我的手对吉他反应很慢。右手二三指一直有点分不开，会不断打到琴弦。教官说这是酱鸭手。我知道他这是开玩笑，但我对吉他爱不起来。无论怎么努力，也达不到。很失望，难道我的手除了开枪，就不能做别的！！！

2月11日。晴天大太阳。有一个女的。唯一的一个。我看她的样子很可怜。我自己也觉得自己可怜。他们说她是人贩子。害死了两个婴儿。卖掉的很多。自己都说不清了。她可能觉得自己不是故意害死孩子的。但她该死。

我是说，毙掉这样的一个女人，我觉得有些丧气。我还是会想起林帧，她们长得并不像。我记得

飞天的脚印

的林帧的样子是她上高中的样子。那时候，她是学生头，短的，齐刘海，花衬衫。她笑起来的样子，我觉得天都放亮了。我当兵之前，最后一次见她，她穿的是碎花的长裙。她没说什么。

血流出来的时候。我觉得好像那时候的学校礼堂的彩色玻璃，有一次被一个踢球的孩子打碎了。玻璃很美，但没人去捡。礼堂里的阳光照进来，就少了很多彩色的了。毙掉一个女的，我总觉得有些不应该。

我控制不住。

3月15日。微微下雨。我觉得那些是红鸟。一次飞出一只。接连着，一共飞出了13只。快五年了，我看到了最多的一次是连续飞出了五只。我闻不到那股味道了。柴油味——它似乎消失了。我是擦过枪的，那枪膛里也是发亮的。但味道没了。不是我鼻塞，是味道被吹没了。

真的是嗅觉退化了。我现在觉得耳朵更敏感些，那些鸟类的声音，比如营房附近的喜鹊乌鸦、乌鹎鹧鸪什么都能听得出来。有时候夜里，我能听出是哪一间营房的人出来了，比如104的出得多，108的几乎没人出来过。后面二层的家属房里，每天10点25分肯定有个家属会出来，很快地洗一下手，或者衣裳。不超过十分钟。

现在每次射靶的时候，我几乎能跟着子弹的速度向前飞奔。当然是说我的意识。每次我能感受到打靶的成绩，几乎不用报，我能知道射出去的子弹会打在几环上。很少有差错。

　　我觉得靶场外面的树林里，有一些鸟在看着。它们现在已经不害怕了。甚至在聊着我们打靶的样子。叽叽喳喳地。停顿。再来，叽叽喳喳。

　　……

　　刽子手！大眼妹忽然掩嘴叫了一声。神经病！蓝星骂她。大眼妹说：想到这个，把我自己也给吓了一跳。每年村里正月初九的时候，那些村里出游的队伍里面，总是有几个大人们说的刽子手。白衣服，大刀，还插白色的纸旗。大人们总说不要跟那些人对望到，说这样对眼看可不好。这让几个小孩也觉得有点怕怕的。

　　大兵不懂这些意思，看到蓝星跟大眼妹脸色都有点煞白，连声问怎么了怎么了？大眼妹哆嗦着嘴说："吉叔，真的杀过人啊！"大兵吓得跌跌撞撞地跑了。

　　蓝星装得很镇定："谁敢说我舅不是英雄，我毙了他！"他跳起来把东吉的吉他取了下来，狠狠地扒拉几下。没想到，一下子一根细丝断了，还把蓝星的手指割出血了。大眼妹都慌了，在口袋里到处翻草纸，也没找到。蓝星拉开东吉房间的一个抽屉，看到有包红七匹狼烟，叫起来说用它用它。大眼妹说怎么弄。蓝星叫拆了拆了。大眼妹反应过来，抽一个出来，扯掉前面一截，掏出烟丝按在蓝星手指上。蓝星叫了一声痛。大眼妹不理他，说痛死你，加大力气拼命压着。蓝星缓过来，看还有一截烟，就点了起来。大眼妹狠狠地打了蓝星一下，把蓝星呛了个半死。

　　蓝星缓了一会儿，看着吉他的弦，说这线断了，怎么办？

大眼妹说，最近吉叔应该不会弹吧。我们去镇里的文具店找一找，看有没有这种线。这叫什么来着？

吉他的弦。我知道。蓝星听他舅说过。

这是第一根。叫什么，第一弦。

5

"停船的时候。我看到他，一直坐在船舱后边。看着船尾那个地方。虽然船行得不快，但带起的海浪还是不断翻卷着的。他一直在那盯着浪花看。除去我们都忙的时候，其他的时间，我感觉他都在那里，没怎么离开过。我是有些担心的，也会过去跟他聊一聊。主要都是我们老家这里的事情。我看他也不抽烟。你老别怪我啊——我那时候是劝他抽来着。你知道船上的人，不抽烟的很少。他又这样一个人对着海面，我作为老家人，是有点担心的。"船长是个小胡子，看起来还不坏。蓝星跟大眼妹说，这个船长我见过。

"聊的时候也很好的。没什么问题，对以前在部队里做的那些，他很清楚。是啊——他是不太愿意提起以前那些开枪的事情。当然是有影响，但我看他也说，我没有变坏。我杀的都是法院判的，真正的坏人！这是为执行正义的事情。我不后悔。这都是他自己说的。很正常啊！但我只是觉得他还是有点不愿意放下！你看？"东吉爸连连点头，就是不知道该跟船长说什么。

"我们那时候也只是有些空余时间。我看他很喜欢看那些海鸥之类的，近岸的地方也有忍冬鸟之类的。很漂亮，尤其是在海面上，我自己都觉得海面上的鸟真是跟白色的精灵一样。"

船长讲得有些快。东吉爸肯定觉得这个船长怎么样也有点胡言乱语的感觉。什么鸟啊的什么精灵啊！东吉到底是不是有病啊？这是关键。

　　"你觉得东吉能好吗？"东吉爸只有这一句。

　　"我也听说了一些他在家的情况。看他在船上的样子，应该主要还是有些偏执。这孩子。"

　　"什么执？"东吉爸觉得船长有点磨叽。

　　"就是拗不过弯来！"船长加大了声调。

　　"我知道，就是一根筋。问题是，还有救吗？"

　　"您别急啊，我跟你说，我们船上是给每个船员配备了钓具，活闲下来的时候，大家可以钓钓乌贼什么的。这些钓到的乌贼晒干了，是可以自己带回来的。一个人可以带二十斤。您知道吧。"船长不知道为什么扯到这里来了了。

　　"带过。都是只有七八斤。"东吉爸只能顺着船长的话说。

　　"其实他也钓了不少。早就超过二十斤了。但他把很多的乌贼，都给切成一小条一小条的，都喂了那些海鸟了。您说这奇怪吧。"不知道船长要说什么。

　　"那是怎么了？"东吉爸不理解了。

　　"喂得太多了。几乎不是看着浪花，他就是在喂那些海鸟。船上的人都说他有些奇怪。"船长当然也是好心。

　　"那他，还跟您说些什么了？"东吉爸停了一会，还是多问了一句。

　　"也没什么了。后来那一段，差不多一个月，我看他烟抽得也蛮多的。他有时候也说要回来好好过日子的。真希望东吉能忘记以前的那些事。"船长都动情了。

　　"他回来好像也不抽烟啊！"东吉爸说。

　　　　　　　　　　　　　　　　　　飞天的脚印

"这也是奇怪。说您别不爱听啊，我倒是希望他抽烟呢。为什么，这样他似乎就有一个宣泄的东西了。我不知道说得对不对啊，太闷了反而不好。"船长毕竟是中年人，对事情还是有些自己的想法。

"他抽烟我也不反对啊。问题是他自己钻进这个牛角尖了，出不来了。你说！"东吉爸自然是焦急得很。

"一起想办法。一起想办法。"船长也不知道该怎么安慰东吉他爸。"一定能熬过去的。"

东吉爸感动了，拉着船长不放，一定要请船长回家吃饭。船长不知道为什么始终不肯去。船长有些事情也没说，比如他们的船有时候靠在一些码头的时候，船员们都习惯去了那些红灯区，东吉都没去过。这是好事。船长自己也觉得，好事也让人担心。这也太正常（还是太不正常了）！船员的心理，船长当然是很清楚的，那种漫长的无边无际的海面生活，对人的磨损是很大的。性这个东西，直接有效。但东吉似乎自己把正常的需求都封闭起来了。

后来船长还特意去了东吉站的那棵树下，那天是周末，东吉不在，在家睡觉。船长也在树下站了一段时间。村长老郝走过去恳请船长多帮帮东吉。

"对面原本是什么房子？"船长让老郝介绍一下。

"原本是村里的一个姓氏的祠堂，破四旧的时候破坏了，也收归国家，属于村里的财产。现在租给镇土地所了。是个老房子，但空间比较大。"老郝说。

"您说这村里风水什么的都好吧？"船长也信这个。老郝都觉得有些奇怪，难不齐现在的远洋船也要带着妈祖像什么的，才会出海。但他也没敢问。

"都好。有树有溪，这几年村财也可以，公益的卫生什么的，广场、舞台都有，你说出这么个事。一下子就到处传开了。真是。这孩子！"老郝是真心觉得可惜，也觉得有点丢面子。

"那你们觉得是什么原因？"船长有心问了。

"没谈过恋爱，这些年憋的。"村长也不是一点没道理，谁知道更深的原因还有什么。

"船员也是孤苦啊！不见陆地，不见人啊！"船长真是感慨。

"你们那些远航船上钓回来的墨鱼，炖起来真香。"老郝心眼动得还真快。

船长看着流过树下的那条溪水，觉得这个地方还真好，环境不错。小溪水也干净。唉，小溪自在，大河就要拐大湾。海面上也是。鸟才是真正自在的呢。

难道东吉一辈子只能喜欢林帧一个人吗？这不是要在一棵树上……不是，是树下吊死吗。船长跟东吉爸都叹气。

他要是愿意谈恋爱就好了！东吉爸哀声道。那时候，学校没能给他这个机会啊。没法补救了啊！"你知道，我那几年被打的厉害。动不动就要押去批斗，那些人狠啊！用皮带打，肋骨现在都疼。他妈那几年是怕啊！受的苦多了，对这些人都有些怨恨，就想着能多留一个也好。当兵也好，起码不会被欺负啊！"

船长也听过东吉有个比较强势的妈，听东吉爸这么一说，也觉得惋惜。"上一代的苦，也有怨，还是留给了这一代啊！"

"是啊！没想到，阿吉竟然会变成这样。"

"林帧她爸到底是怎么跟他说的？"

"虽然不是什么正式的订亲之类的，但当时老林确实是很喜欢阿吉。林帧自己也是喜欢的，我觉得，只是后来老林走了，她妈……那就不一样了。不能怪她们——是阿吉自己拗不过来。"东吉爸的话语中，满满都是感叹。

"他妈还去问了迷信。唉！"这是当地的规矩，船长觉得不以为然，也好奇结果怎么样？

"宫里说，被一些东西缠住了，要多烧些纸人，在七月半的时候。"东吉爸也没办法，准备今年七月半来弄一下。

"可信可不信。"船长觉得话是如此，老人也确实只能这么办了。

"风水啊！"老郝似乎很在意这个，"要办，要办。"

"烧了好，烧了那些东西就安心了。"东吉爸不得不信。

"你们船上有那个吗？妈祖像。"老郝不知道为什么忽然问这个。

"有的有的。这旧例还是要的。"船长不敢造次。

"就是啊，新例不可创，旧例不可破！"老村长很有点八股的样子。

老郝说现在只能先想个办法，让东吉看不到林帧。船长说那怎么办？搞不好还得把这个房子再拆个门出来。老房子，不合适吧。东吉爸说还是村长你来想办法吧。我家里愿意出点钱。

村长眼睛一亮。又暗了下去。连声说，成本高啊！还有啊——这风水啊！不要破了就好。"东吉呢。今天怎么没在了？"船长问。

"周末，都在家，摸他那把琴呢。痴了啊！"东吉爸一脸无奈。他邀请船长去他家里坐，船长连声拒绝，只是说下次下次。

村长看着这对面的老房子，微笑的很像个大领导。

老房子是属于早年的祠堂，据说是林姓的祠堂。后来随形势改了，先改成公社的用房，也做过公共食堂，还做过村里的仓库。后来村里整理了也重新粉刷，被镇土地局租去用了。靠榕树这边的墙壁很多还保存着原来的红砖墙，那些以前都是贴大字报的地方。

6

"我被打成右派的那几年，知道孩子连上学也不容易。他们欺负他啊——我都知道他经常逃学。后来是我找了林帧的爸爸，让他跟林帧说，把东吉再带到学校的。本来他还是不愿意去，那时候林帧多好啊！很有耐心每天都来等阿吉。这孩子是好啊，很善良。"没办法，东吉爸自己去找了县里的武装部反映情况，才提到这段往事。

当时也是林帧的爸爸为东吉爸的平反不断奔波，要不然东吉是当不了兵的——政审就过不了。

"林帧来带阿吉几次后，没过多久，明显感觉阿吉对能和林帧一起去上学，他变得有些渴望了。每次都要偷偷地从家里带些小零食，给林帧一起吃。其实那时候，也没什么东西可吃。他外婆手巧，能够把地瓜炸成条，沾点细盐，就已经是很美味的零食了。

"他们其实也不同年级，林帧高一级，东吉比她小一岁。林帧成绩也好，阿吉成绩平平。那时候，阿吉很依赖林帧。林帧爸也很喜欢阿吉，有时候还让东吉去他们家吃饭。两人是好的。我跟林帧爸也都觉得这两个孩子要是能在一起，那是再好不过了。有一次他们学校搞活动，我还记得，阿吉还跟林帧一起去唱了一首歌呢。我记得那首歌的名字，叫作……那什么……写烈士的歌，叫什么……对了……《在墓前思考》还是思索来着。很好听，也好看。两个人站着。东吉只参加过这一次，在台上唱歌。我都记得。他们学校的那个礼堂也好看，可能以前是洋人的教堂还是什么的，我记得那个礼堂四周有很多彩色的玻璃。特别好看。

"后来，林帧考上大学了。阿吉那会就有些自卑，自己成绩不好，考不上。只能去当兵。当然当兵也很好，那时候，林帧爸就很喜欢东吉去当兵，而且还是武警。厉害，也很有面子。那次我们还请客喝了酒了，林帧爸那一次喝了很多。但那次林帧好像没有来。对了，林帧那会在上大学，在学校呢。

"没想到啊。林帧爸那么快就走了。阿吉当兵第二年，他就走了。我都没敢告诉阿吉。那一次林帧哭得很伤心。我都在场，没办法啊，生死有命啊！老伙计。不是……我不是说你。我说林帧他爸。现在想起来，当时应该让阿吉回来，毕竟那时候林帧爸对阿吉那么好。可是那时候，阿吉他们在外面拉练，去了云南啊！没办法啊——回也回不了。我后来觉得林帧那时候对我也有些抱怨的。那眼神，我记得了，那眼神，跟鹰眼一样。你说，肝癌跟喝酒关系大吗？我不是也一直在喝吗？我们都喝，你说林帧她爸怎么就……唉！

"后来就不一样了。她妈当家了，就决定找个更稳定的。主要是林帧自己也有了选择，那没办法了。我也叫阿吉在部队多给林帧联系，他说也写信了，但是部队联系起来还是不方便。而且，关键是五年，现在的女孩哪里会等你五年。算有缘无分吧。可我哪里知道，阿吉现在就这样了，一根筋就扭不过来了。你说。这样对人家也不好是吧……又不是真的没女孩可以选了。是他自己不要。死脑筋。

"他当兵的事情我了解不多，据说后来他们武警去过云南，也在贵阳待过。他说他们枪毙过犯人，我觉得这也正常是吧！武警嘛，保一方平安。现在和平年代，武警更重要的是吧。那是……那是，都重要。你说，他现在这样，谁都没办法。我也没办法，他妈都哭惨了！也没办法，不听啊——天天这样，缠着人家，有什么意思！我都觉得丢脸。我也是实在没办法了，才来找你们部队帮忙。哦，不是，是请你们帮忙给部队反映一下，这个情况。希望得到首长的重视和帮助。

"对……对，我一定加强教育跟动员，一定不给地方，也不给部队添麻烦。一定一定，还请你们帮忙反映一下。谢谢谢谢！这些东西请你们一定要收下，这是东吉自己钓的，还是很远的海面上钓的，很好的。哦……哦……有纪律啊！那好那好，麻烦您了！谢谢谢谢！"东吉爸觉得自己一辈子也没有讲过这么多话，到走了，才发现自己连水都忘记喝了。

后来呢？这些话东吉爸跟船长也大致说了一遍，船长也一直问后来呢？可就是没有什么后来。或者说后来什么的东吉他爸也不知道。

说起来林帧自己也不知道是不是真的爱老公松林。只是她下意识觉得，起码不能对不起他。虽然，她也觉得松林其实是外强中干——但他毕竟算是老实的人。这一点比起东吉给人的那种吓人的情感，林帧还是觉得自己还是认真过日子吧。

能不能别这样了，别再跟着我。那天林帧找到东吉，也不敢到什么私密的地方，就在那棵树下。林帧穿得很端庄，其实就是单位的工作服，黑蓝西服，还有小领结。她说东吉你能不能别这么害我。我哪里对不起你了！算我求你了还不行吗？

东吉也是有触动的，撇撇嘴，说我没有逼你。我等你。

林帧说我已经结婚了，还能怎么样？这样下去我怎么做人啊！林帧声音都有些提高了。村里人不敢围过去，也觉得应该让他们好好谈谈。

你不该忘记了以前！东吉说。

林帧沉默了一会儿。说我真的是把你当作弟弟啊……你……你不愿意让你姐姐过得好吗？林帧抽泣了。

东吉也沉默。我有姐姐了。

林帧愣了。难道我爸不该对你好吗？那时候。

东吉也落泪了。我想念林叔。

林帧哭得更伤心了。你比我小，再怎样也比我小！听到这话的人都觉得有点怪！林帧有点语无伦次了。

东吉身体更加僵硬。村里人说看他那样子都要崩断了。

那天松林去上班，不在村子里。村里人都是偷看似的，远远地瞧着。他们后来说整个村子似乎都被东吉的姿势给绷紧了。空气都是凝滞的。

林帧缓过来，说你不能只活在以前的事情里。

东吉仰起头，说了一句有点狠的话："你背叛了我们的童年！"这话也不知道他想了多久，听起来让人觉得跟石头砸出来的一样。

林帧眼眶一红，牙根咬了咬，说："难道除了童年，我不能有别的选择吗！你有什么权力？"

东吉无话可说。沉默。很久又说："你可以选！我不能选！"这还是死结啊！林帧觉得自己被套在东吉的过去中了。

"把我逼死了，你就满意了！"林帧也把狠话说出来了。

东吉看了看她，说："我没有逼你。我自己等。"

林帧无奈，低声说："到底要怎么样，你才能放过我啊！？"

东吉说，"没怎么样，我要给林叔一个交代！"这话也让林帧觉得崩溃。她简直觉得自己被老爸的在天之灵给诅咒了。

林帧无话可说，冷冷地说："你一定要这样，是要把我从这里逼走是吧！"

这下东吉有点愣住了，说："你不要走！"

林帧说："我是被你逼走的！"

东吉无语。一会儿，还说："你走，我也跟你走！"

林帧真是觉得哭笑不得，只能说："你能不能不要像个小孩子啊！"

东吉又立正了，还正色说："不能！我能等。"

林帧走之前还说了怨恨的话："你真自私！"

村里人说林帧那天也是含泪走的。他们说连林帧自己都解不开这个结，这事情到什么时候会有个头啊！

最后，东吉说："那时候，你总会牵着我去上学！"

停顿了许久。林帧说："但我现在，却不能再牵着你——回家了！"

村里的年轻人说到这些，都惋惜不已。还说无论如何，现在看东吉站的样子，似乎肩膀没那么坚挺了。

7

这个当兵之前称得上很乖巧的东吉竟然会变成这样的固执，很多村里人都说实在想不到。老郝没办法，只能去找林帧他们单位的领导，说明情况。这么长时间了，土地所的领导们也都知道了这个事，也都说这样影响不好。但也没办法，人家没有违法啊！商量到最后，大家都没更好的办法，还是村长出主意决定在土地所院子的西边围墙上，拆出一个缺口，专门给林帧出入。这样林帧就不用从靠近榕树的东边围墙这个大门出入。所里为此还特地开了一天的会，要求大家不动声色地，既把这个围墙上的缺口挖出来，还要大家下班的时候，按照原来的路线走。主要是怕惊了东吉，又闹出什么事来。

这虽然只能算"惹不起我还躲不起"的办法，但大家觉得目前也只能这样。林帧觉得所里跟村里都这么为她着想，她是既愧疚又感动。因为不敢把围墙拆到底，毕竟这是单位，房子也是属于村里的。所以只能留底下的一米左右原本的红砖墙底，这样林帧踩一把凳子就可以过去了。虽然爬起来是不难，但爬围墙的事，让林帧也觉得有些遗憾，一直很喜欢穿裙子的她，这下子裙子就穿不了了。为这，林帧还跟松林抱怨了一阵。松林觉得这算小事，能躲着还是先躲着吧。

村里知道内情的人，以为这下子东吉应该没什么好等了。一直看不到林帧，这东吉再等也没什么意思了。再等几天应该他也就该放弃了吧。大家都这么觉得。

一个礼拜过去，东吉都看不到林帧。但他似乎也不着急，第二个礼拜还是去，还是笔直地站着。村里有个小孩骑着带着小轮的自行车，转到东吉身边，轻声说："吉哥，你知道吧。阿帧现在都走另外的门。喏，爬围墙。"小孩对着门里还特意努了努嘴。东吉大约是知道了，但也不着急，还是慢悠悠地站着。

即便是知道了林帧下班后都是爬围墙回家，东吉也没有要去从后面围堵她的意思。这也让人很不解——这东吉是跟这棵榕树干上了还是怎么的！当他还是天天来榕树下站着，不但林帧爬墙也觉得没意思，村里人也觉得这让人崩溃。林帧不爬围墙他就跟着她走；林帧爬围墙他就站到天黑。这也让人受不了！

过了几天，下午快下班的时候，人们发现东吉竟然上树了。大家发现，原来树上可以看到林帧单位的那堵被拆的围墙。一旦林帧下班从围墙跳出去，东吉就从树上下来，顺着围墙边跟着林帧走回去。这太疯狂了！很多人觉得，这是非要把人家的婚姻给拆了不可啊！

松林觉得这样下去自己也要疯了。可那天当他气冲冲地要去找东吉再理论的时候，发现东吉不在树下站着。松林觉得奇怪，这家伙跑了。原来是自己气昏了头，东吉还在树上，就在榕树的第二层树干上坐着。甚至旁边还有一把吉他。那是蓝星给他拿过来的。黑黑的，看起来跟一把枪似的。按照松林的身材，几乎都够不到树上的东吉。

村里人觉得东吉这样下去非出事不可了。

东吉上树的那一段，只有蓝星很激动。蓝星觉得阿舅这眼看着是不是就要飞起来了。也确实，看东吉上树几乎就毫不费力，蹭蹭两下就到第二层的树干那里。就在两根树干的交叉处坐着。眼睛就往对面的围墙那里瞄着。蓝星妈说这小子真的是要上天了！

蓝星自己也爬过那棵老榕树。在树的顶上有些交叉的树干，其实人都可以把屁股套在里面，也挺舒服的。蓝星自己就在里面躺过。那时候，他跟大兵他们经常在这个榕树上，爬来爬去，也掏过麻雀的鸟窝。三年级那年蓝星还从那树顶掉下来过。还好睡了两天，打了几针，也没事了。蓝星妈吓得半死，骂他是猴子转世。

那天东吉上树，蓝星也跟着上了树。去之前，蓝星跟大眼妹一起去了镇里的供销社，买了一根吉他的弦，没想到供销社没有吉他弦。营业员说只有二胡的弦，也差不多可以用，就是要粗一些，调好了也可以用。蓝星他们没办法，只好买了二胡的弦回去，弄了半天才把弦给装上。但音肯定是不准的。大眼妹说没事，你舅会调琴的。

　　东吉在树上的时候，也不怎么唱歌。看得出他对唱歌其实不是很感兴趣。虽然，一直以来，他真正完整的也只会这一首歌，而且只会那些用扫弦的部分，就是副歌部分。前面的分解和弦部分，东吉也不太会，或者弹起来也老会错音。

　　东吉摸吉他的时候，老是会想起那个教官的眼神。他最后说了一句话，让东吉觉得很不舒服，却也很难忘记。教官说，可能像你这样的人：只适合开枪，不适合弹琴。还说，恐怕很会开枪的人的手，是弹不好吉他的。这话真的很伤东吉的心。东吉也就一门心思对着他的枪。那把吉他跟那把枪，在东吉看来，似乎真像是无法握在一起的两只手。所以，即便蓝星他们用了二胡的弦，东吉也基本上不知道这弦被替换过。

　　在树上那段时间，东吉也唱过歌。那天蓝星还把吉他给他拿了过来，虽然内行人听那把吉他的音准有点问题，但那把吉他在他身边，让东吉觉得安心了些。他唱起歌来还说很动情的。大眼妹对蓝星说，这歌听起来是好听，但也雄壮得有点吓人。蓝星不知道大眼妹在说什么。

　　　　当你的秀发拂过我的钢枪，
　　　　别怪我保持着冷峻的脸庞，
　　　　其实我有铁骨，也有柔肠，
　　　　只是那青春之火需要暂时冷藏。

弦上的羽毛

当兵的日子短暂又漫长，

别说我不懂情只重阳刚，

这世界虽有战火也有花香，

我的明天也会浪漫的和你一样。

当你的纤手离开我的肩膀，

我不会低下头泪流两行……

东吉在树上唱歌的样子，让人觉得这树似乎也在颤动着。蓝星后来回忆那天，觉得那天应该有很多人都在听东吉唱歌，虽然他没看到很多人，但那时候整个村里特别的安静。时间静止了，溪水放缓了。整个午后的时间，只有东吉的歌声在村子里流淌。蓝星觉得那天他第一次看到，沿着榕树边上的溪水似乎闪着金光。以前他觉得那就是条臭水沟。

那天蓝星看到大眼妹的眼睛里，竟然闪出泪花。这小妮子，还会动情了。东吉那天唱得比第一次唱给蓝星他们听的时候，要更有力，特别是副歌部分。他隐隐看到，原来秋季的榕树下，也有一些很细很细的飞絮在飘落，就像一种羽毛在飞翔。

东吉虽然抱着吉他，但总体上是很少弹。显然他对吉他的弹奏没什么信心。蓝星觉得要是舅舅能把吉他也弹好，那他比学校的音乐老师都厉害。蓝星后来每一次再经过这棵树下，都抬头再看看树顶，总觉得树梢有些什么自己没见过的鸟，似乎还是彩色的鸟——停在那里。他觉得那不是原本在树上的那些麻雀乌鸦之类的，应该是别的什么鸟。他在自己的自然书本上找了一遍，也没有发现那到底是一种什么鸟。

飞天的脚印

8

那天部队里派人来慰问的时候，东吉爸既激动又慌张。他还买了中华烟，可到给人家发烟的时候，掏出来的却是自己抽的白七匹狼。还好慰问的那个头头并不抽烟。了解到东吉的情况，部队的同志很愧疚，说是原本的心理疏导没做好，把孩子给耽误了。把东吉叫来的时候，部队的同志认真地给做了工作。但是东吉还是说这是自己的事，不要他们管。

现场很尴尬。没办法，部队的同志把其他人都叫了出去，只留下东吉跟负责的慰问干部。屋外的人也基本都能听到，屋里那纯粹是按军营的那一套来的。蓝星跟大眼妹就在门口趴着听的。

"东吉同志，你还是不是一名战士？"严厉地问话。

"是。也是海员。"东吉的回答很清醒。

"你还能不能完成部队交办的任务了？"

"能。"

"能不能保证？"很大声了。

"能！"

"能什么？"

停顿。"保证完成任务！"

"林帧还是不是你的爱人？"

"是。"

"林帧现在是别人的爱人了，你知道吗？"

"知道。"

"你要怎么做？"

"把她等回来！"

"怎么等？用枪吗？来——给你！"屋外的人吓了一跳。

弦上的羽毛

停顿。"不！他是无辜的！"众人都松了一口气。

"现在部队要求你，重新找一个爱人，你愿意吗？"

"我愿意等。"

"这是任务，必须完成。"

"我愿意等。"还是这一句。让人崩溃！

停顿许久。慰问的人也在思考中。这个死结，很难打开。没办法，部队的人也商量了一下，最后给了个建议，把东吉带回去部队再去体验一下。他们觉得这样说不定才会有效。

过了两个星期，东吉才回来。也是部队里的人开车给送回来的。那天当着很多的面，部队的那个军官模样的人，在东吉的家里上演了一出军情汇报戏。蓝星跟大眼妹他们看得倒是津津有味。后来蓝星觉得舅舅现在再说起部队的事情，似乎明白了一些。他觉得部队的这个军官还是挺气派的。跟大眼妹说这个的时候，蓝星还偷偷地摸了一下大眼妹的屁股——变大了许多。屁股大有福气，听大人说的。真的大了——啧啧！

"回到我们原本的作战室里了。他们说如果我们作战的区域比方说一个堡垒被敌方提前占领了，除了强攻，还有什么办法？"这是战役课了。屋里的声音听起来都有点吓人。

"报告，书上说，还可以迂回作战。"东吉这么说。

"对了嘛！现在给你两个选择。要么拿枪把林帧抢回来，要么重新去占领一座山峰。你选一个？"这是给出唯一的道路。

死扭过来，不知道能不能行得通。

"如果你不去把无辜的人打死，我就要调你去守山，当护林员。还有，你要找个真正值得爱的人，好好过日子。"简单直接的话。

……犹豫中。"我去占领别的山。"像是操练过的话，东吉再说出来，感觉也用了不少心力。部队的人，算是出了一口气。东吉爸和蓝星妈当然也是热泪淋淋。蓝星听得都紧张，很用力地捏着大眼妹的屁股。大眼妹瞪着眼，似乎也听得入神，都没反应，也不觉得疼什么的。

"你要保证不让一只鸟，一只野兽被人打死，被人贩卖吗？"部队的人强调了一句。

"保证完成任务。"听起来，东吉的声音也有些哽咽。

这个结果来的有些太快，似乎也太简单。其实，除此之外，最后还是有很多人一起出力让林帧调离这个镇的土地所，调到上一级的土地部门了。又把东吉安排去了山里当护林员。船长说可惜了一个好船员，但还是觉得这样是好的。船长说这个话的时候，东吉爸正好接过一根船长递过来的烟；还是中华的，软的。东吉爸说，算了，这也多少能算是一件好事吧。

东吉去山里护林的那天，村里人也都来送。船长也来了。也是在榕树下。船长觉得东吉这几年老了很多，两鬓都白了；自己比东吉大了十多岁，看起来东吉的相貌跟自己都差不多。那天林帧没出现，据说当时她也在对面的土地所里。那天，林帧穿了一件很漂亮的花裙子。后来松林说，这场面也很像那年送东吉去当兵时候的场面。他还很有诗意地说这是：榕树下的分分合合。

东吉到现在也没有娶亲。看样子，只能当个单身汉了。连东吉爸自己都说，这是要"绝户"了。蓝星那时也听懂了，就大声说还有我呢。东吉爸看了看蓝星，说，小子，要吃酱姜来！村里人渐渐叫东吉都不叫他护林员，暗地里叫他——那个鸟人。

蓝星没去过东吉的林场。但后来有接到一封东吉给他的信，蓝星其实也看不太懂。那个学期以后，大眼妹书读得好了很多，进入了全班的前几名。大眼妹后来把口琴还给了蓝星。蓝星开始比较认真地吹了，后来也会吹一些歌曲了。最早吹会的那首叫什么《打倒军阀》，其实就是书本上的《两只老虎》。东吉的这封来信，还是大眼妹帮着抄写下来的：

　　黑色的鸟叫乌鸦，白色的鸟有白鹭（跟海鸥一样，它们也都是临水而栖）。我们这里几乎没有红色的鸟，那种火焰式的令人发狂的炫目。更多的鸟类黑白灰相间。很少有纯毛色的鸟类，包括兽类也是如此。鸟类的眼神大多比我们看得更远，这是捕食的需要，也是安全的需要。

　　这把枪也有味道。那是机油的味道。跟柴油不同，没有那种远洋船的味道。我觉得这东西更像是油炸食物的味道。不好闻。我觉得。

　　哪怕是一个护林员，要获得鸟的认可，也是一件很长很长的事情。我想到一个方法，那就是自己变成鸟。这是一个好方法。只是真的要找到变成鸟的方法，那是很难的。我还在变化的途中。

　　真的是，林子大了，什么鸟都有。这里一共有六十多种鸟。有一些，同一种鸟，却又几种颜色。也有些鸟随着季节，会悄悄改变自己的颜色。这不是我的森林，这是所有人的森林。只是这里几乎就没人。

　　在林中，跟在海面上，我感觉差不多。我现在不上树了，就让那些鸟儿代替我在树上吧。

　　好好读书。也欢迎你和小杨来这里玩。但这里绝对禁烟。

　　　　　　　　　　　　　　飞天的脚印

蓝星不知道小杨是谁？大眼妹瞪着他，就是我啊！

那天大眼妹跟蓝星说，她流血了，肚子也很痛。蓝星经过这一段探索，也大致知道是怎么回事，也觉得有些晕眩。他呆呆地看见原本林帧上班的那个老房子的飞檐上，站着一只黑鸟。那会儿，蓝星恍惚觉得，那只鸟似乎一只盯着这个树在看。白色的、黑色的、红色的……蓝星觉得这天上的鸟，也真是没完没了的。

蓝星看着大眼妹，突然觉得这小妮子一下子就——长开了。长开了——想到这个词，他自己也吓了一跳；甚至还有那么点的伤心。那天大眼妹还说，她长大了，就要嫁给吉叔这样的人。蓝星愣了，瞪了瞪她说神经病！他想起他妈妈教训自己的话：你也想猴子上树啊——还想当我的舅妈。蓝星对大眼妹说，下次我要让舅舅把那把吉他也送给我。

说这个的时候，蓝星抓了抓自己的裆部，有点懊恼，原来长大了，也很让人觉得败兴。

骑马下海

1

那天柳娟来电话说来顺的腿有点不对头的时候，庆祥刚好在掏耳。这是他这周第二次来这里掏耳，庆祥这一阵感到耳朵有些不对劲，似乎有些堵，也常常听到一些重音，有时候还会"嗡嗡"作响。他也没对别人说，只是抽空来掏耳师傅阿钐店里来掏一掏。别说，掏耳是真舒服，会让人觉得整个人都软绵绵地，难怪有人说掏耳会上瘾。可舒服归舒服，上次掏完了这股声音还是会再响，看样子得找医生了，估计村里的医生也是搞不定——真麻烦，还得去镇里面，费时费力还费钱。庆祥觉得这应该没什么事，目前就是听人讲话麻烦点，尤其是听电话。

柳娟的来电庆祥按掉了一次。第二次再打的时候，隔的时间很短，也就几分钟。庆祥犹豫了一下，还是接了起来。

剃头匠阿钐在庆祥说电话的时候，几次停下来，还走到边上去给其他顾客先剪了一会头，等到庆祥电话讲完才回来给他继续掏。他后来半开玩笑地说，阿祥你电话讲得这么大声，是要让全村都听见是吧。他讲话的时候，嘴咧得很开，配合着已

骑马下海

经基本上秃光的头型，声音像一个人在水面上跑步。

庆祥这才恍然，自己的这点破事，其实还是自己说出来给大家听的，都是这耳朵害的。尤其在这剃头店，那几乎是村里的新闻中心。这下算是自己广播出来的，还真是他妈的自导自演。庆祥不管，跟阿邲说我这一段怎么时不时会听到有"叮"的一声，不知道怎么回事？阿邲说只一声，没道理啊！那是您的幻觉吧。

去柳娟家要半小时，庆祥都不知道电瓶车够不够跑一趟。家里只留下他一人后，庆祥吃饭不那么准点了。有时候连电瓶车也忘了充电。

来顺是柳娟家那匹马的名字。名字是有点土，连庆祥都觉得怪，柳娟却愿意这么叫它。庆祥自从原本家里那匹叫溜溜的马出了意外后，就没想过再养马了。虽然，这到年底让人租借的"看马"，跟着出游的队伍走几个村子也会有一笔收入，庆祥犹豫了一阵，后来觉得还是算了，儿媳妇惠萍去了杭州儿子那边，自己也经常走街串巷的，没人管这马，就不养了。他把儿子周斌再买回来的马，给了柳娟家。他也只是象征性地收了几百块钱，其实那相当于是零头。无论柳娟怎么说，庆祥也不肯再多拿了。

哪有那么便宜的马？不能让您亏了，多不容易啊！柳娟说话的口音不太像沿海人，有点轻飘飘地，仿佛身体里缺了中气似的。按庆祥的看法来说，这小媳妇估计是有点阴阳不调。当然，这话他可没当面说。

不知道为什么，自从原本家里的那匹马出事以后，庆祥老是会想起一句话，叫什么——马肯定有它自己的事情。他不记得这话是谁说的，应该是以前在学校里的时候听到或者看到的

　　　　　　　　　飞天的脚印

一句话。还有一句是……他记不全了，大概是说马来到这世界肯定不仅仅是让人骑一骑那么简单。大约是这么几句。庆祥想起这些话的时候，觉得自己也有点吃惊，以前自己家里"溜溜"在的时候，怎么就想不起这些话——真是"事后诸葛亮"。庆祥有些懊恼。所以，把马给柳娟家里养着，多少有点正合庆祥的意——像是有个直接的念想在这隔壁村里似的。不过庆祥觉得养马不是那么简单，特别是刚开始这一段，柳娟一个女的只是认真，那不一定管用。养马还是很讲究技术的，特别是马蹄，很麻烦，每天都要清理，防止长霉菌之类的。不注意马蹄的话，马就很容易出问题。

这些他都跟柳娟讲过。前一段，他除了下乡演出，其他时间几乎都在柳娟家里帮衬着照看这来顺。当然，她姑大多数时间也在，这多少缓解了一下尴尬。有时候，他也跟罗源一起在柳娟家里喝酒，她姑也陪着坐一坐，那一般是他们下乡演出回来以后，一来有些钱要简单分一下，二来也是为了说一下演出的安排。但也不经常，现在乡下演木偶的时间很少，一般都是有家事诸如婚丧嫁娶这一类的，才会有他们的事。庆祥是新手，他们说算是"大半路出家"——退休以后才干上这个。罗源说这就叫"末折画面"，他们都哈哈大笑起来。

偶戏大多都是家传的，其实庆祥的父母叔叔以前都是干这个的。那时候庆祥还是小学老师，让他去干这个，他是不愿意——还放不下这个脸。当时他也觉得没意思，偶戏没观众，几乎都是自己演自己看，偶尔个别半痴呆的老人和几个颠来跑去的小孩，那哪里算演戏。连庆祥父亲和叔叔自己都说，那就是演给"鬼"看的！他们说这个的时候，也会笑起来。庆祥后来自己开始参演这个，才偶尔会想起他们说的这些玩笑，也慢慢发现他们的笑中，多少是有些苦涩的。

养马是要单纯一些，主要就是春节到元宵这一季，只要手脚勤快不怕辛苦，跟着跑个十几二十场的，按照这里的元宵季，那随便都是好几千块的收入。比起做偶戏，其实更简单，不用那么折腾，偶戏有时候做早场还得住在人家那里，很麻烦。马这种畜生，只要伺候好了，脾气对上了，也不麻烦。最大的麻烦还在于，现在的南方乡下，主要是水泥路太多了——硬，磕脚，磕马蹄子。

电瓶车下来的时候，庆祥看到很奇怪的一幕：柳娟竟然在土埂上铺上帆布，让马站在那上面，旁边还有花生梗和豆料。庆祥觉得又好气又好笑，这还不让畜生拉撒了都——那它怎么方便呢？围墙外可以的。柳娟说这个的时候，有点羞报。我以为这样可以保持蹄子干净。还有这念头！庆祥忍住笑，想这人还想要让这马自己绕到石头围墙外面去拉撒——真是奇怪的想法！估计也就女人们才会有这样的想法吧。

不能这样，让来顺踩着土。来顺！庆祥竟然自己也习惯这么叫它了。庆祥觉得有些奇怪。

让它踩着地——多踩才行，土还有消毒的功能，你给这畜生弄得太干净了，它就不知道该怎么活了！再说这帆布一旦土沙之类的跑进去，那畜生踩在上面更加容易滑，对它的蹄子就更不好了。庆祥觉得这柳娟真有点傻。哪里来的帆布？

以前的，办家事的时候。柳娟有点不好意思。

家事？是什么事。庆祥没有问。红事还是白事。庆祥嘀咕，张嘴却是你姑呢，她也不懂吗？

她说要去叫兽医来，看……一下。柳娟有些唯诺地说。

庆祥有些不忍，哦，那也好，让东明来。附近的兽医只有他一个，以前家里养着溜溜的时候，庆祥也叫过兽医东明。庆祥看柳娟姑姑不在家，就说那要不我就先走了。

不能走。您一起等……兽医来。姑姑有说的。你比较清楚这些。柳娟蹙眉的样子，倒是像个南方女人，不是——是沿海女人，眉头快速地张合。庆祥看得有些熟悉，好像自己的儿媳妇以前是不是也会这样？

那就等会儿，我电动车还得充会电。刚刚在阿邲那里没充满，等下还得回去。庆祥不想自己看起来不自在，还是先把这帆布之类的收起来吧。他说。这也浪费了，好好的帆布。这好比是船帆倒在地上，庆祥觉得这多不好。

来的时候，庆祥看着天空的云层，有一片似乎跟着自己的电瓶车在移动。九月末了，都快国庆了，应该没有台风天了。这两年，台风也很少在这里登陆。这个秋天也确实很干燥，秋雨不来，还是燥热得很。

庆祥说先处理帆布。活倒是简单，把马牵开，帆布拿掉，让马在正常的红土地上站着，来顺很自然就快速地蹬了蹬后腿。显然对它来说，这样也肯定更舒服。庆祥自己都觉得自己的腿脚都感到舒展了些。在收这张帆布的时候，庆祥觉得似乎闻到一股气味，类似于烤肉的味道，有点焦味，但很好闻。庆祥通过折叠的帆布缝隙，看到柳娟的头发还有点滴水，难道是洗发水的味道，哪一种是这个味的？海飞丝不是，那是什么，也不太像潘婷。焦味——像是这个帆布在村宴上吸进来的味道吧。

他过去摸摸来顺的鬃毛，低声说，乖乖的，顺啊听话，给糠吃。好像来顺真听得懂似的。庆祥的经验是，对畜生也需要不断跟它说话，说多了，它也就懂了。以前他对自己家的那匹溜溜也是这样的。他把这个话也说给柳娟听，柳娟不断地眨眼

骑马下海

223

晴，看起来很惊奇的样子。

来顺的前脚很自然地刨着土，但似乎另一边前蹄不太动，庆祥有点担心。南方的马，也不好养，主要是没有场地，草地更少。马不能关起来养，要动，却不好找地方给它动。柳娟的村子，房子更密集，田地越来越少。庆祥想起以前自己那叫溜溜的马，错过去势的时段，就有点发狂了。马这种畜生，还是要靠人跟它对上点啊！庆祥叹息。叹郎君，他凭空去了远方，音信全无。庆祥想不起这是哪一部戏里的唱词。他现在熟悉的戏并不多，其实也才两三部。

在等兽医的时候，庆祥远远地听到了海浪的声音，这里距离海边倒是更近一些，比起自己的村子。

2

第二天，庆祥起了个大早，到柳娟家的时候，柳娟还在睡。庆祥只是简单打了个招呼，就牵马出门了。柳娟穿着碎花睡衣，在后面问您去哪呢？庆祥说我带来顺去遛遛，海边。

柳娟有些诧异，这么早？来顺能走吗？要不要我跟你去？

庆祥犹豫了一小下，就说不用，我自己去。踏踏海水就好了，这脚。

庆祥有经验，以前家里养着溜溜的时候，刚开始也很不适应。那会他也经常带着溜溜去海边踏水踏沙。后来溜溜就逐渐强壮起来。他得出一个经验，没有草原，就给马一片沙滩，就是马的新天地。

柳娟还眯着眼，朦朦胧胧地说，那您先去，我等下没事，给您带水去。庆祥哦了一声，也没怎么正眼看柳娟，就走了。

　　　　　　　　　　　　飞天的脚印

村里的清晨几乎没什么人，有个别老人起来喝早茶，看庆祥走过去，叫阿祥喝茶来。庆祥都说，不了，这来顺要去遛早，那边沙滩上。不然不行。海边的村子早上还有点雾气，庆祥觉得自己牵着来顺，似乎有点腾云驾雾的感觉。

从柳娟家穿过村道的十来户人家，再上一个斜坡，斜坡边上是有人家种的一些菜地。来顺探嘴要去吃几片卷心菜的叶子，被庆祥制止了。这种菜太嫩，不适合来顺吃。庆祥忘了带些草料，就在路边上摘了几棵芦苇叶子，塞到来顺嘴里。溜啊，我们走啊，走一走你就好了。

庆祥念叨着，就把来顺当做溜溜，开始碎碎念。

你自己耐不住啊，我也是忽略了。人家说马有马性，我不是不知道。可我总是知道得晚了。那些事，一件件。开始吧，我也细致的吧，那会我们真的是一老一少，我天天侍奉你吧。这南方，多水多秀气，吃的啊，嫩得很，也不适合你。我找了问了，找草料，要什么硬一些的那种，还慢慢结合着花生梗，还有我们这里连香油都很少，我还特地去了镇里，找了好几家，才有。刚开始还买错了，买了菜籽油，也是不行，不消化啊。也不是，是消化太快，你拉稀。也真折腾。

从斜坡上去，就看见防护堤，对着村道的防护堤是石头阶梯下去。庆祥担心来顺下石头阶梯不安全，往远处看斜坡在防护堤的中间。庆祥就牵着来顺，沿着防护堤走。这段路上已经很多地方都是砂砾，但还好不是很粗的那种。庆祥就慢慢牵着来顺往北走，他说以后我们再走楼梯啊。

"你挑着担，我牵着马……"庆祥哼着老曲，想着这牵马的是谁来着？孙猴子，还是八戒？孙猴子不牵，那就八戒牵。来顺"嗤嗤"出了几口气。庆祥摸了摸来顺的头，说你不是溜溜，但是也是溜溜的亲戚是吧。来顺眨了眨眼睛，似乎听懂了庆祥的话。庆祥笑了笑，这畜生，真是通人性。

走防护堤的斜坡很慢，有些细沙，反而让斜坡有点滑。庆祥很小心地带着，也是半倚着来顺的身体，往下走。庆祥养马这几年，一次也没骑过马。他自己不愿意，也不敢让溜溜太过负重。南方的地太硬，马本来就蹄子缺少缓冲，再载个人，就很难了。除了去出游的村子，那人家是给佣金的，庆祥也只愿意让溜溜载小孩。七八岁的多，顶多也就十一二岁的男孩子，扮个小将军小官员之类的，古代故事里的人物嘛。那还好，算比较轻的。每到年关的时候，庆祥也都是很小心地伺候溜溜，甚至还给它补补钙之类的，就怕它出点什么问题。

有时候庆祥确实没空，他让儿媳妇惠萍带溜溜出村参加巡游，那都是千叮咛万嘱咐的，就怕出什么差错。包括载人的时候，牵马的时候，吃的东西，路上安全等等，都要一再嘱咐。赚点辛苦钱，也要注意安全第一。庆祥觉得自己那会儿也真是絮絮叨叨，跟老太婆似的。庆祥笑了笑。拍了拍来顺的肚子，说顺啊，你可不能太娇气了。走起来，到水边去。

去年底，周斌去杭州之前，父子俩来过一趟海边，那天不冷，下午还有点阳光。

"一个人在家里，也没什么事。还是跟我们一起去吧？"周斌连着几天一直在动员庆祥跟他一起去杭州。

"不去。真不去。你不用担心我，我一个人好好的，自由自在。"庆祥打定主意，要待在家里，不去杭州。

"一个人，你吃饭到时有一顿没一顿的，很不好啊！"

"不会，我肠胃好着呢。你不用担心，照顾好惠萍。早点给我生个孙子，最要紧。"这自然是庆祥一直盼望的要紧事。

"这我知道。医生说糖分偏高，吃不注意，不行。"年前去看了一下，血糖是偏高了。

"没事，医生不是说少吃吗？我一个人，少吃更容易。放心。"庆祥这次看见周斌的发际线高了——以前自己都没感觉。儿子也有中年模样了。

周斌欲言又止，还是问："那马呢？还养吗？一个人，弄得过来吗？"那时候，虽然上半年溜溜出了意外，庆祥还是下决心要再养匹马。

"你就给我弄回来，我来养。能养。也算有个伴，也当锻炼是吧，呵呵。"现在算是半养着，另一半给了"四人团"。原本庆祥是学了《易经》的，虽然不是很深入，但做个乡村算命先生也是够的。后来一次在车上被几个妇女嘲笑一番，说只会"赚嘴钱儿"——其实妇女说的是跟她们一样挑着货担"赚碎钱儿"，庆祥听了很不舒服，就不干了。才跟罗源联系上，干上了"木师"。起码算个手艺活。

"杭州我去过，真是待不惯。我去干吗，跟傻子一样。不用劝了。我就留在家里，怎么说家里都算有人，也是个念想。"庆祥隐隐觉得自己不能离开这里，但说不清到底是什么原因。那时候，他是认识了柳娟，但还没怎么多接触。他也没干上"木师"，只是一次算命的时候，看了柳娟的手相。有些印象，但庆祥觉得自己留着这里，跟这个无关。似乎是地底下更深的地方，让他有了更模糊的留恋。

周斌用车送这匹马回来的时候，来顺（那时候还没名字）其实是一匹已经成年的马。周斌的意思主要是陪伴，不是让他爸很辛苦地去养马。

一个人多自由！庆祥还真的有时候觉得是这样。当时儿媳妇惠萍在家的时候他觉得别扭，现在这样倒好，吃喝玩乐都可以。说到玩，也只有一次，那是他跟罗源下乡做了两次偶戏之后，本来那次他们都可以分到快两千块钱，但是刚开始参与的庆祥那天说什么都不要。说再做几次再说吧。那天罗源也发癫起来，说走，我带你去城里潇洒一次。

潇洒，两个人加起来一百多岁！但那天还真的两个人去了。那场面是香艳得很，庆祥虽然知道一些（电脑上的活计），但看现场尤其是自己参与这个过程，还是让他手忙脚乱的。别说那技师是年轻啊，手段也高明，那整套吹拉弹唱下来，庆祥也觉得这真是全新的体验。贵是真贵——按罗源的话说，这叫最后的疯狂——他说的好像是一部电影名。庆祥想这乡下人也会说这个话。

唯一让他觉得扫兴的是，到最后出来了在大堂，他看到原本服务的小妹从里面走过来，庆祥很积极甚至是有点谄媚地要跟她打招呼——毕竟余温还在嘛。没想到，那个小妹竟然一脸完全不认识他的样子，冷冷地从庆祥旁边走了出去。这让庆祥很长时间都觉得十分低落。人怎么能这样——从亲密到冷漠的距离也太近了。罗源笑话他说，你以为人家跟你真有什么关系。死老头，醒醒吧！人家是技师，每天都是这么干的！那就是人家的手艺活啊！

手艺。庆祥很长时间，都觉得自己体验到了手艺人的悲凉。

庆祥一直回想那场面，感到自己都有点缓不过来，这简直就是坐着情感过山车的感觉，对他来说有点太惨烈了些。后来经过很长的反刍，庆祥自嘲说这只能是时代不一样了——这个想法是真土，连他自己也觉得是。慢慢地，那个小妹的脸开始越来越模糊了，庆祥回想起那令人跌宕起伏的场面的时候，只记得那间房间的墙纸好像是海蓝色的，上面有成群的海鸥在飞翔。

这清晨的海浪是平稳的，微风的小浪，远处的雾气还没消散，水面是平整的。庆祥长出一口气，真是舒坦啊。庆祥想直接带着来顺走到涌浪的地方去，来顺似乎在抗拒着。脚不移动，庆祥念叨，去泡泡脚，杀杀菌就好了。来顺还是绷着腿，不肯动。海浪虽然只是很轻微地翻卷，但毕竟海水打在沙滩上的声音也是带着轻微的轰鸣声。来顺似乎有些畏惧。

庆祥没法子，就先不着急。他把缰绳放长，让来顺在沙地上站着，他自己走到海浪拍到的地方，让海水一次次淹没自己的双脚。很久没有这样了，庆祥觉得，这种感觉还真是很陌生了，跟……老婆的手一样。庆祥在一次次的沙土的下沉中，感受到海水的渗透，脚底很清凉。他从岸边的垃圾里捡了一个矿泉水瓶子，盛了一瓶海水，走到来顺边上，很轻地把海水倒在来顺的前蹄上。来顺轻轻抽搐了一下，似乎也感到蹄掌的舒适，绷紧的身体开始慢慢松弛下来。

庆祥知道，来顺在慢慢适应海水的赐予。往返几次以后，庆祥就很自然地牵着来顺，往沙滩靠近海水的地方走起来，他一点点地试探着，让来顺的脚也跟着自己，在海水的边缘巡走着。来顺在中途还嘶鸣了几声，声音逐渐变得清亮起来，庆祥觉得来顺的内心应该舒畅了不少。

没有人不喜欢海的。庆祥觉得，即便是马。这畜生，海也还是给了它新的呼吸。庆祥自己都觉得文艺了起来。他带着来顺沿着沙滩的边缘，走了几个来回。这一片沙滩不大，是个小的海湾。现在出海的船，整体上也少了。海滩虽然靠近防护堤

骑马下海   229

的地方，也堆积着一些垃圾，但海湾总体上还是漂亮的。

庆祥往回走的时候，看到防护堤原本的石头阶梯上，坐着柳娟。她手上拿了一壶水，也不看他，只是呆呆地看着远处的海面。那时候，太阳已经整个露出海平面。柳娟坐的地方，看起来一片通红。有一阵风很大地吹起来的时候，庆祥再看柳娟，她背后没有归拢的裙边，被风吹了起来，看起来像一扇红色的船帆。

3

庆祥慢慢回想起耳边的那股子重音，隐隐中似乎是某一段音乐。有一天演出之后，他恍然记起，那是《愿》里面的。那音乐是曲牌《诗》：十八春来世长存，青蚨蟆口笑万春，眉分八彩春长在，赠汝年年十八春。还有一段是《落风》：奴赠你十八春，口螃蟹，鼻蜻蛉，眉分八彩，愿君臣年年此日在，一段良缘扫不开，何时会共伊鸾凤共和谐。这两段音乐似乎有时候会交织在一起，好像乱搭一处的。上下句跳来跳出，有点吵！她姑其实唱这个蛮好听的，听罗源说就是太尖了些，降一调刚刚好！可她就是不愿，总是要唱得鸡飞狗跳的——这也是罗源说的。

他们三个人合并成一个木偶团，旁人看起来也有点奇怪。罗源跟庆祥其实是表兄弟，后来按罗源自己的说法，其实也不叫表兄弟，他说应该是叫"年兄弟"还是"通兄弟"来着？反正应该是出了五服的。这个连庆祥自己也有点搞不清，大概能称得上是亲戚，小时候就认识，但往来没那么多，有点疏了。上辈人走了以后，倒是这一辈开始有了更多接触。庆祥是后来

　　　　　　　　　飞天的脚印

翻家里的旧东西才再次发现这些父辈留下的唱本，就想着反正也是闲着，不如接触一下这一块，就当是多走动。那时候儿媳妇在家，他就尽量少在家，就跟还在做木师的罗源联系上。

有一点很好，庆祥听人叫这些木偶师傅叫木师，觉得这个名字还挺好听。以前是老师，现在是木师。也算是一种亲切感——算重操旧业吧。庆祥觉得这样算是对父辈的一种报答或者回顾吧。

而柳娟她姑其实倒是原本就是唱木偶的，包括她姑丈原本也是——拉琴的。前两年姑丈去世，这个木偶团就基本上更少出去做了。倒是庆祥掺和进来以后，罗源觉得可以重新开始，一年也不做太多，熟悉的几个村子几个姓氏人家，做点红白事就可以了。

刚开始还是柳娟她姑当主唱，庆祥会弹电子琴，他说现在的小学老师，什么都要会一点。他还学了一段唱本和说词，跟着练练手，当然更多时候就直接跟场边演边学。罗源主要是控制音响的，其实他会打锣鼓，也会吹点笛管，后来简化了后台，很多伴奏基本上都是录音好的。虽然录得很粗糙，噪音也多，但大致的曲子原本就是柳娟姑丈拉的胡琴，听说也有些剧是后来请人加演的伴奏，也马马虎虎像那么回事。刚开始庆祥觉得有些闹耳朵，慢慢也就习惯了。

不知道为什么，最近这段《愿》里面的曲牌就一直在庆祥耳边循环着响起来。《愿》是老戏，也可以说是木偶里最重要的戏。这个罗源跟她姑都跟他说过。"白戏主《目连》，红戏唱心《愿》。"那当然是红戏多了。《愿》，又称《愿簿》《田智彪》《田公出世》，是当地以戏神为题材的一部宗教剧，也是以"替民还愿消灾"为主题的最重要的仪式剧之一。《愿》的故事情节用那个定场诗也可以知道大略，庆祥读过：太子奉命下江南，收疆破恶愿消灾，醉酒书"春"形难改，共成神祇戏文搬。这戏其实也挺长，只是大多数主要情节演的时候也会根据时间安排来调整。最近响在庆祥耳边的两段唱词，也是他较早学会的两段。

那天在柳娟家聊天，柳娟说她也看过这个。庆祥问是什么时候看的。柳娟看了看她姑，没有具体说，只是说那时候。还说那个田智彪后来的形象，其实还蛮好看的。

她姑就怼她，写着春字，跟爬着螃蟹的脸似的，有什么好看的。螃蟹脸！

庆祥想起来说，还真的，那个脸上的春字，真的跟螃蟹脚一样。罗源制止了他们说笑，说那是戏神公，可不能乱说。

庆祥看见柳娟吐了吐舌头，恍然中跟看见蛇信子似的。那天他们都坐在院子里，庆祥听到来顺一直在往外喷气。就问后来东明说什么了？他问柳娟。

没说什么，说是好的。就是要多折腾，也说要注意蹄掌保护，多走走。主要还是不适应呗。她姑说话语速很快。

柳娟看了看庆祥，似乎把一些话吞了进去。也说就是，走走就好，不然就去……那个，我带着也去海滩上走。

罗源弹了弹手上的七匹狼烟，突然说，不然我什么时候问下老师傅吧？

她姑一愣，为什么？有这个必要吗？

柳娟有些诧异，老师傅？问什么？

她姑瞪了她一眼，要紧才问！你不懂。她转向罗源，说这样的话，也不能空手去。

罗源看了看庆祥，说没事，一点点就好。我知道。

庆祥也不是装糊涂，他们说的老师傅就是庙里的师公。村里的木师其实本身也经常给人看看日子啊！但主要的依据还是春牛图。这点庆祥是知道的，以前他爸就经常给人这样看日子。找老师傅一般是疑难杂症，这来顺这样，就是有点不适应这里的气候啊饮食之类的，算不上疑难杂症吧。但他也不好反驳。自从溜溜出了意外，庆祥对于马的养护，其实是更加小心了。

他拿啤酒瓶子跟罗源碰了一下，没说话，眼神里就是你看着办的意思。

柳娟不知道说什么，就说我给你们再弄点花生吧。她转身进屋去了。她姑说，还是从公费里拿吧。上次他们提到，除了下乡演出的正常开销，加上必要的分红，留一些下来用来置换设备什么的，还说把来顺都算到这里来，它的出入和收入也算柳娟的一份。所以，其实现在庆祥等于跟这马也有点更现实的关系了。庆祥本来还说这点成本算在戏班里不够，罗源和她姑都说那算了，也没多少。

柳娟再出来的时候，除了手上多了一碟花生，庆祥发现她似乎身上多了点香味，类似于茉莉还是空气清新剂的味道。夜空中有月亮，庆祥似乎觉得柳娟的背后有股不同于今天下午闻到的那股洗发水的香气。隐隐间仿佛有种亮色的雾气在浮动。

庆祥似乎听到耳畔有"叮"的一声。他晃了晃头，问什么声音？

柳娟看看四周，侧耳一下。没有啊！来顺的……喘气。

国庆之后，很快就十一月了，戏要多起来了。年底忙过，就是来顺的事了。所以，来顺还是要尽快弄好。罗源说。他看起来有点长远打算。因为牙不好，他说话声音丝丝地冒着口气。

庆祥觉得这罗源也跟一匹老马似的。

她姑接话的声调也不低，说偶戏我跟阿源多看，那个来顺，你们要留神——看好了。她说的是庆祥跟柳娟。

看了兽医再说吧。庆祥瞟一眼柳娟，她也不说话。她转向她姑，要不要煮点线面填饱一下啊！

不知道为什么那天她姑有点脾气，说，还吃！给来顺吃吧！

很快罗源就有点迷糊了，嘴上也在哼哼唧唧地。庆祥后来用电瓶车给他载回去，一路上也听他似乎在唱着：愿君臣年年此日在，一段良缘扫不开，何时会共伊鸾凤共和谐。

庆祥听罗源断断续续地唱着，那一阵突然很想念以前的马，那匹叫溜溜的马。他怀疑自己其实是想抱孙子了——儿子啊，努力吧！

4

到庆祥这个年纪，村里面什么闲话不闲话的就没那么所谓了。现在的人包括村里人也都放得开，其实大家更需要的是一些谈资，更多的只是一种窥视似的模糊快感。真正的习惯还是事不关己。庆祥知道这就是聊胜于无嘛——我当了这么多年乡村教师，这点心态我还不懂？

那天清晨知道柳娟牵着马去了海滩，庆祥也想去看看她是怎么遛马的，就自己溜达去了那边。那应该是柳娟第四五次牵来顺去海边了。也只是跟了一小段，在靠近海浪边上的地方，庆祥跟柳娟说："就是这样，让马蹄子泡一泡海水，肯定有消毒的作用。"柳娟笑了笑，说："您说的，肯定对。我都没想到这些，这几天下来，还是有点作用。还是您有经验。"庆祥努力让自己表情轻松起来，说："我以前有点香港脚，痒得不行，过几天不来泡一泡海水就受不了。泡了就好很多了。这真有效。"

柳娟低头看了看庆祥，说："您现在要打赤脚吗？"

庆祥有点窘，早上有点急，他还是很正式地穿了棉布鞋来的。"我就不下去了。你带着来顺走走就行。我就看看。"

"就看看。看什么？"柳娟猛地来了一句。

庆祥慌了，"看……看来顺啊！"远处的海面，一艘机艇似乎从海平线深处开了出来。早晨的海面退潮了，显得更加静谧。这倒是庆祥这几年很少发现的——已经很少来海边了。

柳娟很深地看了一下庆祥，说我自己溜一圈。您可不能走。

庆祥点点头，柳娟很快就转了过去了。庆祥就在沙滩边靠近土路的几棵矮木麻黄树边上坐着。其实很长时间了，庆祥都没再来过这片海。这也是算近的，几乎天天都能听到海浪声，也很少来——年龄把海也隔绝在生活开外。唉，以前妻子在的时候，他们带周斌来过。哦，对了，那好像不是这一片海滩——这一片没什么人来。

来顺是灰色调的，看柳娟牵着它在蹚着海水，那地方离海浪还有点远。这里基本上是属于海浪全退下去的一片沙滩，但还是有水坑，让来顺走这里就可以了。太阳还没出来的时候，海滩上是很舒服的，风景也很好。庆祥没想过拍照，但这里尤其是柳娟的身影，虽然不是白马带来的梦幻感，却也让人觉得似乎这人是从海底深处冒出来似的。庆祥闪过一个念头，就往下走。到柳娟身边，柳娟停下来看着庆祥，脸上露出一种海风吹拂下特有的愉悦感——像一只大病初愈的白猫。庆祥不知道为什么会有这个念头。

他说，来，我帮你，骑上去。

柳娟一脸惊诧，这脚——她是指来顺的马蹄。

你轻，没事。来顺一天天好起来了，放心。

柳娟有些羞赧，是裙子。

庆祥看了一下，还真是，是长裙，应该可以。我对衣服不懂。你自己看行不行。只是坐着，我来牵着。

柳娟显然是心动了。就看了看远处的小树林，说你等我一下。就往小树林去了。

庆祥等着，想这是去换衣服，裙子？还能怎么弄？不管。庆祥看着远处的海面，太阳正在探出很小的一片红。他不觉得自己内心有多大的波动，在海滩上骑马，这机会还是难得。到现在，没什么可顾忌的了——当女儿养吧。庆祥有点吃惊，自己的想法，也太正常了。按说儿子周斌都说，如果有合适的，老爸不妨考虑再找个老伴。可惜了。

这一片沙滩不是下海的主要地方，这片小，来的人也少。远处有几个看起来像外地人的游客模样，正往海浪边走去。再远的礁石边，有个老太婆在捡拾贝类。

柳娟去的时间也不短。庆祥喝了一瓶随身带的水，柳娟才出现。看她已经把长裙变成短裙了，小腿都露出来，很白皙的。庆祥心里一动。这小妮子，真有办法，短裙的下边都能看到那种安全裤。海边嘛，怕风大。柳娟低头说。

庆祥说："来，骑上去。我帮你。"庆祥整了整来顺的鞍子，还好昨天没有把马鞍脱下来，柳娟自己不会弄，带着马鞍就过来了。柳娟一只手按着庆祥的肩膀，一只脚踩上马镫子，庆祥两只手套住柳娟的另一只脚，说一声起。柳娟就上去了。来顺动了动身子，柳娟有点慌乱，身体晃动着，叫了一声"啊"。庆祥抓住柳娟的腰部，嘴上说"来顺，乖点。"来顺没有再动，可能也是有点不习惯，毕竟很长时间，恐怕都没有被人骑的感觉。来顺的前蹄有点屈了一下，庆祥很小心地扶住了来顺的身躯，说"慢慢地，走。"

庆祥带着来顺，让柳娟很小心地坐着，一开始柳娟坐得很僵硬。庆祥说，你放松点，没事。跟着来顺的节奏，人稍微前倾。前几年自己家的溜溜在的时候，庆祥每年都要去附近的村里参加出游。溜溜那时候经常用来给当地扮成古代将士的小孩骑，跟着巡游的队伍走，当地叫代天巡游。庆祥几次以后，就大体知道骑马的技巧。柳娟的体重，估计也就跟那些十几岁的小孩差不多。

柳娟坐上去后，走了几步，就变得灵巧了。这人跟马也是一样，配合好了，就顺畅了。庆祥牵着来顺，从沙滩的中间穿了过去，直接走到海边海浪上岸的地方。柳娟很乖巧，似乎期待着这样的神奇时刻。沿着海浪的边缘走马的感觉，很奇特，柳娟很长时间都觉得这真的很梦幻。马属于草原，马也会属于沙滩吗？柳娟看着太阳正一点点从海面深处快速地升起来。海面上的颜色一下子就变得非常炫丽，气温也上升得很快，柳娟觉得背上一下子就微热起来了。

柳娟没有骑过马。唯一的一次还是结婚前，那时候因为要招个入赘的，也是难找。当时算是运气好，别人给介绍了来自西南地区的顺兴。结婚前他们也就见了三次面。第三次的时候，顺兴带着自己去了一趟市区，在凤凰山公园玩的时候，顺兴提议一起去玩那里刚刚引进的旋转木马。柳娟没有拒绝，毕竟自己也是第一次玩，也有点新奇。记得那次顺兴就在自己的身后，骑着一匹白色的木马，柳娟自己骑着一匹彩色的马。旋转木马说是木马，其实都是塑料品制成的马。一个人五块钱，能够旋转十几圈。马旋转着做着奔跑的样子，对于第一次坐的柳娟来说，还真是有点晕眩；但她不敢说，怕太丢脸。当柳娟回过头去看顺兴时，看见顺兴眼睛一直在自己身上，那眼神看起来微微发亮。柳娟觉得也就是在那个时刻，她决定了要嫁给顺兴。顺兴那时候还是小年轻，做事比较专注。也正是那股眼神，对柳娟来说似乎看到一种期待。之后顺兴说他们家以前靠近阿坝州，能看见草原，有真的马。他就会骑。

后来想起来，她只记得那些灯光，一个个一闪一闪地往上跳着，黄色、红色、蓝色、白色，陆续亮起来。她记忆中，应该是黄色的灯最多；或者她记得最深。

可惜，孩子没有保下来。柳娟的爹妈就走了。其实到后来，顺兴自己也不想再待在这里了。顺兴人很好，一直帮着伺候柳娟的爹妈都去世，才离开了。说是去城里，跑滴滴。柳娟是很想再联系他，可不知道为什么，两个人的关系几乎就没有再聚在一起的可能。医生说估计会习惯性流产。太小了。医生说柳娟的臀部太小，保不住小孩。柳娟很伤心过一段。顺兴不抱怨柳娟，说再想办法，到大医院去看看。柳娟也知道，这种可能性已经很小了。

孩子是天赐的。柳娟只能这么想。伤心没用，凡事天注定。姑姑常常会这么说。

你能自己骑一圈吗？庆祥问，他觉得这个小妮子骨子里有一种挑战的欲望。

我担心它会不会突然间发狂起来？柳娟有了这个念头。庆祥觉得你自己不会发狂就好了。来顺不会。

它不会。庆祥答到。有海水，就不会。

海水。这跟海水有什么关系。

　　　　　　　　　　　飞天的脚印

海水让人变得温柔。包括它。庆祥指了指来顺。

真的吗？柳娟转了转臀部。让自己坐得舒服些。我试一下。

你行的。庆祥似乎看到了柳娟的骨子里，还是柔中带刚。

她先下了马。柳娟想起自己的小包里还有一罐蜂蜜柚子茶，是今天出门时自己带的。她就直接把蜂蜜柚子茶都给打开了，泡在水壶里，再往来顺的嘴里倒了很多。听到来顺很低沉地"吼吼"，柳娟觉得它的体力应该恢复了一些。她尝试了一次，虽然自己不是专业的骑手，但对于骑马柳娟并不畏惧。她很自然地拉了拉缰绳，也再一次检查了肚带，把来顺的肚带拉紧一个扣。把鞍上的铁环也拉了拉，让马鞍更加平衡一些。看了看海平线，柳娟内心的斗志倒是上来了。她深深地吸了一口气，再长长地呼气，还"噢"了一声，觉得自己轻盈了许多。

庆祥扶着来顺，说来。柳娟再次把脚尖踩上马镫子，双手拉住马鞍的前部，小腿一蹬，跨步就上了来顺的背。刚开始有些小晃，她就先伏在来顺的脖子上，一边轻轻抚摸一边念叨："好来顺，乖。慢慢的，慢慢的。"很慢地，开始就是来顺带着柳娟踱步一般地走着，甚至头几步走得都有点摇晃，柳娟也觉得有些惊慌："来顺来顺，慢慢走，慢慢地……"在柳娟不断地念叨下，来顺的脚步逐渐稳重起来。柳娟慢慢觉得自己的两个肩膀似乎一直在往外张开，就像当初学游泳的时候用的那种泡沫护臂，自己好像开始要浮在这空气里，甚至逐渐往上升起来了。

慢慢地，当来顺开始快走和小步跑的时候，柳娟觉得自己的小腿、膝盖和大腿内侧正在用力夹马。她越来越适应了，时而身体前倾，她的臀部和马鞍似触非触，身体也正跟随马的跑动节奏起伏。柳娟看到远处渔村的石头房子也越来越模糊了，而房子的轮廓似乎更像一个古老的城堡。柳娟抬头看了看庆祥，似乎庆祥在喊着什么。但她一点也没听见。

柳娟用力甩了甩自己的头发，觉得自己像个古老的公主了。柳娟摸了一下自己的脸庞，发现满脸都是水渍，也不知道是雾气还是汗水，或者也有些泪水，早已混杂一堆。柳娟手上摸到来顺背上的汗渍，她觉得来顺似乎也越来越兴奋了。"顺啊！这像不像你在草原的奔跑！像不像！啊！嗯！嗯！"

柳娟觉得自己跟来顺已经融为一体了。

5

后来兽医东明说，看来还是有一个蹄子有点裂开了，搞不好有炎症，该换掌了，这一段时间要注意保养。他说马蹄常常碰伤的话，就抹点猪下水熬的油，路上不打滑的话，后蹄就不要钉掌。他也说泡海水是好的。

那两个月，来顺被带去海边很多次，主要都是柳娟带的。他们三个时不时要下乡。入秋以后，村里的红白事多了起来。最近庆祥开始练习提线，16根，得一点点一次三四根来，不断练习。庆祥说年纪大了，手指不灵了。

不需要多灵，能抬起来就行。慢慢来，现在也简单了很多。简化，简化。她姑姑嚷道。

庆祥用了很多天来练习，他把这当作真正的触及本身的方法。"梳线、勾线、压线、挑线、提线……"还有更多。每次练习，庆祥都觉得这手虽然不很听话，却隐隐有种触及偶身裙裾的感觉。还好，他弹过电子琴，手指还不是特别僵硬。他很

　　　　　　　飞天的脚印

多时候就在柳娟家里放置偶身的厢房里练习，嘴上还哼哼唧唧地。当地把由人演的戏叫作"肉身戏"，偶戏就叫"木身戏"。木身，庆祥觉得这是麻木的身体的意思了。随着他手指的灵活，这木身也开始有了一点点的灵气。

那天罗源买了猪下水来，说一半熬油给来顺用。另一半炒了，我跟阿祥喝酒。那天两个老伙计很高兴，最近一切好转，来顺也基本上健康。下乡的戏，也一茬接一茬。庆祥听周斌说，儿媳妇的肚子似乎也有了动静。真是喜事连连。说到媳妇的肚子的时候，庆祥下意识地看了看屋内，柳娟在忙着厨房的事情，应该是没听见。

你姑呢？罗源问刚刚在院子里摆桌子的柳娟。去了市里了。市里？干什么？

柳娟犹豫了一下，没什么。去一个儿童村，看个人。她声音有点飘忽。还说，下午回了，顺便去镇里了。说是要给戏台上换一块台布。她声音恢复原声。要新的。红的，还刺绣的。

他们原本有说到要把那块褪色的台布换掉。这么积极就去了。什么时候回？罗源大声问屋里。看个人？什么人？

应该快了。下午就去了。庆祥听柳娟的声音，觉得这一段这个小妮子，似乎恢复了些中气——骑马骑的？！

罗源的孩子在城市里，据说现在找到工作了。不赚钱，罗源说，不要我们倒贴就不错了。罗源的老婆在村里开一个食杂店，也是微薄收入。只能算是贴补点家用，还得给孩子倒贴钱。刚开始都这样。庆祥安慰罗源。

叫回来不肯。木师也不肯学。罗源最看不惯这个，小年轻，还看不起木师。

庆祥说我以前不也是这样。现在就是这样，老东西没人要。

哈哈！

罗源烟抽得很多。最近跟着下乡，原本不抽烟的庆祥，也已经跟着抽了。庆祥原本是有些排斥，慢慢也就习惯了。

柳娟姑姑回来的时候，他们已经一个人喝了两瓶啤酒了。不多，才开始。罗源兴致勃勃地。

师傅有说什么没？姑姑问的是罗源，他原本说要去问一下来顺的事。

哦。我都忘记了。那天师傅走了一遍沙盘，得出几个字。给。罗源掏出一张宫里的黄纸。

姑姑打开看了一眼。什么意思？看不懂啊？给。她递给庆祥。

庆祥看了一下，上面用毛笔写着四个字：冲海消灾。师傅是怎么说呢？他问罗源。

没说。什么都没说啊！问……问也不肯说。罗源有点大舌头了。他酒量其实不好，人倒是干脆。

那这是什么意思呀？带着来顺去冲海？去哪儿冲？姑姑声调高了。

阿娟这样经常带着去海滩散步，不算是吧？庆祥说阿娟的时候，自己也感到内心一颤。那个孩子，叫什么？原本叫什么？还是就没取名？他不记得了，老婆那时候叫她豆子。

对了。师傅是指了指对面。像是海那边。

海那边。什么？哪边？姑姑有点焦躁地问。

不肯说啊。只是说时间快到啦，到了就知道了。罗源把手上的花生壳弹到一个垃圾桶里，歪了。

柳娟都不说话。等到大家都不知道什么意思了，停了一会儿。她突然说，跟孩子一样吧，泡泡海水就长起来了。

也是。庆祥犹豫。冲海，哪里有冲海的习惯？马又不会游泳。

算了。再看看，打听打听，再说。

罗源多喝了几杯，就开始拿着筷子在两个盛菜的瓷碗上敲起来，嘴上说："来来来，阿祥，来一段。目连。"最近除了在学手上的活，罗源让庆祥赶紧学《目连》，这是大戏必唱的"白戏"。罗源还说，手上的活粗一点没事，唱得好最重要。"一声二容三科介"。这大概的意思庆祥懂得，其实这是成人戏的要求，声音摆在第一位。木偶也是，声音还是很重要，现在的偶戏团，手上的功夫都弱。后台也比较单调，主要还是靠唱的声调。姑姑是不错，但男声比较弱。罗源自己声音沙哑得厉害，唱不来。

庆祥唱之前，接过了柳娟递过来的一杯水，喝起来很冰爽。庆祥记得那天在海边，柳娟也给自己泡了这样的一杯，冰糖薄荷水。庆祥觉得自己的酒劲，被打消了一些。清了清嗓子，说是《怨》吧，来。柳娟她姑在靠近大门边的保面窗下，摆上电子琴，咚咚两声，就伴奏起来。

秋风瑟瑟雨萧萧，经过断崖复断桥。欲觅母魂长在念，那愁水远与山遥。挑径负背出长途，跋涉都忘岁月长。一声娘罢一声佛，娘在身边听得无……

虽然也只是学了十来天，可那天庆祥唱得很出彩。庆祥自己说是酒劲起了作用。他甚至还站着边唱边练习起提线的动作。柳娟说那也挺像一个唱戏的人的样子，一招一式，也有点辗转腾挪。她还说那是一个人真正进入了一种痴迷的状态才会这样。

庆祥没有说，那时候他觉得自己每唱一段，就仿佛有个小孩从自己的身体里跑了出去一样。这种感觉非常奇特。又轻松，又沉痛。他想去抓那个小孩，却每一次那孩子似乎都从自己嘴里的唱词中，跑了出去。

罗源眯着红眼睛说，《愿》的唱词还是太硬了。还是这个好，这个抒情。这个好听。那天柳娟自己也拿了瓶啤酒，靠在廊厅外的石头柱子上，一边喝酒一边流泪。庆祥看见柳娟眼睛在阳台上的电灯下，一闪一闪的——那时候他一时竟然也分不清那是雾气还是泪水。

6

过了两天，来顺又病了。听柳娟说来顺一直前肢刨地、急促地站立和躺卧，甚至会打滚等，可吓人了。叫兽医东明来了，说这是得了急性胃扩张，它会有严重的腹痛。打了两支先锋霉素，按东明的话说一定要熬过这一段，不然就危险了。蹄刚好一些，就轮到胃了。真会来事啊！庆祥觉得自己是不是真跟马无缘。他有点不甘心。那一整天，他都守着来顺，嘴里念念叨叨，手不停地摸着来顺的肚子，还去买了一箱的牛奶。柳娟也说，这也太细心了，跟伺候孩子似的。

不知道是不是前一天的酒劲没过去，庆祥时不时觉得自己又看见了原来溜溜的样子。跟幻觉似的，他会看到溜溜被龙溪车撞到飞身起来的场面。他会看到溜溜飞起来之后，似乎就斜着身体撞向一棵树，然后就消失不见了。那棵树的一个虬结上，似乎隐约长出一个溜溜的脸。庆祥打了一个激灵。溜溜！他唤道。柳娟把庆祥推醒，叫他进屋去休息。庆祥也不愿意。只在院子里的石凳上坐了一会，喝了点水。

　　他一会儿就过去摸摸来顺，一会儿还趴着对着来顺的耳边说话，也会对着来顺的眼睛说话。不知道他在念叨些什么。那几天，庆祥都没有回去，就在柳娟家住着。当然，他也不进屋，就在院子里躺着，相当于陪着来顺。柳娟从罗源家里拿来一把躺椅，又去隔壁市场摆摊的阿英家里借了一把遮阳伞，立在庆祥的躺椅上面。主要是防露。秋深了，天有些凉，露水也重。庆祥毕竟不是年轻人。庆祥在的那几天，罗源也基本都在，两个老哥俩，絮絮叨叨，酒也是喝，但都喝很少，也很慢——就是为了打发时间。

　　后来，庆祥跟人说起天气的时候，总说我是比较完整地知道了秋天是怎么到来的——这话有点吹牛的成分。那几天，其实他睡得还不错。柳娟说院子里还是有点味——她说的是马粪的味道。庆祥说，我早就习惯了。这倒是句实话。但要说秋天什么的，他并没有那么完整地看过一个秋天的夜晚，到底是微凉的还是幽静的。

　　甚至可以说，他住在柳娟家院子的那几天，恐怕他的睡眠比柳娟都要好一些。

　　算是运气好，也算庆祥的付出没有白白浪费。来顺渐渐好起来了。按东明的话说，总算是熬过来了，你看毛色就知道，逐渐清亮起来了。一周以后，就开始恢复吃草料，来顺越来越漂亮了——按柳娟的话说。

　　姑姑带来个消息说，对面的崂屿岛上今年元宵要马冲海。说开始跟马群里的人约马，要大一点的马匹。她已经答应了，今年元宵节要带来顺进岛。偶戏也去。都去。按师傅的话说，这是虔诚也是消灾。按姑姑的话说。她的价格比其他人还低一点，为了来顺能顺顺利利的。

真的有这事，冲海消灾。

还有一两月，叫东明这一段经常来看。帮忙照顾好来顺。庆祥这么说。

等于说，四个人都要进岛了。罗源高兴，这是好事，也是大事——算大单的活了。这两个月好好准备着。

怎么分工，你们两个大男人多考虑吧。来顺一个人恐怕也伺候不过来，更别说去冲海了。娟一个人肯定不行。我最近还要经常去城里。

城里？干什么？罗源也有点不理解，没听说城里有什么亲戚啊！

你们管。姑姑瞄了一下柳娟，就说，女人们的事，可以吧！

庆祥觉得这里似乎有点什么曲折，虽然不好问。但柳娟的样子，多少跟她也是有关。

姑姑有天很奇怪地跟庆祥说，我倒是希望你跟她好好交往。比那个人还省事不少。庆祥有点没听懂。什么意思？什么那个人？姑姑气愤地说，年轻点，又有什么用！我现在也没几年活头了，找个孩子，哪那么容易！

庆祥在姑姑和最近柳娟的嘀嘀咕咕中，大致知道她们想去市里的一个儿童村领养一个孩子。但是手续也不容易，说要医院证明什么的，还要夫妻双方的声明什么的——也挺麻烦。那天她姑说到交往！什么交往，我，还是……不是的。他后来一直想跟她姑解释的，却也有点结结巴巴，我真的把娟当作亲人，真不是……你说我不能误人误事！他想让自己变成很生气的样子，又觉得有些费力，也就算了。

　　　　　　　　　　　　飞天的脚印

那天他待的时间短，临走的时候，说，我接下来会少来。柳娟没听到前面的话，有些诧异地看着庆祥走了，还有点气呼呼的样子。她问姑姑，姑姑大声说，老人跟孩子……他妈的都是……大麻烦。

过了个年。周斌他们都回来了。年倒是简单，他们更多的心思都在来顺进岛上。还要请个帮手。庆祥想叫周斌一起去，周斌说等不了到元宵末那么迟。后来，罗源联系请岛上的一个朋友帮忙，主要是帮着照看来顺。

进岛之前，兽医东明很认真地给来顺看了看身体。给它过了磅，量了马身上的所有部分，带着他固有的轻浮神气，庆祥揍了他的肩膀说认真点。东明一会扳起马的上嘴唇，看了看马嘴；又用劲按着，摸了摸马胸部的筋肉，又像蜘蛛爬一样，十分用劲地捯换着手指头，一直朝腿部摸了下去。还按了按膝关节，敲了敲筋头上的韧带，捏了捏距毛上的骨头……

这马是好的。很好。到处都好。就是腿骨，还是软了些。东明唠唠叨叨地说着。

这不是废话，腿不好，才要侍弄这几个月呀。庆祥想。

牵来顺上船是有点费劲。年后担心来顺怕海浪，其实庆祥跟柳娟都牵着来顺去过海边，当然是分别去的。下午的时候，风没那么大。也要让来顺适应一下更大的浪头。哪怕听听着着那种大浪也好。船是载大车小车都有，载一匹马倒是有点稀奇。买票的说，那也相当于占一个车位，按一个车位价格买票。这都在预料之中，就是上船的时候，听到有些车特别是货车的喇叭声巨响，来顺会受惊跳起来。庆祥跟罗源一直很小心地侍弄着，怕出任何意外。

庆祥很细心地跟着来顺站在车位上，船上的人都有点稀奇地看着。最近这两年，岛上的民俗小有名气，尤其是浮沁村的冲海仪式，被网上和微信朋友圈炒得很热。进岛的人也多，看民俗活动，一来是排解农闲，二来也算是某种回归吧。庆祥觉得。他抬头看见柳娟跟姑姑站在渡船的第二层甲板上，那天柳娟穿了一条略显宽松的牛仔裤，上衣是格子衬衫，外面暗红色的羽绒服，看起来里面还有一件高领的羊绒衫，还披着一块看起来很大的围巾，是花色的。庆祥觉得柳娟的内心其实还是很鲜活，这种活力让庆祥觉得既高兴，又有点低落。

岛上风大，温度也低。庆祥衣服倒是穿得不多，他拉着来顺，觉得内心是温热的。来屿岛他很久没来了，再往前回溯，似乎要到很多年前了。

他抬头看见柳娟被风吹起来的围脖，那种彩云似的花色漂浮，庆祥觉得这不像风帆，更像是一种彩色的飞鸟。他似乎又听到了远远的一声"叮"的声响。

7

这一段梦幻经历是原本谁都没预料到的。说起来简单，农历正月十八那天，庆祥跟罗源、柳娟、柳娟姑姑，还有一位罗源请来的帮手一起进到岛上的浮沁村的宫社里。宫里香火缭绕，气象氤氲。随着一声"叮"的声音，大家看庆祥已经心神大变，嘴上念念叨叨。宫里的人就说，这人附体了——就是成"僮身"了。宫里老人看了一下说，去吧他这就是。问哪里人？说是对岸的。问姓什么？说是姓周。老人说，那就是了，很多这个姓的基本上都是从这里出去的。

来，给找匹马。巡街冲海去！

这些是柳娟的说法：

我真的给吓着了。特别是刚开始。您怎么一下子就变了。然后，村里就来了四五个壮汉，搀扶着您出去，叫来马，马！我赶紧跟着上去，说我们的马，在这里。那时候来顺还系在大埕里呢。罗叔也反应很快，一下子就把来顺给牵来了。几个大汉就把您一下子抱到来顺身上去。也怪哦，来顺好像都没有反抗的，它好像是知道您似的。您一直在念念叨叨，我都听不懂您在念什么。他们说那是什么经书啊？是不是啊？我还想问您呢？后来就是我跟着了，罗叔和姑他们都去偶戏那里了，戏也不能耽误啊！还好我们多准备了些。最可怕的是冲海那会儿，巡街倒是还好，就是走着，他们几个人用手托着您的背。他们有经验。冲海那会儿，海浪也不低，不是，浪挺大的。我看起来都怕，他们就直接搀着您往下冲，听他们说都是这样，冲得越深越有力，越能消灾避险。还能保佑明年平安顺遂呢。也保海面丰收的。我最担心的还是来顺，他们那样冲，来顺的腿不知道吃不吃得消。但好像都好，来顺很厉害，甚至我都觉得它越来越神气了。冲海，它越来越有劲。旁边的人一直在叫好，老人家很多都跪下了，很激动，我也很激动。这太神奇了！旁边那个敲锣的，我看他全身都湿透了。有啊！有人在敲着锣，然后他们就搀着你，往海底下冲。都到来顺的半腰了，又吓人，又刺激！好多人啊！这真的是，好特别的风俗。后来就简单，到宫里，拜了拜，有个人又敲了那个铜钵，也是"叮"的一声，你就醒了。神奇吧！后来你就都知道了。

罗源是这么说的：

我是有听说这里的"僮身"跟别的地方不一样，他是不固定的。有人听到他们这宫的那个铃声，就是铃声，可能就会反应起来。我哪里会知道阿祥会变成这个——吓了一跳。那也没办法，这东西……按我们的话说，叫自有安排吧。我赶紧去把马牵了过来，当然，自己的马最熟悉，也放心。那时候，偶戏那边也要开始，你说我们能怎么办！肯定两边都要顾到。还好我请了当地的朋友帮忙。我看那会村里的年轻人陪护的很多，也都很有经验的样子，就比较放心。他们这里每年都这样，大家习惯了，这样也挺好的。我觉得是好事。肯定有道理的。后来我们也很快结束，你说当然有些简化，仪式的都走完了。我们赶过去海边，还在冲啊！你们巡街那会我们在做戏，差不多你们开始冲海的时候，我们就过去了。我看也有十几次，起码，来顺真好。强壮！这也算是有安排，让阿祥骑着来顺去冲海，多好。是双喜！来顺表现得真好啊，阿祥肯定也是了了什么心愿。真的是好事！

姑姑是这么说的：

我真的不相信，一开始，我自己都是蒙的。人那么多，脑袋都是嗡嗡响的。又来这么一下，我都不知道该怎么办了！倒是娟啊清醒一点，很快就跟了上去。我看罗源自己都有点反应不过来，回来他去牵马，我才想起这是真的了。你说怎么可能，一下子变成一个我全然不认识的人，眼神是直的。什么都看，又什么都没看。我都怕看见他的眼神。好像自己会掉进去一样。你说，你到底那时候在想什么？我连后来唱的戏都是有点蒙蒙的，就感觉耳边有音乐在响，就跟着哼，不是凭着感觉哼。怎么哼下来的我都不知道。后来，罗源拉着我，是用拉的啊，去了海边，我看到来顺载着您往海面冲，我真的是打了个激灵，才醒过来原来这是真的。我流泪了。真的。我看你那样冲向海面，就止不住眼泪。是好事！我知道。这是好事！那样子，似乎所有不好的东西，都会被大海冲走。我不是夸张，真的，我就是这么觉得。我那会觉得虽然阿祥不能跟我们说话，但他那会儿特别高大，特别那个……别说了。我又要哭了！

　　庆祥用了很长时间来回想那时候自己的感觉，但也一直不确定自己的感觉是对的，还是只是自己添加上去的。他其实主要就是一个感觉，就是自己一直在奔跑着。这个感觉很强烈。人家说马拉松运动员要跑几十公里，到后来，有训练的人应该就是本能地跑着，什么速度啊、姿势啊，肯定没人关心了，就是下意识地跑着呗。庆祥大概就是这个感觉。

　　他也努力往更深更具体的地方去回想，也是模模糊糊的。但他确实感到，似乎自己是从以前的某个场面中，跑了出来。是的……应该是。他隐隐看到自己从一座青石和红色石头相间的老房子里跑出来，然后一直往家的方向跑。他听到了哭声，似乎有人在说，你来迟了，你这个疯子，你不要来了。女儿已经走了！他打了个激灵，女儿！

　　他一直在找寻的人。原来在这里。那时候年轻，他打牌的时间不长，就是特别痴迷的那一段，也是女儿刚刚出生没多久。他真的没感觉又多了个女儿，他记得自己只在某个夜里抱过一次。而他后来连续赌了有四五天，都没回去。等到最后，有人来喊他，说女儿病得很严重了。他才跑回去。医生抢救的时候，他在场，妻子已经基本上处于昏迷的状态。女儿死后的那一段时间，他经常梦到自己在不断地跑啊跑着。而且，那一段时间，他老是觉得特别饿。一直想吃甜的东西，而且是那种特别甜的东西，就像冬瓜蜜的那种甜味。

　　豆子。豆子。豆子。豆子。豆子……这是妻子的叫法。庆祥呼喊过无数遍，豆子那张清爽的脸，还是逐渐模糊……

他在马上，但感觉不到来顺在自己身下。多数时候，庆祥觉得自己就是在梦里边，跑进跑出。柳娟一直问他嘴里念的是什么？庆祥后来想起来，他念的应该是——那张最后的药单：×××多少粒；×××多少瓶；×××多少支……他曾经一直留着那张单子。念叨了很多年。

8

"以前有听说僮身的事情，没想到。真没想到。"庆祥感慨了好几天。

姑姑几次凑过来看，说人有什么变化没？黑了！这是受伤了？她问罗源跟柳娟。"团里出钱，给你补补。"

柳娟觉得有点好笑。倒是罗源忌讳，伤什么伤！这叫因缘际会。没听戏里唱的。是好事。他还在强调这一点。

"不是都说只有他们那里的人，才会被附上？"庆祥主要是诧异这一点。两个女人家也是觉得这点奇怪。

"通神通灵，为了什么？"罗源变成一个表情厚重的民俗家了。"为了给人出气啊！跟古代，那戏里的，叫有冤诉冤有苦诉苦。我看还是主要给一些有执念的人一个出路啊！"真别说，这个解释还是很有水平的。

柳娟也觉得源叔解释得好，接话说："好像那时候有个宫里的老人，说什么都是从那里出来的？是什么意思？"

庆祥当时没知觉。罗源觉得也有点奇异，那里出来的？意思是他们周家原本也是岛上的人？

庆祥自己也不知道。他回忆中似乎也没听自己的父辈说起这个。我们的来处，这是个大问题。在这杂居杂姓的村子里。我们来处都像一个谜。人的姓氏或许是一条路，但是姓氏本身的来源，也是多种说法。难的！

显然，到庆祥这一代，要再去探究原本的祖先是不是从岛上搬出来？又是为什么从岛上搬离？却又没有到更远的地方，就在这岛屿相望的对岸居住下来，想找到这原因已经基本上不可能了。庆祥只记得自己有个叔叔，是渔民。走远洋的，那时是没现在这么发达，走这么远。但听说也是大船，好像叫什么——电光捕。当时算很高级的捕鱼方式了。

那天之后，柳娟也开始唱木师的段子。她经常用一根筷子（修得更光滑些）敲打着一个绿色的酒瓶子，跟着姑姑学唱一段段唱词。她看起来倒是越来越像那种古时候歌师了。歌师，庆祥想到这个词觉得很有趣。他喜欢听柳娟唱类似于《长亭避雨》这样的戏，虽然有时候他也会觉得有点甜腻，但还是好听。

> 遇难受灾留古亭，
> 休用巧言显身灵；
> 男女之间礼有别，
> 恶情假意用不得……

她唱的不一样。她唱的都是更加像戏的曲子。罗源说，这是真正的戏。庆祥觉得怎么这么说？那这些《愿》《目连》什么的呢？罗源说，那些也是戏，但主要是给看不见的东西听的。这不一样，这些戏是真的给人听的。庆祥听到一种很哲理式的表达——这罗源，有一手啊。他觉得自己的意识里，看不见的东西，包括神鬼之类的，也都是值得慢慢唱出来的。

骑马是一种飞翔。骑着风啊云啊，甚至雷啊电啊，都是可以的。庆祥找到一种安慰方式。庆祥骑过来顺一次，但在他的意识里好像跟没骑过一样。即便这样，庆祥看来顺越来越亲切。就好像来顺真的能听懂庆祥说的话似的。柳娟说，你看你看，这来顺还真是认家啊——谁的就是谁的。

那一段时间，庆祥也经常去海边坐着，有时候也带着来顺，但多数都是一个人去，他会有点痴迷地看着对面的那座岛。他会跟罗源说，自己还是想去岛上再看看。问一问，或者找找看。罗源是不太赞同的，他说你这样很容易掉进去，人老了，就总会痴迷以前的事情，特别是越早的事情，越想搞明白。

"你还能怎么样？即便真的是原本从岛上搬出来的，你又能怎样？"罗源觉得这样太浪费时间。

"我就是想搞明白。"庆祥确实有点掉进去了。

"难道你还想搬回岛上去？！"罗源觉得这是笑话。

"为什么不可以！"庆祥还来真的，"八字还没一撇呢。"吓人一跳。

"你想啊，每个人都在往城市走。我们即便不去城里，难道还要往岛上走，这算什么——倒着走。"罗源是担心。

庆祥看着这条古称南海水道的地方，黄昏的时候，又有些近海的捕鱼船在返航。水面不断被船梁切开，船背后挂机掀起的浪花，跟雪花似的。

"不会的。回也回不去了。"后来是庆祥反过来安慰他。

那几天，柳娟跟她姑一起去了几趟城里。据说要领养一个儿童村的孩子回来了，最后再办一些手续。说那个顺兴也同意领养。罗源说这是好事。庆祥也觉得是，但他对一个孩子尤其是陌生孩子，他下意识地有点排斥。但毕竟有点不好说出口，在嘴上当然说是好事。

但是，孩子没有带回来。听她姑后来说，是柳娟自己放弃了。问是什么原因突然不领了，姑姑也有点说不清，只是说她知道顺兴说目前还不想回来。说柳娟都给顺兴看了那个孩子的照片，希望他一起回来照顾。过分——连来顺的照片都看了。姑姑说。没用。以前喜欢马，现在喜欢车。姑姑还说，别再说了，骨头能大自己大。庆祥不知道这话是什么意思。柳娟看样子是哭过的了。

后来听说，顺兴的原话就是"我现在在城里已经习惯了。"柳娟显然是有些伤心，说有来顺就可以了。

那一段柳娟又经常带着来顺去散步。庆祥很少跟着去。但学戏的时候，有时候是一起学的。庆祥觉得柳娟学戏比自己还要投入。那些据说肉身戏（成人戏）也有做的戏，柳娟唱得很动听。

他们也一起下乡去做偶戏。白事的话，姑姑和庆祥为主。罗源跟柳娟都说庆祥《目连》唱得很投入，庆祥觉得也就是正常唱。但他有时候唱着唱着就觉得这也算是"自我超度"吧。红事就以柳娟跟庆祥为主。除了比较近的地方，来顺一般都放在家里，或者是系在村头的一些田埂边。来顺自从那次去冲了海，一直很健康。这是很大的喜事。

庆祥后来很多次又想起那天柳娟骑着马在海边奔跑的场面。他知道自己除了那次扮"僮身"的时候——有种飞翔的感觉，其他时候，无论如何——他也是追不上那匹马的。他和柳娟经常扮演一对肉身戏里的才子佳人——这还是最多也是最受欢迎的戏。有时候听着两股声音在有些尖利的扩音器里，庆祥觉得这简直比所谓的万马齐喑还要爆裂。偶戏的设备太简陋了，庆祥只觉得自己的耳膜应该是越来越厚了——有点超重的才子佳人在空中飘着。呵呵，他最近还是想劝柳娟，还是应该领个孩子回来，无论如何，那都是多大的功德啊！

他想着这个的时候，海面上正探出了个很鲜红的半圆。岛也是海之子啊。庆祥觉得，周斌也该有孩子了吧。

别人的世界

——披星小说阅读札记

麦冬

1

《飞天的脚印》是披星的第一篇小说,这是篇令人难忘的小说,给他的小说写作开了个好头,这篇小说本身也有一个很好的开头——

> 妻子打电话来的时候,我正在兰州,已经买了去往敦煌的火车票。她说她们一行在医院住下,做了常规检查,也已经联系上主刀医生了,这一两天就要做手术了。终于下定决心了,真是很不容易。

这个开头具有那些好开头的共同的特质,那就是快速进入故事,同时也快速地进入人物的内心,这样自然就抓住了读者的目光,也吊起了读者的胃口。看上去这是完全自我敞开式的接近于散文写作的一种写法,叙述口吻也流露出某种真诚,带着明显的主观情感,显得亲切、自然、可信。这个开头也明白告诉读者,故事将向两个方向展开,一个在某家医院(很快我们便会知道这是北京的一家医院)的病房里,另一个则在敦煌或者前往敦煌的路上。在作者的暗示下，接下来读者还会自己问自己一连串的问题：有人要做手术了，谁做手术？怎么样的手术？手术会顺利吗？而前往敦煌的那位又会遭遇什么奇迹？他会半路返回，来到亲人身边，陪他们渡过难关吗？

可惜"我"并不着急回答读者的疑问，他放下手术的话题，介绍了一番兰州印象，接下来，又自报家门，做了番简要的自我介绍，我们对他也有了大致的了解，知道他是来宁夏支教的老师，知道了这一趟出门远行也不容易，因为妻子并没有完全同意。现在，他人在旅途，妻子却打来电话，告诉他家里正准备在北京给岳父做截肢手术。电话来得真不是时候，可是岳父脚伤复发，不做手术不行了。

手术本身并没有太大风险，考验他们的是其他一些东西。首先是心理上的问题，真要截肢了，家人心里都有点不舍。心理上的问题还好，再难可以想办法克服，接下来，更加现实的难题摆在一家人面前。首先是截下来的肢体怎么办？按老家的规矩，残肢应该火化保存，等人百年以后和身体一起火化才算圆满，可这么做的难度太大了：因为先得把残肢从医院拿出来，还得找个可以安放这个残肢的地方，这些都很麻烦，更麻烦的是带一个残肢，坐不了飞机，火车也不行，只能坐长途大巴，可能还要转车，万一碰到检查怎么办，而且，"残肢到家以后怎么处理？这也是个大问题。"

在北京的家人们为手术和手术后的残肢苦恼的同时，"我"一边牵挂着北京的事情，一边穿行在大漠中，继续寻找那些文明的遗踪。小说故事就按两条线，分别在北京和敦煌同时展开，一条线轻盈，一条线则十分沉重，我们不妨说，西行的一条线是"游记"，娘家人北上进京给岳父做手术的一条线则是一份"病历"。双线叙述的结构，有点复调叙事的味道，但仔细推敲，发现它并不典型，因为这两条线并不完全独立，故事的叙事者始终是"我"，"我"接了电话，电话中妻子不时通报事态的进展，故事就这样一步一步展开了，两条线之间，始终通过电话连接在一起了。

披星说过，去北京和去敦煌这两件事，都是真实发生的，但两件不同时间发生的事件，被他有意安排在同一时间内展开。那么，他这样安排有什么特殊的意义吗？显然，在北京和敦煌之间，北上和西行之间存在着某种对比，我们会意识到这两个地点所代表的特殊含义，显然，前者是永恒的象征，而后者则代表了物质生活。敦煌，大漠，神像，还有那体态轻盈、裙裾飘扬、振翼欲飞的飞天形象，也许再也没有比这一切更能激起他心中永恒的感觉，而与敦煌相比，繁华都市简直就是精神的荒漠，"岳父"以及他的伤残、截肢所代表的更是具体、实在、沉重、艰辛的物质生活。

"岳父"这个形象我们会觉得面熟，这并不奇怪，我们身边这样的人物比比皆是，我们的父辈，大叔、大伯、姑丈、姨夫们都是这样一步步走来的，他们是为生存而拼搏的一代，我们的衣食温饱也都有赖于他们的劳动。从这个角度说，妻子的父亲实际上代表了我们这个时代几十年发展中的一个典型人物：年轻时为生活四处奔波，苦苦撑着一个家，现在老了，拖着一条病腿或者忍受着躯体的其他病痛，无助地等待着人生终点的到来。在披星看来，他们付出的代价不单是肉体的病痛，实际上，他们精神世界的伤痛也不少。现在，"我"在遥远的敦煌远远地打量着这一切，这种打量中包含着理解与尊重，但同时也让我们感觉到，他并不满足于父辈们的这种生活。那么，是不是还有一种"更高层次的生活"？它是什么呢？我们又如何去达到呢？

我没有去过敦煌，对壁画也不太了解，但我曾经浏览过20卷本的敦煌壁画画册，让我惊讶的是，在这卷帙浩繁的画册当中，我看到的不仅仅是道德上的信仰和精神上的追求，还有大量的世俗生活图景的再现。而在现实生活中，一方面，永恒的敦煌还在提醒我们去寻求一种超越世俗功利与自我提升的可能，另一方面，它也正在不可避免地沦为被消费的一个景点，成为旅游业的一部分。一边是生存本能，另一边是自我超越的可能性，在小说中，我们同样感受到作者在这二者之间的彷徨，这种犹豫彷徨，最终变成一个意象，出现在他的梦境——

> 那天晚上，我做了一个梦，隐约中一直有一个仕女模样的人形向着我反反复复走来，每一次要到跟前了，就一下子飞了起来。我很努力地去抓，却怎样都抓不住，只有那些裙裾在快速飞散。这个梦大概反复了有四次左右，我觉得这似乎是白天看的飞天仕女形象在我内心的反刍。

这个梦境自然是他"日有所思"的反映，我们不需要精神分析的学问，就可以对这个梦境进行解释，飞天的出现与消失，当然意味着自我超越的某种可能性，同时也透露出了这种超越的艰难。

在遥远的大西北，作者对生活的审视与寻求自我超越的可能没有得出什么结论，北京这边，类似《我弥留之际》的传奇也没有发生，而小说就要结束了，这还算是一篇小说吗？披星不管这些，他笔锋一转，又津津有味地谈起了旅游业和旅游产品。他看中的是那些胡杨木印章，他买了两个，分别刻上自己喜欢的词，一个是"日夕气佳"，一个是"月明星稀"，这对留下他生命印记的印章也延续并贮存着他对敦煌、对永恒事物的想象：

> 去敦煌终于只是买了这一对胡杨木做成的印章，虽然粗糙了些，但它们微黄明亮的样子，还是很好看，木头的质地也很温润娴静。我抚摸了一会这两个小印章，感受到胡杨枝节的细腻和轻微的泥土气息。想起那个阳光博物馆的干尸婴儿，仿佛这就像一对婴儿的小脚，温暖柔弱。胡杨木真是千年之身，那么它的内部质地应该十分坚执。在那个印章的表层上，刻着与我有关的两个词语。
>
> 我抚摸这些刻痕，像抚摸一个孩子的脚掌纹。

披星毕竟是位诗人，这些无处不在的意象，赋予了作品某种神秘与空灵，但也增加了我们解读的难度，我不能确定这对婴儿的小脚到底象征着什么，而在空中飞扬的神人如何留下她们的脚印我也不得而知。

2

披星在出了一本诗集、一本随笔，又在《长江日报》开了几年专栏后，写起了小说，让很多人感到有些意外，不过，对他来说这完全是一个深思熟虑的结果。在创作谈《窗外的世界》

中他谈到了自己从诗歌写作转向小说写作的原因："从某种程度来说，诗歌只要一个人也就是只要关注自己就可以完成；虽然真正好的诗歌也是需要对人世的洞察和对自然的依恋，但这还是可以在完善自我的过程中完成。小说基本不行，它很需要对'我之外'的事物的关注。从'我'身上走到'他'身上，是关于时间的跋涉。或者说到一定的阶段，诗歌的容量似乎不够了，还需要更加具有文字体量的东西来描述自我。这大概就是小说生成的起因。"

《渔村客运》是披星的第二篇小说，这是一篇典型的"从自我走向他人"的作品，在这篇小说里，充分展示了他小说写作的才华，那就是代替他人、倾听他人的能力，按帕慕克的话是，"伟大的文学与我们的判断力没有关系，而是与我们把自己置于他人处境的能力有关"。许多作家都有类似的看法，乔治·艾略特是这么说的，"要说我对写作的效用有什么热烈的期盼，那就是我的读者能够更好地想象并感受别人的喜怒哀乐。"

在渔村客运中，我们将"想象并感受"到的是一位乡村妇女的喜怒哀乐。林亚梅早年间丈夫出海遇难，因为公公在交通局里看门，她得到了一个乡村客运的售票员的职位，丈夫留下一个女儿，现在好歹招了个上门女婿，尽管总有让她操心的事，但不管怎么样，总算有个家的模样。更加让她高兴的是，"前几年，女儿很争气，给她生了个大胖孙子。有了孙子了，亚梅似乎觉得有了新的依靠"。这天下午，她有个小小的心愿，那就是等车回镇上时，经过她家时提前下车，因为她要"早点回家给孙子杀一只鸭，那只鸭已经很老了，再不杀肉就更老了，也就很难煮了，煮了也不好吃了。"但是，她的这个小小的心愿能够实现吗？

飞天的脚印

在小说的开头部分，披星勾画出了现实中的渔村面貌，暗示了生活的某种真相，即务实、势利以及"总会发生"的掺假掺杂，这也是即将上场的主人公林亚梅生活和工作的环境。接着他把目光转到了林亚梅身上，"林亚梅长得一副挺凶的样子"，"一副'矮矬穷'的女性武大郎模样"，"轻微的龅牙状加上眼球外凸的外形，似乎是印象中的那种被甲亢病折磨过的形象。一般人坐车，看见她实在很难有一丝好感：一副恶狠狠的样子。"果然，又有人上车，而且是祖孙三代。在这里，披星让我们见识了林亚梅身上"强悍"的一面：

> 她们刚坐下，亚梅就是说："快点，买票！"老妇女早就准备好了六块钱递给她。"到哪里？"亚梅快速地问道。
>
> "到镇上。"老妇女似乎坐过这样的车。
>
> "十块。"亚梅语调开始升高了。
>
> "上一次坐也是每个人三块啊！"老妇女很不解。
>
> "上次是什么时候！涨了。早就涨了。每个人五块。快点！"从三月份开始，这路费就涨了。从原来全程四块涨到全程六块了。
>
> "我都坐过，就是三块啊！"老妇女还是有些不解，坚持着自己的说法。
>
> "坐不坐，不坐下车！"亚梅的习惯，一句话到底。
>
> "下就下。每次都是三块钱的。"老妇女不死心，对着自家的母女说："我们下车。怕没车坐！"
>
> 亚梅很干脆："司机，开门。"也直接把她们的六

块钱递还给了老妇女。

祖孙三代下了车。去路边再等下一班了。

几个"快点""干脆"以及"升高的语调"生动地写出了亚梅的"强悍"，也许我们可以认为，她对那祖孙三代的呵斥只是一种"工作惯性"，她并没有十分清醒地意识到自己在说些什么，没有十分清醒地意识到自己说出的话的所有含义，但可以肯定的是，在拒绝她们上车的那一瞬间，她一定也体会到了自己的存在。

有这样"强悍"的售票员并不奇怪，因为这些"乡村客运"在乡下本来就很"霸道"。司机们都可以用"勇猛"来形容，都把车开得十分"狂野"。林亚梅车上的这位司机当然也不例外，"像阿栋这种四十出头的本地司机，看起来不爱说话，其实内心十分强势，也基本上都很霸道。"在做了这些铺垫后，叙述的视角转回到亚梅身上，她有点预感到，今天她那小小心愿可能不会那么容易实现。果然，当她真的开口说要先下车的时候，不但亚栋没有应答她，秀香也"故意把脸别到一边去"。最后，林亚梅只能在快到镇上时挤在乘客的身后跟着下了车，这时，"车已经距离她的家有六七公里了，加上拐进去的村道，够她走上一阵了。"接下来，我们看到披星作了很有意味的描写：

即便这样，亚梅也没有觉得对他们有很大的怨恨。乡下人走几公里路不算什么，虽然天天坐在车上，走路还是很快能够到家。天色已经快暗下来了，赶回去杀鸭子估计来不及了。"孙子该饿了吧！"亚梅还是挂念着家里。她有这样的本事，那些车上经过的事能够很快翻篇，似乎无论怎样的戏弄，都很难在她的记忆中留下很多的痕迹。

她已经忘掉了车上的不快，准确说她本来就没有感到多大不快，你可以认为这是一种麻木，也可以把它理解为一种类似于精神胜利法的东西。但我们更加明确意识到的是，假如这里披星写了她的伤心委屈，我们就很难理解时代的沉重感，也就很难意识到，对于亚梅来说，让她受委屈的不是司机，而是更加强大的时代与命运。从这个角度说，这个小"插曲"就是冰山的一角，透过这一角，我们看到了林亚梅那辛酸的一生。

不管怎样，林亚梅终于下车了，暮色中，她的形象却在我们的眼前更加清晰了起来，因为我们发现她的内心突然完全敞开了。这时，看上去客观的叙事突然披上了强烈的主观色彩，我们惊讶地发现，在回家的路上，这位"强悍"、"恶狠狠"、早就忘掉了自己的外表、忘掉了自己性别的乡村妇女的内心突然间充满了温柔的情感。她不但听到了海的声音，也注意到路旁的夹竹桃开花了，她闻到了空气中浓烈的海腥味，并由此联想到女儿的工作，"原来晒过龙须菜的地方味道这么呛"，她突然间对女儿有了更多的理解，"觉得幺儿这样天天做这个也是很辛苦！"她让我们看到了，她身上的一种特殊的能让人产生同情与好感的能力，那就是设身处地、推己及人的能力。这种能力有时会给人带来幸福感，事实上也带给了她。于是，林亚梅由龙须菜想到了女儿，由女儿想到了夏天的新衣，心情变快活起来，接着，我们看到了小说中结尾的一幕：

天色已经暗下来了，她觉得虽然需要走上那么一

别人的世界

段时间，但这个时候海浪的声音听起来竟然十分亲切的。亚梅想起过两天没上班了，要再带孙子到海边来玩了。在心头一晃而过的还有今天搭车的那祖孙三代人，不知道为什么这几个人的样子就跳了出来。亚梅想：她们肯定已经到镇里了吧！想到这里，她的脚步轻盈了许多。

不远处，海浪声似乎也越来越近了。

在小说的最后，披星捕捉到了林亚梅微妙、细腻的心理变化，其中最值得分析的是，祖孙三代人最后一刻在林亚梅的心头"一晃而过"，如果说，因为孙子的存在大海也变了模样的话，那么，这小小的一闪念也从某种程度上改变了林亚梅在我们心中的形象。我们来看看这一瞬间可能意味些什么。

在这一刻，林亚梅进入了某种短暂的自省状态，这是一个微妙、模糊的意识空间，不确定性的空间，很难去把握它，你可以理解为是她的一种内疚，她对自己所作所为给那祖孙三人带来的屈辱有所觉察，甚至可以理解为是瞬间的道德升华与良知的发现。我们认为，某些道德准则是人类心灵生来就有的，林亚梅也不例外，也正是这小小的一闪念，赋予了人物和小说不寻常的光彩。

要是平时，也许连这小小的一闪念也不会发生，但今天不一样了，刚才发生的这件小事和之前发生的另外一件小事，在祖孙三人的遭遇和自己的遭遇之间，这二者之间显然存在着一些因果关系。类似的拒绝发生在她们的身上，也发生在她身上，不同的只是，一个被拒绝上车，另一个则被拒绝下车。这种对比，突然间让她理解了被"拒之门内"和"被拒之门外"

有着一样的屈辱。所以，在那一瞬间，与其说她想到的是老大娘的屈辱，不如说是她自己的屈辱。

这里面有两个词可以帮助我们来进一步理解这一瞬间，一个是"一晃而过"，另一个是"不知道为什么"，这两个词告诉我们，她的"自省"是短暂的、直觉的、近乎本能的反应。"不知道为什么"，透露了她既没有兴趣，也没有能力对自己的内心进行一番审察，她所有的只是一种瞬间的直觉，一种接近本能的反应。实际上，内疚与自责对于她来说就是一场"道德革命"，这种革命不可能发生在她身上，因为果真这场革命发生了，那么随之打碎的就不仅仅是道德观念，而是实实在在的价值观念与行为准则，她还得重新做人，这对她来说要求太高了。所以，我们看到这种良心的不安很快便消失了，在这里，作者没有人为去拔高，也没有更多的抒情，这也是作者诚实表达的一个体现。

3

林亚梅的形象，实际上是某种类型的代表，在披星的其他小说中，人物的形象也类似，都具有某种典型性。不管是《园子》里的苏梅，还是《骑马下海》中的柳娟，《村葬》中的贵萍，她们有差不多的身份，差不多的外貌，差不多的处境，就连她们的名字听上去也差不太多，不外乎就是梅、萍、柳、兰，都是我们身边普通的植物，她们的命运也跟这些植物一样，或坚韧，或柔弱，在人生的风雨中各自飘摇。

在《园子》里，苏梅碰上了个最令女人苦恼的问题：老公有了外遇，而且有了小孩，并且他也很久不回家了；这还没什么，那位叫小惠的女人居然不清不楚地打来电话，不但跟她要人，还跟她要钱。和面临类似处境的女人们一样，她感到自己要"崩溃"了，为了避免"崩溃"，她首先想到的还是我们熟悉的"刻意回避"和"自我遗忘"，"尽可能不去想它了"或者"让自己变得更加忙碌"，所以这几天，"她要把房子后面的园子整理一下"。

我们发现，她的性格中有一些类似林亚梅那样的"自我调节"的机能，这种能力除了上述的"回避"和"自我遗忘"外，还有一项就是"忘我"："这些年的操劳早就让她几乎已经忘了自己的长相了"，以及"自我安慰"："不乐观又怎样！总不能不要活了。"除此之外，她的身上还有农村妇女常有的习惯性的"认命"，"到最终，苏梅觉得事实已经是这样了，没法改变了"。有所不同的是，她并不完全被动，也有一些自己的人生哲学，"那么眼前也就只有一件事重要了，就是找一些自己能够做到的事情，去做并且把它做好。苏梅觉得这就是一种改变的希望。当现实已经不能改变的时候，做好手头的事就是改变的开始。"这是她从保险公司培训班上学来的生活哲理，现在看来，"这样的想法也是有一些作用的。"最后我们看到，和那些面临困境的女性一样，孩子成了她最重要的寄托，"现在，女儿的成长比什么都重要。"

苏梅也不是一开始就麻木、隐忍，第一次接到小惠的电话时，"就像内心被火烧着了一样"。这种事尽管也见多了，但真的降临自己头上她还是缺乏准备，时代不同了，像她们这些年纪稍大一点的农村妇女，一时还没有反应过来，不知道时代的变化对她们来说意味着什么，所以生活中真的出现问题了，她们会觉得"没想到是今天这个结局，钱没有寄过几分，多出了一个女的，还有一个孩子，真是可笑。"让她感到更加意外的是，丈夫自己联系不上，小惠也联系不上，所以她打来电话时，"话语中并没有那种肆无忌惮的样子，倒是显露出一种无能为力的悲苦。"尽管如此，苏梅还是觉得这个女孩子又做作又可恶。"分明就是个狐狸精"以及"不要脸"。但她话语虽然强硬，却还是渐渐对小惠的处境有了一些理解，她甚至觉得，她们之间也有点相像，"她虽然觉得还是很痛恨这样的处境，但小惠话语中的那些失落和独自承担的生活体会，苏梅一下子就能体会到。那是太难，也太不容易了！比起小惠在北京所受到的压力，她在老家生活上的压力应该还是小一些。"

让她重新找回平衡的，还有自家门前的小土地庙，她把那座荒废已久的小庙，重新收拾干净了，"苏梅看着这明晰起来的神的双眼，觉得自己内心获得了淡淡的平静。"这倒也让她更能静下心来更加理智地面对自己的处境，她的思路也显得更加清楚了，她要行动起来，做点有助于改善自己处境的事。

她首先想到的是自己的女儿，她要保护她，但是又信心不足，她感觉到，女儿未来的路也不宽敞，要么重蹈自己的覆辙，要么步小惠后尘，这是她最为担心的。但不管怎样，经过一番思想斗争后，她还是挺过来了，又找回了内心的某种平衡，于是，"当苏梅觉得内心悲痛的部分慢慢平复下来的时候，那种骨子里刚强的部分就开始一点点苏醒过来了。"现在，除了对女儿的担心外，她决定做的第一件事是，"无论如何，也要联系上陈健，只要他愿意回家来，做什么都行。"她甚至谋划起未来了，"附近的工厂外来人员日渐增多，苏梅想让陈健回来，一起在这个轮胎厂旁边开个超市——小一点的，一步步开始。无论用什么办法，都要这么做！"她忘掉了自己的屈辱，又表现出她的坚韧、乐观甚至天真一面来了。她已经决定好了，这个决定可不是一时冲动，它可是从她的心底冒出来的，甚至可以说是她的"本能"，"只要能挽留住这个家，多大的代价苏梅觉得也是值得的。"

然后，她做出了第二个决定——"我给她寄钱！"为什么有这个决定，她自己也没想清楚，也许有同情的成分，因为毕竟同病相怜；更实在的理由是，她要把它当作一个砝码，一个留住丈夫，保住家庭的砝码。所以，这第二个决定，其实也是第一个决定的一部分。有了这些决定，也就意味着有了新的指望。于是，我们看到她身上积极、乐观的天性也渐渐回来了，不仅如此，她也流露出天性中固有的宽容与善良。她不但谅解了小惠，对自己的丈夫也有了谅解，"想到在北京那样的地方，生活压力肯定很大。这种压力之下，陈健的日子估计也好不到哪里去。"所以，她现在不但要把丈夫找回来，还要让全家过得"平平安安"，"哪怕暂时不愿意回来的人，在外平安也总是好的。"在小说的结尾，她甚至想给小惠寄桂圆，这可不是一般的礼物，我们知道桂圆对妇女产后很有好处，如果说给小惠寄钱还是出于某种策略的考虑，那么给她寄桂圆，完全是真正的关心甚至是仁慈了，尽管这也是她天性中自然流露出来的，但还是把她自己吓了一跳，连她自己也不知道自己为什么这么慈悲。

4

读披星的小说，经常就会有这样的想法跳出来，哦，他写的就是我的阿姨、姑妈、堂姐啊，我没能写出来，被他写出来了。确实，我们生活就是如此，这些人好像就是我们身边的人，他说的都是我已经知道的内容，她的那些人物都是我的左邻右舍，对我来说再熟悉不过了。

他的故事也都很简单，没有大起大落，也没有大奸大恶，看上去就是生活的"原生态"。奇怪的是，我们并没有因为他没有为我们提供"传奇"感到不满，我们好像满足于他这种没有想象力的诚实，这些几乎称不上故事的故事都已经让我们心满意足了，并心甘情愿地让他带着走入一个又一个心事重重的人物的内心世界中去。我们沉浸在他的叙事中，沉浸在那些人物的屈辱，委曲，苦闷，顽强，还有她们高超的"自我平衡能力"。故事结束了，我们会觉得他说的这些不完全是虚构，看上去就像是真的似的。这种阅读反而是愉悦的，我觉得这种愉悦来自作者的真诚，来自他带给我们一种自然、真实的感觉。

我们知道在《飞天的脚印》中有非虚构的因素，在披星其他的小说中也或多或少可以找到类似的成分。熟悉披星的朋友，只要读了《渔村客运》，不难猜测到小说中的码头就是"石城"码头，有一段时间，他就在码头附近的学校里上班，这段从码头到镇上的旅程，他再熟悉不过了，加上他对场景的天生感受力，他笔下的码头、渔村、乡村公交车这一些相关的环境也写得具体而真切，让你觉得就是生活本身，它不是画上的布景，也不是临时搭就的舞台。当然，他也展示了出色的对人物的观察与描绘能力，往往寥寥几笔，司机、乘客、售票员，他们的外貌特征与道德品性全都活灵活现地展现出来。披星曾在一篇随笔中思考过"何谓真实"：

"何谓现实？关注人：捕捉行为、细节、表情、话语，想象它；延伸到自然之物，对草木花叶，鸟兽虫鱼，安详对话交换呼吸；细节的准确，会带来神奇的过程；朴实，就是对语言的最大敬重；唯有真实才能抵达语言的核心……"

什么是真实？如何去表现真实？本来就存在着许多分歧，为了这些分歧也形成了各种各样的文学流派，不过，有一点倒是一目了然的，那就是你是否有真实表达的诚意。在披星的写作中，我们看到了这种诚意，这种诚意首先表现在他在描写事物或者人物的时候，展示的不是那种单纯的美好，而是对一切事物理解之后的一视同仁；这种诚意还表现在他如何处理作品和他自己个人体验的关系上，在披星的小说里，他的自我是敞开的，许多人物身上都留下他真切的生命体验，也正是因此，他的人物也充满了不寻常的生命力，而这也正是小说家对人物与读者的双重的真诚。

通常来讲，作家会选择自己熟悉的，同时也比较认同的人物去描写，这样会更容易产生移情，也更容易激起自己表达的冲动。披星在农村出生，在农村长大，除了出外求学的几年时间，他基本上都生活在农村，大学毕业从学校回来后，他也长期在乡村学校教书，所以有非常真切实在的农村与城镇生活的经验，而他写的也正是这些。

在披星的作品里，常常由"我"直接来叙述，你甚至于可以把这个"我"看作作家本人，他不但是事件的旁观者，更是事件的参与者。而那些看上去是客观的、甚至全知全能的叙事在他这里也常常带上了强烈的主观色彩。这样的叙述视角，使得作家和读者的心理距离进一步拉近，这也使得他的许多小说看上去与非虚构作品相当接近。

比如,《村葬》基本上就是一场乡村葬礼的现场实录,接近纪录片的冷静叙事已接近残酷的生活真相,透露出披星对人性悲凉的看法。

> "贵萍是后半夜死掉的。这一点基本可以确定,但更具体时间谁也不知道。是凌晨两点、三点,还是四点?——就没有人知道了。"

这是小说的开头,有点加缪《局外人》的意思,实际上全文也都弥漫着《局外人》那种零度叙事。妻子死了,丈夫杜皮悲伤没有停留多久,"这谁也没有办法,各安天命吧!"既冷漠又现实,"具体时间已经不重要了。对于杜皮来说,接下来又是很麻烦的几天。""赶紧先通知两个儿子,小的还近一些,大的还在晋江呢!"似乎让大儿子杜楠从几十公里外赶回来参加母亲的葬礼也是过分的要求,"前一个月杜楠一家都去了晋江,说是工作转到那里的厂区了。其实大家都知道是杜楠的奶奶叫他们去的,说是怕传染。子宫肌瘤。传染!"而小儿子杜林虽然就在附近的镇里大酒店工作,却也觉得母亲死得也太不是时候了,因为他"最近一直在考虑酒店里的一个部门经理的位置,哪里有那么多时间回去?"而对于杜皮来讲,现在最关键的还是钱,"不知道这场葬礼得花多少钱——这个很要命!"更加现实的是,死者葬在哪里?"这真是个大难题!"

而贵萍的父亲的态度也很现实,"当然,更加沉默的是贵萍的爸爸,女儿得这个病对于自己家也是一个灾难。虽然痛心,却更多的是觉得抬不起头来。他接过明贤递来的烟,一个劲地在抽。""嫁出去的女儿，说什么都没用。只是伤心自己的女儿这一生，实在太倒霉！心里也就只希望儿子一家会好一些。"

小说中最有良心的一个人是姑丈，也是在他坚持下，最终杜皮决定去村里的公墓区，看了两坎公墓。"六千元，杜皮自己觉得这一次算是勒紧了裤腰带，总算是做了件圆满的事了。"难题解决了，"晚饭当然是在一种如释重负的气氛下进行的。""虽然这不是喜丧，杜皮的姑父对于这种有涉及外人的饭都准备得比较充足，大家都觉得这顿饭办得很好，有面子！"而大家觉得说得最好的一句话是，"死了的人死了，活的人总是要活！"难怪小儿子看到母亲的遗像，想到的也是自己遗传了母亲的好长相，可以去弄个漂亮一点的个人照，"这样对于那个经理位置的竞争，才更有利一些。"当父亲的也一样，早已规划起自己的未来了。

通篇是不动声色的语调，完全抽空了感情色彩，你可能感到不舒服，但你又不得不承认，他写的就是真实。为什么会这样呢？难道我们都变成了冷漠无情的人，变成只会照顾好自己的"肚皮"与"肚腩"的人？难道生存的本能就可以取代一切吗？就算生存至上，夫妻之间、母子之间，就该如此寡情少义吗？人心到底发生了什么样的变化？是一直如此，还是说我们生活的时代确实有些不同？

现在，当我们回过头来重新打量披星笔下的这些人物，考察他与人物的关系，发现他对待人物的态度接近评论家张定浩的一个概念，那就是"哀矜"，这个概念接近我们常说的悲悯，稍有区别的是，这种悲悯中，带着某种超脱与淡淡的疏离，有点类似于老子说的"不仁"。

在披星的作品中，他总能找到人物埋在最深处的"心结"

并试着去解开它。但这样的结，往往不是你把两端轻轻一拉就可以解开的，相反，你越拉它会扎得越紧。这个时候，我们看到披星表现出了足够的细心与耐心，而正是在这种细心与耐心中，我们理解了披星的小说艺术，也理解了他对笔下人物的真切同情。

不管是亚梅、苏梅、柳娟，还是我们叫不出名字的"婶婶"，她们都是农村普通人物，基本上不是留守妇女就是丧偶女性，可以说都是"没有男人的女人们"。她们总是那副样子，不抱怨，不疯狂，不歇斯底里，也远离了廉价的伤感，她们只有朴素、简单、坚定的信念，那就是活着，有一个家就好，如果大家平平安安的那就更好了。这个形象代表了什么？到底有什么特殊意义？这不是一两句话能说得清的，所以披星的回答是，把"她"的故事一再重复着讲述，在他的一遍又一遍的重复中，"她"成了"她们"，于是，我们发现"她们"身上的共同点还真不少，知道了她们都是有"故事"的人，也意识到了她们的命运是与这个时代的变迁息息相关的，也许，这正是披星正在思考的东西。

5

2011 年 8 月，披星出版了自己的第一本诗集《不下雪的城市》，收入了他早期的大部分诗作，这些作品现在看来有点生涩，传递出来的信息也有些含混，但已经表现出明显的理性与思辨的色彩。几年后，他的诗歌风格有了明显的变化，语言更加平易简洁，冷静节制，它所传达出来的体验却更加清晰坚定。在他的随笔《另一种抵达》中，他谈到了自己的诗歌观念："诗和音乐，我的一对翅膀"，"我写作，为了保持清醒"，"我认可诗是加速的思想"，"诗终将为纠正而存在：纠正语言；纠正日常"。这里的关键词是"清醒""思想"和"纠正"，实际上这不但是他的诗观，也始终贯穿在他的随笔写作中。

诗集出版后不久，披星争取到了一个去宁夏支教的机会。2011年的秋天，他背上行囊，离开莆田去了宁夏，也把在莆田开始动笔的系列音乐随笔的写作带到了宁夏。在西海固，披星陷入了某种沉思，完全处在自己与自己交谈的内心对话中。在2011年11月的某一天，他接连写了三篇随笔，每一篇里都充满了反省、抉择以及近乎惨烈的自我拷问。我很少看到有人如此认真地对待自己，如此严肃地面对自己的内心。

不少诗人拥有杰出的批评的才华，他们已经形成了一个强大的诗人评论的传统，他们能够把逻辑思辨能力和诗人的直觉完美结合，他们的判断往往既快速、直接又清晰、坚定。披星的艺术评论也有类似的特质，在这些随笔中，一部分是通俗音乐的解读，适合报纸专栏副刊，另一部分，他讨论的是巴赫、贝多芬、柴可夫斯基这些古典音乐里殿堂级的人物。第一部分相对更加通俗易懂些，第二部分则抽象、深奥，读起来比较费力。好在，这些随笔也不全谈音乐，他往往会与诗歌进行比较分析——这一部分是我更感兴趣的，同时也更容易理解。我注意到了，在披星的随笔中，他选择了一种更富于挑战性的语言，但在我看来，还是不够明晰与通透，行文也稍显急切、匆忙，跟他自己所期待的从容自在还有一定的距离。披星也意识到了自己的问题，不过，他认为这与他的"流浪心态"有关：

当我从温暖的南方来到这酷寒的西北，也会生出某种带有流浪性质的内心体验，在一点点文字记录的过程中，我发现在流浪的初级阶段，我会不知不觉地生出一些很是强硬的心理护栏，以防在对温情的回顾中变得低沉甚至沉沦。而我发现，这样的情绪是会带进文字中的，它会使文字变得急切而又刚性十足。而这，是对表达的积淀缺乏的症状，也就是说，在某种遗弃感没有被克服之前，从容自在的表达变得难以做到。

写作者面临的总是全面的考验，披星对此有着清醒的认识："新的旧的，前人今人，真实批判，语言形式，传统现代，国内国际，发现回归……都是陷阱，不能后退，要踮要蹭，独立作战，要寻回自己……"这里他说的是音乐，其实也是诗歌、随笔、小说等所有艺术共同面临的处境。这是一个艰难的过程，但已经别无选择，他只能不断地去磨炼自己的写作风格，不断地去忍受着自我蜕变的痛苦，不断地在自己的声音中寻找另外一种声音。

这种清醒赋予披星一种自我修正与自我变革的能力。他曾经在诗与小说、自我与他人之间完成了一种自我突破，现在他的小说写作也来到了这一阶段。

披星之前的小说往往都是日常的、原生态的一些"小事"：迁墓，买块墓地，一场手术，给小偷或丈夫的情人汇钱，还有公共汽车上的一个小小的插曲等等，但这些"小事"却包含了丰富的经历与情感，它们给人的感觉是，虽然没有复杂的故事，却有复杂的人性，没有曲折的情节，却有曲折的人生。

在新近的创作中，披星的小说叙事艺术有了一些新的变化。他的近作中增加了想象与虚构的成分，增加了一些戏剧性甚至传奇性的成分，人物形象也更加鲜明、独特。比如《十五庙主》里装神弄鬼的"老爹"、《盗路者》与《弦上的羽毛》中的两位失恋者。这些人物形象的成功塑造得益于他能很好地把握住人物身上固有的特质，把握住人物的精神活动与内心世界。他总能抓住人物内心的欲望，抓住他想的是什么、他要什么、他担心什么、他为何苦恼、他想改变什么。他牢牢抓住了这一点，也就走进了人物最隐秘的内心世界。

《金鱼和木鱼》是披星新近写的一个小说。故事的核心是一个鱼缸，这个小小的鱼缸却把两个家庭的伤痛揭示了出来。于是，我们在平常甚至庸常的日常生活事件中，看到了不平常的行为和感情，看到了一位越走越远的"妻子"，一位"准出家"状态的"老爹"。我们看到，他们在默默地品尝各自的人生滋味，承受着各自日常生活的沉闷单调，最后带着各自的失落与失望各奔东西。小说实际上写的是两个小家庭瓦解崩塌的过程。披星的叙述客观节制，只在小说的最后，流露出了压抑已久的内心情感：

> ……茂铮听着老妈的话语，突然问，老爹每天……需要敲木鱼吗？
>
> 老妈也隔一下，说，随他自己。早课，敲木鱼也好，敲钟也好。
>
> 茂铮听着老妈的声音，泪水，一下涌了出来。

实际上，我们不知道他的泪水为何而流。是因为家庭的崩溃，还是在生活的苦闷与失望中看不到一条出路？

披星是个生活的有心人，这虽然是句老话，但在他的作品中，再次印证了这句老话不老，也再次印证了，只有能够设身处地、像进入自己的内心世界那样进入人物的内心世界中去，才是一个小说家最重要的天赋。披星总能很好地进入人物的内心深处，这样我们在阅读他的小说的时候，也就不知不觉间跟着他走近他人，走进形形色色的人物的内心世界。我们阅读的时候，突然间感到自己的内心翻腾着与小说中的人物同样的屈辱、悲伤、无助、委曲与怜悯。

"人如其名"，在日常生活中，披星总是那么的勤奋、专注，给人一种"披星戴月"的赶路人形象。现在，他的第一部小说集就要出版了，而他的手头还有一部长篇小说正在修改中。可以说，他已经找到一块属于自己的领地，找到一种属于自己的观察世界的方式，他的写作也因此拥有了更大的空间与更多的可能性。